狼は眠らない

WOLF DOES NOT SLEEP

（著）支援BIS
（画）田ヶ喜一

THE ONE-EYED WOLF>, WHO JUMPED INTO A <DARK HOLE> HE DISCOVERED
OTTOM OF A LABYRINTH AND FOUND HIMSELF TRANSPORTED TO ANOTHER WORLD.
GH HE WAS BEWILDERED BY THE DIFFERENCES FROM HIS ORIGINAL WORLD,
THIS NEW LAND THE ADVENTURER Rekan HAD NO CONFUSION
HAT PATH HE NEEDED TO FOLLOW.
LENGE THE LABYRINTH OF THIS NEW WORLD.
STRENGTH, AND CHARGE STEADFASTLY INTO THE DEPTHS OF THE LABYRINTH.

01

目次
01
To challenge the labyrinth of this new world,

PROLOGUE
プロローグ

WOLF DOES NOT SLEEP　Volume One　Start

バクラド迷宮の最下層である三十八階層で、二人の冒険者が足元の穴をみつめていた。

迷宮の主である金毛鉄虎（きんもうてっこ）を倒したとき、そこに突然穴ができたのだ。

「みえるか?」

聞いたのは、〈人食い熊〉の異名を持つ冒険者のボウドである。

「みえん。霞（かすみ）がかかったようだ」

答えたのは、〈片目狼（かためおおかみ）〉の異名を持つ冒険者のレカンだ。

「お前の能力でもこの先に何があるかみえんとはのう。やっぱりこれが、〈黒穴（こっけつ）〉か?」

「そうだと思う」

レカンの左目はつぶれている。かつてタントラン迷宮四十二階層で三尾大蛇（さんびだいじゃ）の毒液を浴びたとき、つぶれてしまったのだ。その代わり、レカンは二つの強力な能力を得た。

〈立体知覚〉と〈生命感知〉である。

この二つの能力をもってしても、この黒い穴の先に何があるかはわからない。

「行くか？」

「行く」

〈黒穴〉に飛び込んだ者は、莫大(ばくだい)な財宝や、強大な能力を得るという。いくつもの国の始祖や伝説的な英雄が、〈黒穴〉で富や力を得たと伝わっている。

冒険者は誰でも、いつか〈黒穴〉に出会うことを夢みている。ただし、〈黒穴〉に出会ったとき、誰もが飛び込むとはかぎらない。

飛び込んで栄華を得た者より、飛び込んだまま帰ってこなかった者が多いといわれているからだ。

ためらいもせずレカンが飛び込むことを決めたのは、まさに冒険者そのものの気質を持っていたことと、体力と気力が充実していたこともさることながら、天涯孤独の身であったことが大きいだろう。

ここ二年ばかり行動を共にしているボウドも、同じく根っからの冒険者である。つまり、警戒心が強く、利益のないことには首を突っ込まない一方で、どこか人生を棄(す)てたようなところがあり、一攫千金(いっかくせんきん)のためなら、ぽいと自分の命を賭け金に差し出してしまう。そしてまたボウドも家族を持たない男だった。

レカンは愛剣を鞘(さや)ごと腰から外し、〈収納〉にしまって、〈黒穴〉に飛び込んだ。

続いてボウドも飛び込んだ。
それを待っていたかのように〈黒穴〉は閉じた。

第1話 異世界からの落ち人

Wolf does not sleep　Story One
Volume One

　レカンは目を覚ました。

　体調は上々だ。気分もよい。迷宮の戦闘で消費した魔力も回復している。

　熟睡していたことに驚きながらも、〈生命感知〉を発動した。

　〈生命感知〉は、生命体を感知する能力だ。範囲内に人間がいれば赤い点が脳裏に浮かぶ。緑の点は鳥や獣や虫や魚などを示し、青の点は魔獣を示す。魔力を多く持っていればはっきりと、そうでなければぼんやりと映る。レカンはいつもこの能力を息をするように自然に発動している。感知範囲は直径二千歩の円であり、この円の位置は多少移動できるが、自身から遠ざかるほどぼやけてゆく。

　感知範囲内に二十個ほどの緑の点がある。青い点も赤い点もない。〈生命感知〉の感度を最大まで上げてみると、無数の緑点が表示される。小さな動物や鳥や虫たちだろう。

　おもむろに上半身を起こし、そのまますっと立ち上がる。

　森のなかだ。

いったいどうしてこんなところにいるのだろう。

〈黒穴〉に飛び込んだことは、はっきりと覚えている。

穴のなかを落ちてゆく途中で気を失った。そして今ここにいる。

つまりここは、〈黒穴〉の先の世界なのだ。

みわたすかぎり木々と山々が広がっており、上には果てしない空がある。

ぐるりと体を回転させながら、右目でじっくりと周囲を観察する。

生えている木や草の形が、みおぼえのないものばかりだ。

レカンはいろいろな国を旅してきたが、その旅の記憶に照らしてみても、この森の木や草は異質だ。

体調はきわめて良好だ。空気もうまい。だが、その空気の匂いも、どこかしらこれまで知っていた空気とちがう。鋭敏な感覚のすべてが、ここがみしらぬ世界であると告げている。

〈生命感知〉の範囲を移動させて、さらに広い範囲を探ってみたが、赤い点は表示されない。

ボウドはひどく離れた場所に落ちてしまったようだ。

だが、今はボウドのことを心配している場合ではない。とにかく、まずは自分の安全を確保しなくてはならない。

そのとき、〈生命感知〉に青い点が現れた。魔獣だ。

〈収納〉から愛剣を取り出した。〈収納〉の能力が使えたことと、そこにちゃんと愛剣が入っていたことにほっとした。ということはほかの荷物も無事だ。しばらく、〈収納〉が命綱となる。日持ちの悪い食べ物は、早めに取り出して食べておかねばならない。

木々のあいだをぬって、魔獣がいる場所に向かって歩き始めた。

踏みしめる草の感触に不快感はない。

左手で木々の手ざわりを確かめながら、ゆっくりと歩く。

緑の点は遠ざかってゆく。獣たちは、レカンの接近を感知し、逃げているのだ。

魔獣を示す青い点は近づいてくる。

（ふふ。オレを獲物だと思っているのか）

レカンは体の感覚を確かめるため、剣を抜き、三度素振りを行った。

感触は良好だ。体は正常に動くし、剣が風を斬る手応えも心地よい。

そして身が軽い。いつもより速く歩けている。

（身体能力が上がっている？）

ほどなく〈立体知覚〉の範囲に魔獣が入ってきた。魔獣は草の陰に身を隠している。

〈立体知覚〉は半径五十歩ほどの範囲に物理的に存在するものを感知する能力だ。範囲は変更できない。前後左右上下を同時にみわたすことができ、死角というものがない。箱のなかもみることができる。

使いこなすには少々こつがいるが、使いこなせればこれほど戦闘の役に立つ能力もない。特に狭い場所で多数の敵を同時に相手取るときに、この能力は圧倒的な優位性を与えてくれる。

三十歩ほどに近づいたとき、魔獣は草の陰から姿を現し、突進してきた。

みたことのない魔獣だ。中型犬ほどの大きさだが、顔つきは猪(いのしし)に似ている。

魔獣が激突する寸前、右にかわしつつ前方に踏み出し剣を振った。

剣は魔獣の首筋を正確に捉えた。生き物の皮と肉を切り裂く感触に、不思議な充足感を覚えた。

敵と戦い、これを倒す。そのときレカンは、自分が確かに生きていることを実感するのだ。

魔獣はそのまま走り過ぎて、大きな木に激突して崩れ落ちた。近づいて死んでいることを確かめると、胸にこぶしを当ててこうべを垂れ、その魂の平安を祈った。

〈魔力感知〉を発動させ、魔獣の体内に魔力の塊があることを確認すると、右の手のひらを魔獣の死体に向け、〈魔力吸収〉を行った。

ずるずると魔力が流れ込む。手のひらが熱くなる。吸い込んだ魔力は右腕を通り体にしみ込んでいく。最後の一滴まで魔力を搾り取ったあと、少しだけ間を置いて、死骸は崩れてゆき、砂となった。

この出来事がレカンにもたらした安堵(あんど)感は、ひどく大きなものだった。

もといた世界と同じである。同じように魔獣がいて、倒せば体内に魔石ができ、魔力を吸収できることと、魔石の魔力を抜けば砂となることがわかった。次は、この土地の生き物が食えるのかを確かめねばならない。

　そのとき、耳に女の悲鳴が飛び込んできた。

　だが、〈生命感知〉の感知範囲内に人間はいない。ということは、今の悲鳴は魔力を乗せた声、いわゆる魔声だ。魔法使いが悲鳴を上げるとき、魔声になることがある。意識して魔声をあやつれる魔法使いもいる。

　レカンは〈生命感知〉の探索位置を動かして、悲鳴の主がどこにいるかを探った。

（みつけた。これだ）

　レカンは走り始めた。はじめはゆっくりと、そして段々速く。

　木々が枝を張りめぐらした森のなかも、〈立体知覚〉を最大限に発揮すれば、まるで遊戯のように走り抜けることができる。

　外套の裾がばたばたとはためく。吸い込む空気はすべて力に変わる。体の内から力があふれ出てくる。明らかに今までよりも速く走れている。

（間違いない。身体能力が上がっている。〈黒穴〉をくぐったせいなのか？）

　目的地はもう近い。赤い点は二つだ。つまり人間が二人いる。

　その近くに緑の点が四つと青い点が一つある。青い点は少し大きめで、光も強い。強い魔獣だ。

　レカンは走る速度をゆるめた。まだ、この土地の人間と接触したくはない。状況を確認したうえで、可能であれば姿を現さずに立ち去るつもりだ。

足音を消し、姿をみられないよう注意しながら近づいてゆく。

こんもりと木々が茂った場所の後ろまで近づくと、〈立体知覚〉で現場全体を俯瞰(ふかん)することができた。

茂みのすぐ向こう側に馬車がある。そのなかに人が二人いる。たぶん女だ。馬車につながれた二頭の馬、あるいは馬に似た生き物はおびえていて、御者(ぎょしゃ)が必死でなだめている。馬車の右のほうに馬が一頭倒れており、そのそばに人が一人倒れ伏している。

馬に乗った人物が馬車の前に立ちふさがり、魔獣と戦っている。魔獣は、先ほど倒した魔獣と同種のようだ。ただしこちらのほうがずっと大きい。

魔獣は馬に乗った人物に突進を繰り返している。馬の機動力を使って魔獣の突進をかわして剣で斬りつけているが、腰の乗らない打撃しか繰り出せていない。このままでは魔獣は倒せないだろう。

左側に別の人物が立っていて、片足を引きずるようにして剣を振り回しているが、その剣はまったく魔獣に届いていない。

レカンは驚愕(きょうがく)していた。

そこには、六人の人間と馬四頭がいる。ところが、〈生命感知〉で感知できているのは、馬四頭と女とおぼしき二人だけだ。ほかの四人は感知できていない。これは、レカンの常識を根底からくつがえすような出来事である。

驚きに打たれたまま、〈魔力感知〉を発動させた。〈魔力感知〉は、必要なときにしか発動させない。わずかながら魔力を発するので、敵から探知されやすくなってしまうからだ。

〈魔力感知〉の結果は、レカンの背筋を凍らせた。

（この四人は魔力を持っていない！）

魔力は生命の根源である。生きとし生けるもののすべてに魔力は宿っている。どんな小さな虫であっても、その例外ではない。人間である以上、魔法が使えようが使えまいが、必ず魔力はある。魔力がないということは、すなわち生きていないということである。

だがこの四人は生きているようにみえる。これはどういうことか。

レカンが潜む茂みの向こう側では、事態が動いていた。

馬に乗っていた人物が魔獣の突進をかわしそこねて落馬した。落馬した人物に向かって突進する魔獣に、馬車に乗った女が窓から身を乗り出し炎の塊を放った。

（火魔法？）

炎の塊は魔獣の横面を直撃して爆発し、魔獣は悲鳴を上げて立ち止まった。燃え上がった火はすぐに収まり、ぶすぶすと顔の半分が焦げている。

魔獣は憎々しげなうなり声を上げると、まっすぐ馬車に向かって突進した。

レカンが飛び出し、魔獣の前を駆け抜けた。魔獣の軌道が左にずれ、後ろの木陰に飛び込んでゆく。レカンは立ち止まって振り返った。

魔力のない人物四人は、体つきからそうだろうとは思っていたが、いずれも男だった。

馬から転落した男が身を起こし何かを話しかけたが、それは聞き覚えのない言葉だった。

ばきばきと細木を折りながら魔獣が姿を現した。

左前足がない。先ほど、すれちがいざまにレカンが斬り落としたのだ。だから魔獣は馬車を直撃しなかったのである。

魔獣はすさまじい吠(ほ)え声を上げると、レカンに向かって突進してきた。片足がないとは思えない勢いだ。

レカンは左手前にすっと身をかわし、剣を一閃(いっせん)させた。

首を失った魔獣は地響きを立てて地に伏した。

この世界で目覚めたとき、レカンの魔力は完全に回復していた。その状態で、先ほど魔力を吸収したのだから、今は過剰な魔力が体内にある。レカンの〈魔力吸収〉には相当の柔軟性があり、一時的になら満杯状態の何倍もの魔力を吸収できるが、余分な魔力はすぐに抜けていってしまい、ためておけない。先ほどは魔力が吸えるかどうか試したが、この魔獣からは魔力を

吸わず、魔石を抜くことにした。

男たちが何やら騒いでいるが、魔獣の始末が先だ。

レカンは殺した魔獣の前に立ち、右手のこぶしを左胸に当てて、わずかにこうべを垂れた。

近くに倒れていた太めの枯れ木を拾い、魔獣の体の下に差し込んで、死骸をひっくり返し、〈魔力感知〉を一瞬だけ発動させて魔石のありかを確認すると、剣で魔石をえぐり取った。

魔石を失った魔獣の死骸は、崩れ去って砂となり、そして消え果てた。

魔石は血まみれである。剣も血によごれている。洗ったほうがよいだろう。すぐ先に斜面があり、その下に川が流れている。レカンは斜面を早足で下りた。後ろから男が何かを叫んでいるが、無視した。

剣と魔石を流水ですすぎながら、心を落ち着かせる。

（あの人間の姿をした者たちが何であっても、かまわないではないか。この世界からすれば、余分で異質なのはオレのほうであって、やつらではない。とにかくもう一度〈魔力感知〉を試してみよう）

剣と魔石をぼろきれで拭き、〈収納〉にしまって斜面を上がった。

（〈収納〉の能力を持っていることも隠しておくか）

もう一度抜き身の剣を〈収納〉から取り出して斜面を登りきった。

男が馬車のなかに話しかけている。馬に乗って戦っていた男だ。もう一人の男が、倒れている男を介抱している。御者は馬を落ち着かせることに成功したようだ。

レカンは茂みの後ろ側に回り込み、〈収納〉から鞘を出して剣を納め、腰に吊り、荷物袋を取り出して肩にかけた。こうすれば、普通の旅人にみえるはずだ。

馬車に近づいてゆくと、馬車のなかに向かって話しかけていた男がレカンのほうに向き直った。

レカンは歩みをゆるめず、男に近づいていった。

男は、レカンの表情や動作から何を感じたのか、青ざめた顔で半歩後ろにさがった。

男とのあいだがちょうど五歩になったとき、レカンは立ち止まり、〈魔力感知〉を最大限の精度で発動させた。〈魔力感知〉の有効範囲はごく狭い。精度の高い探査を行うには至近距離に近づかねばならない。

その結果、目の前の男も、ほかの男も、わずかながら魔力を持っていることが確認できた。よくみると〈生命感知〉にも、うっすらとした赤い点が表示されている。

（人間だったか……）

レカンは緊張を解いた。

レカンが緊張を解いたことを目の前の男も感じたのか、ほっと息をつき、話しかけてきた。

「悪いね。あんたの言葉はわからない」

身ぶりをまじえながら、言葉が通じないことを示したが、男は諦めずに話し続ける。

「わからない。言葉は通じない。オレの話す言葉とあんたの話す言葉はちがっているのがわかるだろう」

言葉が通じないなどという体験は、生まれてはじめてである。やはりここはレカンがなじんできた世界ではない。相手の顔立ちも、知っているどんな国のものともちがう。つるりとしていて、のっぺりとしている。

男のほうがレカンより身長が低いので、レカンはみおろす形になる。

馬車のなかから女の声がした。若い声だ。

馬車のなかには女が二人乗っていて、一人は少女で一人は成人と思われる。先ほど魔法を撃ったのは成人のほうだ。

馬車の前の男は何かを言い返したが、少女が強い声で何かを命じた。すると男は馬車に近づき、扉を開いた。

扉から出てきた少女は美しかった。

少女はレカンの前に進み出ると、優雅に一礼をして、穏やかな口調で何事かを話しかけてきた。たぶん、感謝の言葉を述べているのだ。まったく敵意は感じない。それどころか、少女の目つきからは、敬意と親しみが感じられる。

少女の言葉が終わったとき、レカンは、左手で剣の鞘を押さえ、右の手のひらを左胸に当て、左足を半歩引いて腰を折った。

　これは貴人の礼である。レカンは粗野な冒険者だが、実はもとの世界ではとある国の王の養子となったことがある。それは依頼達成のための便法にすぎないが、形式的にであれ王子として二か月ほど王宮で過ごしたレカンは、それなりの作法を身につけている。

　レカンが見事な礼をしてみせたためか、少女の後ろに控えている男と女が、驚いた表情をしている。

　このあと、怪我（けが）人の治療が行われた。少女は回復魔法の使い手だった。

　馬車が出発するとき、少女はしきりと身ぶりでついてくるよう促した。

　レカンは同行することにした。いずれにしても、いつかはこの土地の人間と接触しなくてはならない。友好的な相手と接触できるのであれば、それに越したことはない。


　エザクはザイドモール家の騎士である。

　ルビアナフェル姫が〈断崖〉に行きたいと言い出したとき、止めるべきだと思った。ザイドモール家の家族は当主と長男と姫の三人だけだ。長男は王都で騎士修業中だし、当主はあと三日しないと帰ってこない。だから姫は外出しないほうがよい。しかし、姫付きの侍女であるマリンカによれば、姫の決意は固いという。やむなく、エザクは自身を含む三人の護衛をつけることで姫の外出に同意した。めったにわがままを言わない姫が、たまに気晴らしをしたいというのを無理に拒否したくはない。

〈断崖〉からみおろす景色は素晴らしかった。みあきることのない絶景だ。

帰り道でエザクは、物思いに沈んでいた。ルビアナフェル姫の運命について。

だから、不意に大きな鼻曲（バンプー）に襲われたとき、対応が遅れた。万全の状態で戦えばエザク一人でも倒せる相手だ。だが、襲撃に気づくのが遅れたため、懐に飛び込まれてしまった。

騎士キーツは馬車を守って馬から転落し、従卒ウリは右足に傷を負った。エザクは何度か攻撃を当てることができたが、無理な角度で攻撃したため右手を痛めてしまった。

（まずい）

エザクはあせっていた。

魔獣の注意を自分に引きつけることができたが、とても倒すことはできそうにない。自分がどうなろうと姫さえ無事ならそれでよいのだが、その姫を逃がす算段がつかない。攻防を続けるうちに右腕に疲れがたまってきた。もう長くは持たない。

（まずい。まずい。まずい）

つのるあせりが、エザクの手もとを狂わせた。手綱（たづな）さばきを誤って魔獣の攻撃をかわしそこね、馬上から地面に転落したのである。

革鎧を着けていても転落の衝撃はすさまじい。意識が飛びかけた。それでも何とか身を起こしかけたところに魔獣が突進してきた。

（だめだ！）

死を覚悟したエザクだったが、そのとき魔獣の顔に何かが衝突して動きを止めた。

マリンカの〈火矢〉である。

魔獣は、顔を馬車に向け、おのれに傷を負わせた者を睨みつけた。

そして魔獣は馬車に突進した。エザクにはただ叫び声を上げる以外何もできなかった。

そのとき黒い大きな影がどこからともなく飛び込んできて、馬車に追突しようとした魔獣の進路を変えさせ、そのあと、剣をただ一振りしただけで魔獣の首を断ち斬ったのである。

男には言葉が通じなかった。エザクが話す言葉も相手には通じないようだったし、相手が話す言葉もエザクには意味がわからなかった。

（北から来たのか？）

大森林の遙か北方にあるという大国に住む人々は、獣のような顔つきをしているという。そこでどのような言葉が使われているのかなど知りようもないが、この男の顔つきは、いささか獰猛だ。

顔は薄くうぶ毛に覆われており、髪の生え際はせり出している。眉毛はふさふさとしていて長い。鼻は高く、目は切れ長で鋭い。ただし左目は閉じられたままだ。顎はとがっており、ちらちらとみえる歯は鋭い。

そして背が高い。エザクは一行のなかでは一番身長が高いが、そのエザクより男はこぶし二つ分か三つ分背が高いのである。

なんという精悍(せいかん)さだろうか。男はただ静かにたたずんでいるだけだ。だが、その静かなたたずまいに恐るべき精悍さがただよっている。それは武人ならば感じ取らずにはいられないものだ。

男に面と向かって話しかけるには、多大な勇気を振り起こす必要があった。

こうしている瞬間には敵意はみえないが、次の瞬間にはわからない。だが、逃げて逃げきれる相手ではないのは明らかなのだから、姫の安全を守るためには、この男が何者であり、どんな目的を持っているのかを確かめる必要がある。

とはいえ、この男は無法なことはしないだろうと、エザクは感じている。

なぜかといえば、この男は、倒した魔獣の死骸に祈りを捧(ささ)げたからだ。そんなことをする者は誰もいない。魔獣とは脅威であり、害そのものなのだから。そんな魔獣に男が祈りを捧げたことにエザクは驚いたが、不快ではなかった。むしろその行為には胸を打たれるものがあった。

もっともそのあと男に睨みつけられたときには、全身がわなないて防御体勢を取ることさえできなかったが。

馬車のなかのルビアナフェル姫が、助けてくださったかたに直接お礼を言いたいと言い出したときには反対したが、姫が淑女の礼をしたとき男がみせた作法こそは衝撃だった。みたこともない動作だったが、それは確かに洗練され完成された作法だった。この獣のような男は、実は異国の高貴な生まれなのかもしれない。

姫が礼のため男を連れ帰りたいと言ったときも、強くは反対しなかった。

それどころか、三日後に帰還した当主から、男に対する印象を聞かれたとき、こう答えてしまったのである。

「危険なほどの戦闘力を持っていますが、礼をもって接すれば礼をもって返す男だとみうけました」

時は流れた。

レカンがこの土地の領主であるザイドモール家に滞在して一年が過ぎようとしている。

この世界で暮らすうえで最大の難関であった言葉も、ずいぶん学習できていた。まだ流暢(りゅうちょう)とはいえないが、この世界の教育水準は低く、ちゃんとした話ができる人間のほうが少ないのだから、格別目立ちもしない。字はきたないし語彙(ごい)もまだ少ないが多少は読み書きもできるようになった。

この世界では魔力持ちの人間はかなり珍しい存在のようだ。通い働きの者も含めると八十人に達する屋敷の人間のなかで、魔力持ちはルビアナフェル姫と姫付きの侍女であるマリンカの二人しかいない。

魔力持ちでない人間は本当にわずかな魔力しか持たない。最初はとまどったが、今では常時〈生命感知〉の感度を上げておくことで、問題なく感知できている。

庭の隅にある小さな小屋が、レカンの住居だ。

レカンの睡眠時間は短い。今朝も夜明け前に起き出して森を走り、小型の魔獣を二匹仕留めた。

そのあと騎士エザクに剣の稽古をつけた。最近では屋敷の騎士と従卒全員が指導を乞うようになり、レカンの小屋の前はちょっとした道場となっている。

朝食のあとに姫の部屋に行くように言われた。

「おはよう（ハリーフ）、レカン」

「おはようございます（ハリーフ）、ルビー」

ルビアナフェル姫の斜め後ろに立つ侍女頭のグリアが、わずかに鋭い目をしたが、これはばかりはしかたがない。

姫は自分のことをルビーと呼ぶように言う。ルビアナフェル（シェラー・ルビアナフェル）姫と呼ぶことも、お嬢様（ラ・ツール）と呼ぶことも決して許さない。これはレカンに対してだけそうなのであって、この館で姫のことをルビーという愛称で呼び捨てにする者は、父親である当主だけだ。それなのに姫は、レカンがルビーと呼ぶことにこだわった。グリアが何と言って聞かせても意見を変えなかった。だからしかたがないのだ。しかたがないのだけれど、レカンが姫のことを愛称で呼ぶとき、グリアはきつい視線をレカンに送る。

とはいえ、姫が自分を愛称で呼ばせるのは、グリアか、姫付き侍女のマリンカだけがそばにいるときに限られている。他の者の前では、レカンにこの呼びかけを強要しないのである。

「私の狼さん、お願いがあるのだけれども」

レカンは右手の指を伸ばしたまままきれいにそろえて左胸に当てた。了解の印である。

姫は異国情緒たっぷりのこのしぐさを、ひどく気に入っている。

「〈断崖〉に行きたいの。守ってくださいな」

「はい。エザクの指示があれば、オレは従う」

「お父様にお許しを頂いてあるから大丈夫よ。エザクにはこれから言うわ。それでね、レカン。今日はお仕着せではなくて、あなた自身の服を着てほしいの。あの素敵な外套もね」

レカンは再び右手を左胸に当てた。奇妙な指示ではあるが、人目につかない森の奥に行くのだから、どんな格好をしていても、そう問題になることはないだろう。

小屋に帰ったレカンは、使用人の制服を脱いで、自分の服を着た。みばえのしない黒いベストは、千々岩蜘蛛の糸でできた逸品で驚異的な魔力防御の性能を持つ。よごれてもとの色がわからなくなったズボンも希少素材を混ぜ込んで優れた職人が仕上げたものだ。

しばらく小屋の外で素振りをしていると、騎士エザクがやってきた。

「レカン。仕事だ。お嬢さまの馬車を護衛する。すぐに出られるか？」

「わかった。すぐ出る」

小屋に入って、隅に吊ってある外套を羽織った。この外套を着ると、大きな安心感に包まれる。しばらく着ていなかったためか、少しごわごわした手触りだ。この外套は貴王熊の毛皮でできている。物理防御にも魔法防御にも優れている。しかも、襟の奥に縫い込んだ宝玉には〈自動修復〉の付加がある。

外套をまとって出たレカンをみて、騎士エザクは眉をしかめた。どうみても貴族家の護衛にはみえないのだから無理もない。だが、この外套を着ることは姫の希望なのだ。

〈断崖〉までの道のりを、馬車の後ろについて歩きながら、レカンは考えごとをしていた。

（そろそろ潮時だろうな）

ザイドモール家の居心地は悪くない。異邦人であるレカンを受け入れてくれている。

だが、せっかくみしらぬ国に来たのだ。いつまでも田舎の小さな領主家でくすぶっているわけにはいかない。みたことのないものをみたい。戦ったことのない強者と戦いたい。富と力を得たい。ザイドモール家での暮らしは平穏すぎる。

それに、ボウドがどこかにいるかもしれない。会ってどうなるというものでもないが、二年ほど相棒として旅を共にしたボウドのことを、レカンは気に入っていた。ボウドと一緒なら、どんな強敵とも戦える。危険な冒険もできる。みつけられるものならみつけたい。

そして迷宮だ。なんとこの世界にも迷宮があるという。迷宮の魔獣は魔石を残すほか、時折珍しい宝物を落とすという。ぜひ迷宮には行ってみたい。いつか、もといた世界に戻れるかもしれない。そのときに備えて、たっぷりの土産(みやげ)を手に入れておかねばならない。

そんなことを考えているうちに、〈生命感知〉に魔獣が引っかかった。先頭を馬で行くエザクに追いつき、指の合図で一行を離れることに了解を得てから、レカンは外套の裾をばさばさとひるがえして森に走り込んだ。

いた。

蜘蛛猿(インドゥ)だ。なかなか大型である。人間と同じほどの背丈がある。蜘蛛猿もこの大きさになると、樹上ではなく地上を移動するようになる。地上では四本を足とし、二本を腕とする。この腕は非常に強力で、人間の頭など軽く握りつぶしてしまう。

蜘蛛猿が威嚇(いかく)の雄叫(おたけ)びを上げようとしたので、ナイフを放って喉をつぶした。そして近寄りざまに首を斬り飛ばし、右胸を深く裂いた。

噴き出す血が収まるのを待って魔石を取り出し、ぼろ布で拭いてから〈収納〉にしまい込んだ。

この世界でも、生きている魔獣からは魔石を取ることができない。魔石は魔獣が死んだ瞬間に生成されるものだからである。たいていは胸のなかの心臓と対の位置に生成されるが、多少は種族差や個体差がある。

この世界でも魔石は珍重される。強大な魔獣が残す強力な魔石は、目をむくような高額で取引されるという。

この世界での魔石の利用法を教えてもらった。

まず、魔法使いが大きな魔法を使うときに魔石を利用するという。これは、もとの世界でも普通に行われていた。ただし、魔石から直接魔力を吸うというのが当たり前なのかどうかは確認できていない。

次に、神官が秘儀を行うときに使うという。具体的に何をどうするのかは、まだよくわからない。

また、この世界では、魔石を魔道具の燃料にするという。魔道具というのが何なのか、まだくわしいことはわかっていない。この館にも光を発する魔道具があるとはいうが、みたことはない。いずれにしても、もとの世界にはなかったものであり、持って帰れば、間違いなく金になる。

魔道具を作る職人を魔道具技師というが、ザイドモール家の領地にはいない。だが、大きな町には魔道具技師がいて、常に魔石を必要としている。

また、これも田舎では関係のない話だが、王都をはじめ都会ではさまざまな分野で魔石の利用が盛んであるという。要するに魔石は常に必要とされており、高く売れる。

もとの世界では、付与師と呼ばれる職業があり、付与師は魔石の魔力を使って武具や宝玉や装身具に有用な機能を付与した。この世界には、どうも付与師がいないのではないかと思われる。

行列に戻ったレカンは、エザクと目で合図をかわすと馬車の後ろに収まった。魔獣が出たときには、姫の目や耳に入らない距離でレカンが始末する。それがすっかり習慣になっている。

この一年ばかり、レカンの仕事は当主か姫が外出するときの護衛である。ただし、それはもっぱら森や小さな村に行くときに限られ、人目に立つような場所には、レカンを連れて行かない。理由を説明されたことはないが、そのほうがザイドモール家にとってもレカン自身にとっても無難だと、レカンは納得している。

〈断崖〉からみおろす眺望は、例えるもののもないほど美しい。

滔々（とうとう）と流れる川。

群れをなして飛ぶ鳥たち。

複雑怪奇な、それでいて調和あるたたずまいをみせる木々の色合いの玄妙さ。

これがすべてザイドモール家の領地だというのだから、驚くほかない。

とはいえ、現状では断崖を下りるだけで一苦労しなくてはならない。断崖からみわたせる地域を開発するのは、遠い未来のことになるだろう。そんな日が来るとしての話だが。

ひとしきり崖際の風光を味わってから、風のゆるい場所まで下りて昼食を取った。今日の昼食は豪勢である。姫と姫付き侍女のマリンカが、手ずから昼食を取り分けてくれた。

今日の姫はご機嫌である。

この一年ほどで、姫は少女から娘へと変貌を遂げた。はじめて会ったあの日も、姫は〈断崖〉に来た帰りだったという。それ以来、ここに来るのは四度目だが、いつもレカンは護衛についている。

最初のうちは館のなかでもずいぶんうさんくさい視線を浴びせられたが、筆頭騎士であるエザクがレカンに剣を教わり始め、やがてほとんどの騎士や従卒がレカンを師と仰ぐようになってからは、レカンが護衛につけば安心だという空気が広がった。

昼食が終わったあと、姫はもう一度〈断崖〉の縁に立った。

なぜか、その横顔に寂しさをみた。

その三日後、館では祝いがあった。

ルビアナフェル姫が十四歳の誕生日を迎えたのだ。

貴族女性にとり十四歳は特別な誕生日だ。その日を境に、おとなになったとみなされる。婚姻も可能となる。

さらに一か月のち、レカンは二日間本館への出入りを禁じられた。他の貴族家からの客があるようだ。

これ幸いと遠出をしたレカンは、恐ろしく強い青点を感知した。

魔獣だ。強大な魔獣だ。

普段なら近づかないような山奥なので、たぶん放置しても危険はない。しかしこの魔獣は町や村に近づいてくるかもしれず、また、町や村の人が魔獣の棲む場所に近づくこともあるかもしれない。

山陰からそっと接近した。

まだ〈立体知覚〉の範囲外なので、残された右目で魔獣をじっくりながめる。体長が二十歩を超え、体高が十歩を超える巨大な怪物だ。体軀は小山のようにそそり立っており、背中は槍のようなとげに覆われている。

身を低くして、盛り上がった土を遮蔽物としてなおも接近すると、やっと〈立体知覚〉の範囲に巨獣を収めることができた。

頭部は小さく、目は三つある。三つの目がある魔獣ははじめてみた。額にある三番目の目は異様に大きく、下側の二つの目とは別に動いている。六本の脚は、体の大きさに比べれば小さい。たぶん移動速度は速くないだろう。

巨獣は、仕留めた獲物を喰っている。

その様子をみながら、レカンは迷っていた。

(このままではこの魔獣の攻撃方法についても弱点についてもわからない。危険だが仕掛けてみるか。それとも、撤退するか)

じっと魔獣の気配を感じ取ってみる。

(だめだな、これは。挑むのは無謀だ)

レカンが撤退を決めた、ちょうどそのとき、巨獣の額の目がぐるりと動いた。土の塊が遮蔽しているにもかかわらず、巨獣の目はまっすぐレカンのほうを向いて止まった。そして巨獣は獲物をかじるのをやめ、ぶるぶると身をふるわせた。

レカンは悪寒に襲われ、物音が立つのもかまわず後ろに飛びすさった。

巨獣は、背中の槍のようなとげを射出した。何十本ものとげが、すさまじい勢いで盛り上がった土を突き崩し、レカンに襲いかかった。

だがその直前、レカンは高く跳躍して呪文を唱えていた。

「〈風よ〉!」

たちまち風が巻き起こり、レカンを上空に運ぶ。〈突風〉の能力だ。

その足すれすれをとげが通過し、後ろの木々をなぎはらっていった。恐ろしい破壊力である。

「〈風よ〉! 〈風よ〉! 〈風よ〉! 〈風よ〉!」

続けざまにレカンは〈突風〉を発動した。

〈突風〉は、自分の動きを加速したり、相手の動きを阻害したりする能力であり、空を飛ぶ能力ではない。だが今は、体内の魔力を根こそぎつぎ込んででも、距離を取る必要がある。

レカンは空を飛びながら、首をひねって右目で怪物をみた。怪物が息を吸っている。何かの予備動作だ。

「〈風よ〉！」

今度は、上から下にたたきつける風を起こした。

急降下したレカンの頭上を怪物の魔法攻撃が通り過ぎる。

（冷気？　こいつは冷気のブレスを吐くのか！）

地上に下り立ったレカンは、そのまま怪物に背を向けて走り始めた。すでに怪物との距離は百歩を超えている。問題なく逃げきれるだろう。

だが、その考えは甘かった。

背後で木々がへし折れる音がする。大規模な自然災害のような音だ。

ちらりと振り返ってみると、体を丸めて恐ろしい勢いで転がってくる怪物の姿がみえた。

「〈風よ〉！」

風の魔法に後押しをさせて、レカンは激走した。木々の枝が、顔や手を傷つけるが、そんなことにかまってはいられない。

ずいぶん長く走ったあと、怪物が転がる音が急に遠ざかった。あんな巨体が筋肉の力だけであんなにも高速で転がれるわけがなく、たぶん魔力で転がっていたのだ。つまり燃料切れだろう。

だが、燃料切れはレカンも同じだ。

充分に安全な距離まで逃げると、レカンはへたり込んだ。そして呼吸が整うと、〈収納〉から小型の魔石を六個ほど取り出して魔力を吸った。

それからふと思いついて、ザイドモール家から支給された魔法薬を取り出して飲んだ。

ひどい味だった。喉の奥にからまるえぐみが、いつまでも残っている。こんなものを平気で飲んでいるのだとしたら、この世界の人間は味覚がおかしい。

それほどいやな思いをして飲んだのに、顔や手の擦り傷は消えない。こちらの世界の魔法薬は効き目が遅いのだろうか。ずいぶん長いあいだ待ってみたが、いっこうに効果が現れないので、もとの世界の下級治癒薬を飲んだ。たちまち傷が治り始めた。即座に傷が消えるというわけにはいかないが、明日になればほとんどないも同然になるだろう。もちろん左目はつぶれたままだ。つぶれた直後に上級治癒薬を飲めば治っただろうが、当時はそんなものを買う金はなかった。

そうしているあいだにも、〈生命感知〉で怪物の動きはみはっている。

しばらくみはっているうちに夕刻になった。それから帰ったが館までは遠い。夜明けごろに帰着した。

本館の正面に馬車が止まっている。馬はいない。厩舎(きゅうしゃ)にいるのだろう。ひどく豪華な馬車だった。

しばらくの日が過ぎた夜のことである。

レカンはベッドに寝たまま、右目をみひらいた。

侵入者だ。しかも魔力持ちだ。

素早く外套を羽織ると、一瞬迷ってから剣を〈収納〉にしまい、足音を消して本館に向かった。

夜中であるが、この侵入者はさらに木陰など姿がみえにくい場所を通って進んでいる。しかも恐るべき速度である。これは暗殺の専門家だ。

侵入者は本館の正面脇の柱に取りつくと、その柱を登って屋根に上がり、奥側に進んでくる。

レカンは本館の裏側に到着して木陰に身をひそめた。

侵入者は、屋敷の最奥に達すると、屋根にロープの端を取り付けた。真下にはルビアナフェル姫の部屋がある。

レカンは木陰を飛び出して、足音を消そうともせず、本館裏側の壁に全力で走り寄った。

侵入者はレカンの接近に気づいた。だが、一瞬だけ動きを止めたものの、そのまま姫の部屋への降下を開始した。

練達の暗殺者にとり、屋根から降下して姫の部屋に侵入するには、ほんのわずかな時間で足りる。レカンが表側に回るなり窓を破るなりして階段を駆け上がってきても、あるいは大声で注意を促しても、とうていまにあわない。そう判断したのであろう。

しかしレカンは階段を上がったりしなかった。

「〈風よ〉！　〈風よ〉！　〈風よ〉！」

背中に風を送り込みながら、壁を駆け上がったのである。あっというまに侵入者のもとにたどり着いた。

侵入者は敵ながら見事な反応をみせた。

左手一本でロープをつかみ、右手に持った短剣で切りつけてきたのだ。

レカンは目にもとまらぬ速度で〈収納〉から愛剣を取り出して侵入者の首を刎(は)ねた。

何もないところから剣が出てくるのをみて、侵入者はわずかに目をみひらいた。そのみひらいた目は、女の目だった。

「ルビアナフェルは、シャドレスト家に輿入れすることが決まっている。シャドレスト家は王家ともつながる名家であり、田舎貴族の娘が次期当主の妃となることを許せない者たちがいる。あるいは自分の娘こそその座にふさわしいと考える者たちがいる。暗殺者をよこすまでのことはせんだろうと思っていたが、念のためルビアナフェルの部屋の前には、毎夜不寝番を立たせておった。まさか屋根から来るとはな」

　騒ぎが一段落したあと、レカンは当主ザンジカエルの部屋に呼ばれて説明を受けた。ザンジカエルの横には、騎士エザクが立っている。

「レカン。侵入者を殺さずに捕らえることはできなかったのか」

　苦々しげに騎士エザクが聞く。

「刺客は手練れだった。生かしたまま捕らえることは、むずかしかった」

「エザクよ。暗殺者というものは、捕まれば死を選ぶものと聞く。捕まえてもむだだったかもしれぬ」

「しかしザンジカエル様。尋問してみることはできたではありませんか。こんな卑劣なまねをしたのが誰なのか、それを知ることができたかもしれません」

「知ったからとて、どうにもならぬ。ならば知らぬほうがよい」

「しかしなにもあのような若い女を殺さなくても」

「覆面をしておったから、殺すまで相手が若い女とは気づかなんだであろう。諦めよ」

あの暗殺者は魔力持ちだった。たぶん何かの魔法技能を持っていた。危険な魔法であった可能性がある。拘束されていても、離れた位置から姫を殺せる能力だったかもしれない。あの場合、殺す以外の選択肢はなかった。

「それにしても、誰も気づかなかった侵入者に気づき、壁を駆け上って侵入者を倒した手際は、見事というほかない。あの高さまで壁を駆け上れるというのは、何かの能力なのか？」

レカンは返事をしなかった。

「ふむ、秘密か。まあよい。レカン、あらためて礼を言う。これからも娘を守ってほしい」

「はい（イエール）」

レカンは昼も夜も銀色の指輪を左の中指に装着することを心に決めた。暗殺者を相手取るにはこれが必要だ。

それから二か月のあいだに三度襲撃があった。

いずれの場合にも倒したのはレカンである。

刺客のうち、生きてザイドモール家を出た者はない。

姫の部屋に呼び出された。

久しぶりである。

レカンがこの屋敷に来た当初は、毎日のように呼び出されていた。会話が通じないながらも、レカンは姫と身ぶり手ぶりで話し合った。そして多くの言葉を教えてもらった。思えばそれは楽しい時間だった。最初に文字を教えてくれたのも姫である。

姫は、自分を守り続けてくれたことに礼を述べたあと、しきりにレカンの故郷のことについて質問した。

「落ち人さん。あなたのふるさとでは、朝ご飯には何を食べるの？」

「落ち人さん。あなたのふるさとには、どんなお菓子があるの？」

「落ち人さん。あなたのふるさとでは、貴族の女の子はどんな服を着るの？」

落ち人というのは、別の世界から落ちてきた人間という意味だ。

驚いたことに、時々そういう人間がいるらしい。そして落ち人は、何かしら優れた力を持っているものらしい。もっとも、この人物が落ち人だったという確かな実例は知られていない。要するに、本当のことなのかどうかもはっきりしない伝説なのだ。ただし、姫はレカンが落ち人だと信じているし、そのことがひどくうれしいようだ。

ずいぶん長い時間、姫と話し込んでしまった。ずっと後ろで待機している侍女頭のグリアも疲れただろう。

「私の狼(ラ・ギドー)さん、お願いがあるのだけれども」

「はい(イエール)」

「あなたの胸の宝玉をみせてくださる？　その赤い宝玉を」

しまった、とレカンは思った。人にはみられないようにしていたのに、いったいいつみたのだろう。

侍女のマリンカが歩み寄って盆を突きつけた。しかたなくレカンは首にかけていた宝玉を盆に置いた。

「とても、きれい」

それが宝玉を手にした姫の感想だった。

ずいぶん長いあいだ、姫は赤い宝玉にみとれていた。

そしておもむろに、自分の首にかけていた青い宝玉を鎖ごとはずすと、マリンカに差し出した。マリンカはそれを盆に載せ、レカンに差し出した。

「お嬢様！　それは」

「いいのよ、グリア」

（おい、まさか。やめてくれ、それだけは。神よ！）

だがこの世界の神は、レカンの祈りを聞き届けなかった。

「狼さん。私の宝玉をあなたにあげるわ。だからあなたの宝玉をくださいね」

しばらく沈黙が流れた。

侍女頭がレカンを睨みつける目つきが少しずつ厳しくなってゆく。

侍女のマリンカの視線も痛い。

それは無理もないことだ。彼女らからすれば、流れ者の持つ石ころと、ルビアナフェル姫が身に着けていた高価な宝玉が等価であるわけがない。つまりこれは交換などではなく、ルビアナフェルがお気に入りの剣士に褒美を下賜（かし）する場面なのであり、これを断るというようなことをすれば、抜き差しならない恥辱を姫に与えることになる。

それでも断ろうと、レカンは思った。

断れば、この屋敷を出ることになるだろう。それはかまわない。しかし、ルビアナフェル姫が悲しむだろう。そしてレカンは恩人たちに泥水をかけて立ち去ることになる。

それもかまわないといえばかまわないのだが、不思議なことに、このときレカンの心に、ルビアナフェル姫の願い通りにするべきだという強い思いが湧き起こった。

「はい（イエール）」

レカンは思わず承諾の言葉を口にしていた。

だが、盆の上から青い宝玉を受け取りながら、早くも自分の決断を後悔していた。そして、少しばかり物騒な決意をした。

（オレはもうすぐ、この屋敷を去る。その前の夜、姫の部屋に忍び込もう。そして赤い宝玉を取り戻す）

レカンがそう考えるのも無理はない。

この赤い宝玉は、体力回復と魔力回復の両方が付与された希少な逸品なのだ。宝玉そのものは迷宮で手に入れたし、付与に使う魔石も自前で用意したのだが、高名な付与師への支払いは、当時のレカンの全財産でやっと足りた。以来この宝玉はレカンの冒険を支え続けてくれた。やはり手放せない。

だが赤い宝玉を取り戻そうとするもくろみは、残念ながら実現することはなかった。

ルビアナフェル姫は、一人になることもなく忙しく過ごし、二日後、離れた町に住む高位貴族のもとに嫁いでいったのである。


「おい」

料理人頭のモルダが布の袋を差し出した。

袋にはグリフィルの葉が詰まっている。

「ありがとう（ナロウ）」

礼を言って、レカンは葉っぱを一枚取った。無造作に口に放り込んで、むしゃむしゃとかみしめる。苦い味わいが口中に広がった。水気が抜けきっていなかったのか、鋭い刺激がある。が、今はそのほうがよかった。

気が抜けた、というのが、今のレカンの状態を言い当てているだろう。

何をする気にもならない。

もっともそれはレカンだけではないようだ。姫がいなくなった翌日から、剣の稽古もぱたりとやんだ。使用人たちは皆無口になった。

レカンは一日に何度もこの木陰の石に座り込んでは、綺麗（きれい）に植えられた野菜をながめている。その右隣の石がモルダの定位置だ。

二人は並んで言葉も発せず、ただしばらく口をもぐもぐさせていた。

レカンは寂しさを感じていた。その寂しさが、大切な宝玉が遠くに行ってしまったことからくるのか、ルビアナフェル姫が遠くに行ってしまったことからくるのか、自分でもわからなかった。

ただ、異世界に落ちて一人になってしまったレカンに、ルビアナフェル姫は居場所をくれた。それは確かだった。

くちゃくちゃと、買えばそれなりの値段がする嗜好品をかみしめながら、レカンは巨獣のことを考えていた。

あの怪物は、レカンとひどく相性が悪い。そうでなくても、ソロで挑むような敵ではないのだが、それを差し引いても戦いにくい相手だ。

レカンが得意とするのは狭い場所で多数を同時に相手取る戦いだ。迷宮で魔獣たちを相手取るとき、あるいは戦場にあって一人で多数の敵に取り囲まれて戦うとき、レカンの強みは最大限に発揮される。

たぶんあの怪物の額の目は魔力をみることができる。だから障害物越しにレカンの存在を感知した。

〈立体知覚〉の有効範囲は半径五十歩なのだから、あの怪物相手では中途半端すぎる。相手は五十歩以上の距離から攻撃できる手段を少なくとも二つ持っている。そのうえ、転がる攻撃がある。あれをやられると逃げる以外対処のしようがない。

怪物の表皮は恐ろしく硬そうだ。レカンの攻撃が通るかどうかわからない。

〈爆裂弾〉を使えば何とかなるかもしれないが、あれはいよいよのとき使う虎の子の武器であり、使ってしまえば補充はきかない。ほかには大型魔獣との戦いに向いた武器はない。〈収納〉には、レカンの身長を超える武器は入らないのだ。

ボウドが一緒だったらよかったのだが。表皮の硬い魔獣には、ボウドの鈍器攻撃と、ボウドの能力〈衝撃貫通〉が有効なのだ。レカンが敵を引きつけ、ボウドが敵を削る。それができればこの怪物も怖くはない。

だが、ボウドはいない。ほかに連携の取れる相手もいない。一人で何とかするしかない。

とにかくもう一度戦ってみよう。相手の能力をみさだめるのだ。すべてはそれからのことだ。

レカンは、味気を失った葉っぱの残骸を口から吐き出して立ち上がった。


翌日朝早くに出かけたレカンは、夜遅くに帰ってきた。

今日の戦いは危ないところだった。怪物が飛ばしたとげをさけそこねて腹に穴が空いた。上級治癒薬の持ち合わせがあったから助かったが、そうでなければ命に関わる負傷だった。

魔法薬のことも頭の痛い問題だ。もともとレカンは下級と中級の治癒薬と魔力回復薬は自作していたが、この世界では原料も作り方もわからない。優秀な薬師(くすし)を探して作り方を教えてもらう必要がある。そうでなければ危なくて戦えない。上級治癒薬も手に入れなくてはならない。そんなものがあればだが。

ともあれ、今日の戦いは有意義だった。怪物の手の内がわかってきた。

まず、とげを射出する攻撃は、とげが続く限り何度でも連続して行えるようだが、五十歩を超えると威力と速度が落ちる。

　冷気のブレスは、本当の威力が出るのはせいぜい百歩前後までで、五十歩の距離では大木も芯まで凍り付くが、百歩以上の距離があると急に威力が落ちる。

　転がる攻撃は脅威だ。しかもその状態のときは、皮膚がさらに硬質化していて物理攻撃がまったく通らない。ただし、転がる速度は思ったより速くない。森のなかでならともかく、みはらしのよい場所におびき出すことができれば、レカンなら逃げ切ることができる。

　ソロでは倒しにくい敵であり、レカンには相性の悪い相手だと思っていたが、そうではなかったかもしれない。

　集団で挑めば、全体の移動速度は遅くなるから、転がる攻撃で全滅してしまう。遠距離攻撃ができる魔法使いをそろえても、百歩以内に踏み込めば氷のブレスでなぎ払われるし、百歩以上の遠間から攻撃魔法を撃ち込める者などめったにいないだろう。いたとしても、そもそも足止めする方法がないのだから、百歩の距離はまたたくまに詰められて、やはり皆殺しになってしまう。

　だが、〈突風〉で加速できるレカン一人であれば、逃げながら相手の魔力を消耗させることができるはずだ。

　問題は攻撃だ。三度ほど首筋に剣を打ち込んだが、たいした効果はなかった。

　たぶん首の側からではなく喉の側から攻撃すれば、もっと痛手を与えられるが、あんな低い位置にある小さな首を、喉の側から狙うのはむずかしい。

解決方法は思いつかない。戦いながら活路を探すしかないだろう。

再戦は早いほうがよい。時間を置けば置くほど、この怪物は倒しにくくなる。

ザイドモール領が発展してゆけば、いずれはあの怪物に出遭うことになる。

ルビアナフェル姫の恩義に報いるため、怪物の始末はつけてから旅立つことを、レカンは決心していた。


レカンは小高い丘の上に立って、山の斜面にうずくまる巨獣をながめていた。

寝ているようだ。好機である。

胸をまさぐって、ルビアナフェル姫からもらった青い宝玉を取り出した。魔力を感じるから、何かの効果があるのかもしれない。何の効果が付与されているかはわからないが、今日はお守り代わりに身に着けることにした。鎖の部分はあまりに繊細な造りなので、そのうち取り換えるつもりだ。

魔石をシャツの奥に押し込むと、足音を殺し、慎重に怪物に接近した。

至近距離まで接近したが、怪物はまだ目を覚まさない。

（一撃目を入れさせてもらうか）

レカンは愛剣を振りかぶって、怪物の首筋に目線を据えた。幾筋もの傷が入っている。レカンの攻撃のあとだ。どの傷も浅い。

剣を振り下ろした。その手応えは、予想を裏切るものだった。

（なに？）

剣は深々と首にめり込んだのである。

一瞬を置いて怪物は激しく身をよじりながら起き上がり、聞く者の頭蓋骨を揺さぶるような吠え声を上げた。そして額の目がまっすぐにレカンを捉えた。

レカンは身構えた。冷気のブレスを放つようなら、よけなくてはならない。

そのあとに怪物が取った行動は、いささか間が抜けている。のしのしと短い脚で回転し始めたのである。

レカンは素早く三十歩ほどの距離を取った。

怪物は槍のようなとげを射出しようとしている。しかし、前面部分のとげは、三か月前と昨日、すでに撃ち出してしまった。新しいとげが生え始めてはいるが、武器になるようなとげは後ろのほうにしか生えていない。

やがて体を充分に回転させると、怪物はぶるぶると巨体をふるわせた。

レカンはじっととげをみすえながら、さらに十歩ほど下がった。

とげが射出された。

とげは生えている位置からまっすぐにしか飛ばない。距離が開けば開くほど、とげととげとのあいだの隙間は大きくなる。レカンほどの反射神経と〈立体知覚〉があれば、来るとわかっているとげをかわすのは不可能ではない。

レカンは同じ位置で次の攻撃を待った。近づきすぎたらとげをかわせないし、離れすぎたら別の攻撃をしてくる。

四度攻撃すると、もう怪物はとげを飛ばさなくなった。背中の頂上付近にはまだとげが残っているが、地上の敵にはあの位置のとげは使えないのだろう。

その代わり、頭をこちらに向けて息を吸い込んでいる。レカンはさらに二十歩ほど下がった。

怪物が冷気のブレスを吐いた。

ブレスを外套の端で受けてみた。平気だった。やはり貴王熊の毛皮は、これだけの距離があれば、この冷気のブレスを防ぎきってくれるのだ。

そうとわかれば、あとはこの距離を保ってブレスを受け続けるだけだ。

怪物が少し前に進めば、レカンは少し後ろに下がる。

怪物がブレスを放つと、レカンは直撃をさけるように動く。

そんな攻防がしばらく続き、ついに怪物はブレス攻撃をやめ、体を丸め始めた。

怪物が転がり始めると、レカンは背を向けて逃げた。逃げながら怪物を誘導して、岩肌が露出した場所に出た。ここには疾走を邪魔する障害物がない。〈突風〉を使えば怪物に追いつかれることはない。

しばらくのあいだ引きずり回すと、怪物は回転をやめ、体をほどいてぐったりと地に伏した。擬態(ぎたい)かもしれない。

慎重にレカンは怪獣の頭部に近づいた。

そして二十歩の距離に近づいたとき、〈突風〉を使って突進し、首筋に一撃を入れ、〈突風〉を使って二十歩離れた。

怪物はうなり声を上げて身を揺さぶったが、そのあとは再び地に伏した。

疲れきって攻撃能力を失ったのだ。もはや魔力も枯渇(こかつ)しているのだろう。

それにしても、今の一撃も、ひどく深く食い込んだ。いったいどういうことなのだろう。

もう一度〈突風〉を使って怪物に接近し、首筋に一撃を加えた。

驚いたことに、その一撃は首のなかばまで食い込んだ。

そして怪物は目を閉じ、動かなくなった。

〈生命感知〉の青い点が消えた。死んだのだ。

だが、なぜなのか。今日に限って攻撃が効果を挙げたのは、なぜなのか。

怪物の側の事情だろうか。レカンのほうの変化だろうか。今までの二回とのちがいは何か。

突然気がついた。

青い宝玉だ。

ルビアナフェル姫からもらった宝玉だ。

この宝玉は攻撃力を増加させる力を付与されているのではなかろうか。

いったんそうは考えてみたものの、その思いつきの馬鹿らしさに笑った。

もといた世界でも、攻撃力を上げる技能を持った人間はいた。〈斬撃〉〈破壊〉〈加速〉の三つの能力については、それぞれ実際に持っている冒険者をみたことがある。みたことがあるどころか、〈斬撃〉持ちとは結局殺し合った。そいつが剣を振ると、石竜の鱗で作った胸当ても斬られたし、レカンの当時の愛剣も真っ二つになった。

しかし、それはあくまで、危険を冒して迷宮深層の主を倒した冒険者本人が、ごくまれに獲得できる技能であり能力なのであって、他人に貸し与えることは不可能だ。

あるいは、強力な魔石を使って付与師が剣に〈威力付加〉などの効果を持たせることはできた。しかし、宝玉をはめ込んだ剣にせよ、剣身に直接効果を付与した剣にせよ、その効果はその剣固有の効果なのであって、ほかの武器に移すことなどできはしない。

身に着けるだけで手に持った武器の威力が上がる装身具など、聞いたこともない。もしそんなものがあれば、伝説級の秘宝といえる。

レカンは夢中になって検証実験を行った。青い宝玉を装備した状態と、〈収納〉に収納した状態で、死んだ魔獣の首や足の試し斬りを行ったのだ。

結果は歴然としたものだった。この宝玉には、きわめて強力な攻撃力増大の付与がかかっている。間違いない。価値ははかりしれない。この宝玉を得ただけでも、この世界に来た意味がある。

ルビアナフェル姫は、この付与のことを知っていたのだろうか。

知っていたとは思えない。知っていたなら、彼女はこの宝玉を父か兄に捧げたはずだ。

だが、もしも知っていてレカンに与えたとしたら、それはいったいなぜなのか。

しばらく考えたが、答えは得られなかった。とにかく今はレカンのものだ。それで充分である。

日が暮れてきたので考えることをやめ、怪物から魔石を取り出した。驚くほど巨大で強力な魔石だ。怪物の巨体がレカンの目の前で砂になり、崩れ去った。

飛ぶように館に帰り、倒れ込むように寝床に伏した。

翌朝起きると、〈収納〉から保存食を取り出して水で流し込み、いそいそと森に駆け込んだ。

そして実験を重ねた。

剣で。

盾で。

打撃武器で。

刺突（しとつ）武器で。

投擲(とうてき)武器で。

素手の攻撃で。

棒きれを持っての攻撃で。

その結果、やはりこの青い宝玉は攻撃力を増加させる付与がほどこされていると確信した。

切れ味の強化ではないし、ダメージの増加でもない。

投擲武器と素手の攻撃では効果が現れず、こぶしに武具を装着したときには効果が現れた。

つまり、この青い宝玉は、武器を持って攻撃したときの攻撃力を高めるのであり、武具を手放せば効果は失われる。

〈赤火弾〉が撃てる杖(つえ)を取り出して実験したが、魔法攻撃の威力は上がらなかった。つまり、物理攻撃にしか効果は現れない。

翌日も、翌々日も、森に入って宝玉の効果を検証した。

ある程度以上の破壊力がある攻撃でなければ効果が発動しないことがわかった。ナイフとフォークで肉を切り刻んだり、裁縫針を布に突き刺したりしたぐらいでは発動しないのだ。

その一方で、ただの棒きれでも充分な威力を持って標的に打ち当てるならば、効果が発動する。

たぶんこの効果は、単純に武器の攻撃力を高めるというよりも、ある人物がある武器を持って攻撃する、その攻撃力の全体を増加させるのだ。

発動するにあたり、持ち手に何かの条件があるのかどうかは確認できていない。

それを確認するには、レカン以外の誰かで実験する必要があるが、そんな実験をする気はない。

ある程度以上の攻撃力を持った使い手にしか発動できないのではないかと推測しているが、とにかくレカンには発動させられるのだから、現状としてはそれでいい。

鎖を取り換えるつもりだったが、やめた。万が一にもこの付与の効果がそこなわれてはたまらない。

代わりにシャツの内側にポケットを作った。鎖が切れても宝玉を失わないためだ。

もっともこの宝玉は、普段はしまっておくことにする。

理由は二つある。

一つは、普段は付加のない状態で実力を養うためだ。

もう一つは、この世界にも〈鑑定〉持ちがいるかもしれないからだ。

今まではそんなことを気にするゆとりも必要もなかったが、ザイドモール家を離れてこの世界を旅するには、それなりの用心というものがいる。

この宝玉の秘密は、誰にも知られてはならない。

「そうか。明日、行くか」

「はい（イエール）」

「どこから来たかと聞かれたら、北の国から来たと答えるのがいいだろう」

「はい。落ち人であることは秘密にする」

「そうだな。だが落ち人であることを名乗るべきときも来るだろう」

「そのときが来れば考える」

「これは私からの感謝の気持ちと餞別（せんべつ）だ」

　袋を手渡された。

「それからこれは、お前が得た魔石の代金だ」

　別の袋を手渡された。

「衣類と食べ物を持っていくがいい。あとで侍女に届けさせる。火打ち石は持っているか？」

「はい。旅の道具は町で買った」

「そうか。準備はできているのだな」

「できている」

「今夜は送別会をしよう」

騎士や従卒たちとの送別会は、なかなかにぎやかで楽しいものになった。

翌朝、館のほぼ全員が見送ってくれた。

「おい」

そう言って、料理人頭のモルダが布の袋を差し出した。

袋の口は閉まっている。袋ごと、グリフィルの葉をくれるというのだ。

「ありがとう」

レカンは、腰に剣を吊り、外套を羽織り、荷物袋を背負って人々に背を向けた。そしてそのまま、すたすたと歩きだした。

「また会おう!」

騎士エザクが背中に声をかけてきた。

レカンは背中越しに右手を挙げて応じたが、まさか本当にエザクと再会することがあるとは、このときは思ってもいなかった。

第2話 護衛依頼

WOLF DOES NOT SLEEP　STORY TWO
VOLUME ONE

「あ、あんた」

レカンは食事を中断して顔を上げた。

三人の農民風の男がレカンの前に立っている。話しかけてきたのは、一番年長と思われる男だ。

「あんた、冒険者（ジートル）かい？」

「そうだ」

「た、頼みたいことがあるんだ」

レカンは少し目を細めて次の言葉を待った。

「おらたちの村に白幽鬼（ザーグ）が出たんだ。倒してほしい」

「白幽鬼とは何だ？」

「あ、あんた、冒険者なのに、白幽鬼を知らないのか」

「北から来た。この国の言葉は、あまり知らない」

「そ、そうなのか」

とりあえず三人を座らせて、自分は食事を続けながら話を聞くことにした。

白幽鬼は妖魔である。妖魔も大きくは魔獣の一種だが、厳密には区別される。魔獣は食事もするし繁殖もし、普通の獣とちがわない。一方、妖魔は森や迷宮に自然発生する精霊のようなもので、普通の意味での生き物ではない。妖魔も魔獣も人を襲う怪物であり、みつけたら退治しなくてはならない。

白幽鬼は人のような姿をしているが、角があり、目がない。非常に力が強く、また、少々の攻撃では死なない。

その白幽鬼が一体、村の近くに現れた。最初に襲われて食われたのはこどもだ。獣のしわざかと思っていたが、森に入った女が襲われ、それを目撃した夫の証言で白幽鬼だとわかった。村の男たちが総出で狩ろうとしたが、みつからなかった。

このままでは森に入ることができない。困り果ててこの町に冒険者を探しに来たのだ。

「報酬は銀貨一枚。これだけしか出せないんだ」

銀貨一枚あれば、安宿なら五泊できる。食事付きなら三泊だ。命がけの討伐の報酬としては、たぶんひどく安い金額だ。だがレカンにとっては経験を積むよい機会である。

「寝泊まりする場所と食事はあるか」

「よ、用意する」

「よし（イエール）。仕事を受ける」

旅に出て二十日少々が過ぎていた。レカンは、国の中心部に向かって歩いている。大きな町で腕のいい薬師（くすし）に弟子入りするのが目下の目的だ。

ザイドモール家の当主が渡してくれた袋には、金貨が五枚入っていた。金貨一枚は銀貨百枚に相当するのだから、ひと財産だ。それを五枚も与えてくれたのだから、田舎（いなか）領主にすぎないザイドモール家にとっては少なくない負担だったはずだ。

魔石の報酬として渡してくれた袋には、銀貨が二十八枚入っていた。何個の魔石を渡したか覚えていないが、もしかするとこの金額は魔石の利益を上回っているかもしれない。

そんなわけで、当分のあいだは金に困らない。のんびりと旅を楽しむことができる。

ただしレカンには、この世界における常識というものが圧倒的に不足している。まずは冒険者としてやっていけるだけの経験を積んでいく必要がある。そんなレカンにとって、これは渡りに船といってよい依頼だった。

三人の農民は、この町から歩いて半日ほどのガスコーという村に住んでいる。冒険者の斡旋（あっせん）所があるような町は遠いので、この町で冒険者か腕の立つ旅人を探そうとして、食事中のレカンに目をとめたのだった。長身のレカンは目立つ。顔つきも獣じみていて精悍（せいかん）だ。恐ろしいといえば恐ろしい容貌なのだが、三人の農民には頼もしくみえたらしい。

ガスコー村に到着したら、すでに日没だった。

豆のスープと固いパンが出されたので、食べた。ごく貧しい食事だが、たぶん農民たちの食事より上等だ。

村の隅にあった古い馬小屋で眠るようにいわれた。ひどい臭いがしたし、藁はしめっていたが、冒険者稼業を長年続けていれば、こんなねぐらにも不満は感じない。

翌朝早く、昨日レカンに話しかけてきたワズーという男が迎えに来た。

夜が明けてまもないというのにレカンが小屋の外で剣の素振りをしていたのをみて、ワズーはびっくりしていた。

「も、森に案内する。女が襲われた場所に」

「うむ」

早い出迎えには、早く怪物を退治して早く立ち去ってほしいという気持ちが込められているだろう。レカンとしてもこの村に長居をするつもりはないので、すぐに外套をまとった。小屋の隅に置いてある荷物袋は置いていくことにした。

怪物が出た地点は、ほんの少しだけ森に入った場所で、村の端から千歩も離れていなかった。

こんな近くで怪物の被害が出たら、確かに心配だろう。

「じ、じゃあ、よろしゅう頼んます。わしゃあ、村に帰るんで」

「みつけたぞ」

「へえっ？」

「魔獣らしきものを、みつけた。これがその白幽鬼かもしれん。少しそこで待て」

レカンの〈生命感知〉には、少し前から青い点が映っていた。この位置からなら三百歩もない。

近づいてみると、大木の根元のこんもりとした低木の茂みのなかに、何者かがうずくまっている。

レカンが剣を抜いて構えると、その何者かはおもむろに立ち上がった。

なるほど、人のような姿をしている。ただし頭部には短い角がある。

目があるべき位置には、ただ穴が空いているばかりだ。その奥はひどく暗くて、眼球のようなものがあるのかどうかはわからない。

鼻のようなものはあるが、鼻の穴があるのかどうかは、よくわからない。

口は巨大だが、歯があるようにはみえない。ただし、人間をむさぼり食うというのだから、かみちぎる力は備えているにちがいない。

ぼ～～お～～う～～。

白幽鬼が両手を振り上げ虚空を睨んで、風が太い筒を通り抜けるときに出る音に似た不気味な叫び声を上げた。

「ひっ、ひっ」

ずっと後方で、ワズーが腰を抜かしている。

白幽鬼の発した声をレカンは恐ろしいとは感じなかった。妙に物悲しく感じた。

それにしても、大きい。たまたまこの個体が大きいのかもしれないが、身長はレカンとほぼ同じだ。胴回りはレカンより太い。顔や指先まで含め、全身がぼろぎれに包まれているようにみえるが、よくみてみると、それは表皮の一種であるようだ。

レカンは剣を一閃させ、怪物の左腕を根元から断ち落とした。

それにかまわず白幽鬼はレカンに近づいてくる。

レカンは後ろに飛びすさり、怪物の動きをみつめた。

移動は速くない。

木の枝を斬り落とし、素早く葉を払って即席の棍棒を作ると、白幽鬼のほうに突き出してみた。

白幽鬼は、残された右腕で棍棒を振り払った。動作はのろのろしたものであり、機敏な人間なら問題なくかわせるだろう。だが、その力は強い。当たり所によっては一撃で人間を昏倒させられる威力だ。それどころか、打ち所が悪ければ死ぬかもしれない。

065 - 064

そのまましばらく棍棒で白幽鬼の動作を試してみた。特に意表を突くような動作はないし、いずれにしてもこのような緩慢な動きしかできないなら、十体二十体を同時に相手にしても、まったく脅威はない。左腕の切り口からは、体液が流れ出る気配もない。やはりこれは生き物ではない。

首を刎ねた。

相手が倒れると、〈魔力感知〉で魔石の位置を探ったが、みあたらない。どうも妖魔は倒しても魔石が生成されないものらしい。怪物の体は砂になって崩れた。

レカンはワズーのそばに戻った。

「依頼は果たした」

「は、はひ」

「金をくれ」

レカンは報酬を手にして、さっさと村を立ち去った。

今回の経験で、妖魔も〈生命感知〉で感知できることがわかった。

「おい。あんた。あんたじゃよ」

レカンは食事の手を止めて、顔を上げた。

真っ白な髪と髭（ひげ）を豊かに伸ばした赤ら顔の老人が立っている。人なつっこい顔つきだ。

「あんた、登録冒険者ではないみたいじゃが、馬車の護衛をやる気はあるかの。期間は四日、報酬は銀貨十枚。晩飯だけは依頼主が準備する。行き先はヴォーカじゃ」

ヴォーカ。

それはまさに、今レカンが目指している町だ。この近辺では最も大きな町であり、そこになら腕のいい薬師もいるはずだ。そして、近くに迷宮もある。

「わかった。依頼を受けよう。どこに行けばいい」

「その食事を早いとこ終えて、わしについてきてくれ」

残りをレカンは三口で食べ終えて、立ち上がった。

「ほっほ。思ったよりさらに身長が高いの。いい外套を着ておる。それにその剣。相当いい剣じゃの」

今この場にはほかにも何人か旅人がいる。そのなかで最も体格がよく、装備もよいレカンに、この男は目をつけたのだろう。

男の案内で歩きながら、レカンは尋ねた。

「登録冒険者というのは」

「ほ？　何かの？」

「どこで登録できるんだ？」

「そうじゃのう。この辺りで冒険者の斡旋所があるといえば、やっぱりヴォーカかのう。ボイドの町でも登録できるかもしれんが、反対方向じゃからの。小さな町の斡旋所じゃあ登録を受け付けていないこともある。まあとにかく正式に〈冒険者協会〉の看板をかけてるところが安心じゃ。登録はしといたほうがいいぞ。さっきの食堂に冒険者章を首にかけてる者がおったら、わしもそいつに声をかけておったじゃろう」

もとの世界には冒険者が登録するという制度などなかった。冒険をする者は冒険者と呼ばれるが、ある日冒険をやめれば冒険者でなくなる。それだけのことだった。この世界には登録制度があり、登録章があるという。それなら登録してみるのがよいだろう。


「チェイニーさん、おったおった。いい人がおった！」

馬車が今にも出発できる状態で待機していた。二人乗りで、後ろには荷物がたっぷり積める作りになっている。といっても今はあまり荷物を積んでいない。売りさばいた帰途なのだろう。

「おお、エイフンさん。いい人をみつけてくださったようですね」

チェイニーと呼ばれた小太りの中年男は、人のよさそうな笑顔をみせながら、持っていた茶色の鞄を左手に抱え込み、レカンに歩み寄って右手を差し出した。しかたなくレカンも右手を差し出し、相手の右手を握って縦に振った。これは握手という、この世界独特の風習だ。正直なところ、利き腕を握り合うというこの不気味な風習にはなじめない。

「これはこれは、歴戦の勇士をお迎えできたようですね。私はチェイニーという商人です」

「レカンだ」

「ヴォーカの町に店を持っておりましてね。護衛の剣士が二人とも急病で倒れてしまったのですが、どうしても急いで帰らねばならない用事があるので、こうして新たに護衛お二人をお願いした次第です。こちらが」

チェイニーは、馬車に背をもたれさせている若い女を紹介しようとしたが、女は、それをさえぎった。

「あんた。モグリかい?」

「なに?」

「未登録かいって聞いてんのさ」

女は、背中に矢筒を背負い、手には短弓を持っている。

「ああ。まだ冒険者登録はしていない」

「へっ。足、引っ張るんじゃないぜ。あたいはエダ」

そう言いながら、首に巻いた黄色いマフラーの下から何かを引っ張り出した。銀色の鎖の先に、銀色の小さな金属片がついている。それをみせ、軽く握った右手の親指を立てて鼻を横から、ひょいとなでた。

「銀級さ」

この世界の人々の顔はのっぺりとしていて、いまだにレカンには年齢が正確にわからないのだが、この少女はどうみても二十歳前であり、たぶん十五歳ぐらいだ。首に巻いた鮮やかな黄色のマフラーが、いかにも素人くさいし、気配といい所作といい、とても冒険者にはみえない。

短い赤髪は、あちらこちらに跳ね上がっている。透き通るような水色の目が印象的だ。

この少女は魔力持ちだ。しかもかなり強力な魔力を持っている。

それにしても、一つ情報を得た。冒険者には〈級〉があるようだ。銀級というのが上から何番目なのか、下から何番目なのかはわからないが。

「わしは御者のエイフンじゃ。レカンさん、四日間よろしくのう」

レカンに声をかけた男はそう名乗って御者台に上った。

「では、急がせてすいませんが、さっそく出発しましょう。野営の前に少しでも距離をかせぎたい」

「わかった。オレは馬車の前を歩く。速度は馬車に合わせる。都合のいい速さで進んでくれ」

「じゃああたいは荷台に乗ってみはりをするよ」

「それはだめです。エダさん。あなたは馬車の後ろを歩いてください」

使えない女だな、とレカンは思った。

帰りにも荷を積んだほうが儲け(もう)は大きいのに荷台にほとんど荷がないのは、馬車の速度を上げるためだ。つまり、守らねばならない大金か貴重品を運んでいるか、急いで帰らねばならないわけがある。それなのに、荷台に乗って馬に余分な負担をかけようなどとは、護衛としての基本がわかっていない。

しかもこの護衛二人は、依頼者にとってまったく知らない相手であり、いつ強盗に変じるかもしれない護衛だ。馬車になど乗せられるわけがない。

もっとも、依頼者側にも隠し玉はある。御者のエイフンは魔力持ちだ。護衛が裏切ったときの奥の手というわけだろう。

そして馬車は出発した。

田舎道を走り、さらには山道に入ったが、その速度は速い。

レカンは馬車の速度に合わせ、平地では三十歩、山道では二十歩の距離を保った。

山に夜のとばりが降りても馬車は止まらない。暗いなかでどうして進めるのかといえば、それは明るい光を前方に放つ不思議な器具のおかげだ。魔力を感じる。たぶん魔道具なのだろう。

蠟燭(ろうそく)や松明(たいまつ)では得られない安定した明るい光が、馬車の行く道を照らしている。

もっとも、馬車の前方を行くレカンには、その光の恩恵はほとんど得られない。しかしレカンには〈立体知覚〉がある。〈立体知覚〉は色彩を認識できないが、真っ暗な闇のなかでもみえる。木や岩の陰に隠れた相手もみえるし、部屋のなかでもみえる。

やっと馬車が速度をゆるめ、そして止まった。

「ここで野営しましょう。それにしても、レカンさん。素晴らしい。ずっと走ってもらいましたが、まったく乱れることのない足取りでしたね。どうしてこんな暗い山道で、あんなに迷いなく走れるのでしょうか。驚きです」

「オレは薪(たきぎ)を集めればいいか？」

「ええ。すいませんがお願いします」

「すまんな、レカンさん。わしはしばらく馬の世話をしとるからのう」

レカンは枯れ木を選んで薪をかき集めた。太い枯れ木があれば、愛剣で断ち斬った。ふつうそんな使い方をすれば、どんな名剣でも刃こぼれがひどくなって、すぐに使い物にならなくなる。だが、この剣には、〈自動修復〉の付与を持つ宝玉を埋め込んである。

「おお！　あっというまに、こんなにたくさんの薪が」

チェイニーは、荷台で何かをごそごそいじっていたが、やがて青緑色の不思議な光がともった。魔力をまとった光だ。その光は、レカンが知っている、ある光とよく似ている気がした。

「魔物よけ……か？」

「おお！　よくご存じですね。珍しい魔道具なのですが」

「かまどは、この大きさでいいか？」

「おやっ。いつのまにかかまどまで。形のよい石ですねえ。よくみつけたものだ。ええっと、もう少し間隔を狭めたほうがよいでしょう。鍋がちょうど載るぐらいに」

　チェイニーが鍋を取り出したので、その大きさに合わせて石と石の間隔を調整し、なかに細い枯れ枝を折って入れ、その上に枯れ葉を載せた。するとチェイニーが懐から何か小さな道具を出して、枯れ葉に近づけた。ぽん、と音がして道具から小さな炎が上がり、すぐに枯れ葉に燃え移った。魔道具なのだろう。

　レカンは、少し太めの枯れ枝を使って炎を大きくすると、太い枯れ枝を炎の脇に積み上げていった。

「ほっほ。いいあんばいに火が燃えとるのう。なら、料理にかかるとするかの」

　馬の世話を終えたエイフンが、食べ物の袋と水袋を持ってきて、料理を始めた。

「ところで、お嬢ちゃんは、どうするかのう？」

「仕事中だということを思い出したら、追いかけてくるんではないですかね」

　これはちょっときつい皮肉だ。

　エダは必死で馬車のあとを追いかけてきていた。途中三度休憩があったが、三度目の休憩のときには、少し遅れたが追いついた。だがそのあとついてこれなくなり、ある地点で急に停止した。そのままエダの赤点は停止したままだ。木にでも衝突したのだろう。

「若い身空で魔獣の餌(えさ)というのもかわいそうじゃないかのう。レカンさん、あんたちょっと迎えに行ってあげたらどうかの」

　エイフンからそう言われたが、依頼主から離れてしまうのは気が進まなかった。

「なあ、チェイニーさん。魔物よけもあることじゃし、ちょっとくらいならレカンさんがいなくても、大丈夫じゃないかの？」

「うーん。……まあ、エイフンさんがそう言うなら、そうしますか。レカンさん、すいませんが、お願いできますか。お疲れでおなかもすいておられますでしょうし、暗いなかのことで大変ですが。あ、よかったら発光灯（フリアバーム）を一つ、持っていかれますか？」

「光を出す器具のことか？　いや。オレにはこの星明かりで充分だ」

　本当は星明かりも必要ないのだが、レカンはそう答えて走り去った。

　だが、何かが不安だった。この場を長く離れれば、よくないことが起きるような予感がした。できるだけ早く帰ってこなければならない。幸いエダは強力な魔力持ちなので、簡単にみつかるだろう。

　レカンは〈収納〉から、小粒の魔石をひとつかみ取り出した。〈突風〉を連続的に使うために、消費した魔力を魔石で補充するのだ。ちょっと散財することになるが、しかたがない。

「〈風よ〉！　〈風よ〉！　〈風よ〉！」

　レカンは木々の上を走るようにして、まっすぐにエダが倒れた場所を目指した。

エダを抱きかかえて戻ったレカンをみて、エイフンは目を極限までみひらいた。

「えっ？　えっ？　ええええっ？　も、もう戻ってきたのかの？」

「思ったよりも近かった」

「いや、そんなはずはないがのう」

チェイニーも驚いた顔をしていたが、口に出しては何も言わなかった。

料理ができると同時にエダは目を覚ました。

「あれ？　ここは？」

「エダさん。レカンさんがあなたを連れてきてくれたのですよ」

「えっ。そりゃあ悪かったなあ。いやあ、変なところに木があってよ。ありゃあ誰でもぶつかるぜ」

エダはたくさんの料理を食べ、たくさんの水を飲んだ。

「おい、レカン。みはりの順番を決めようぜ」

「いや。みはりは必要ない。弱い敵は魔物よけが追い払ってくれる」

「えっ？　あの綺麗な光は、やっぱり魔物よけの魔道具かい。すげえなあ。あたい、はじめてみたぜ」

「それでも近寄る敵がいたら、オレは目を覚ます」

「なんだって？　そんなわけないだろ。野営中は護衛が交代で不寝番をするのが冒険者の常識だぜ」

「それは未熟な冒険者の話だ」

レカンはそれだけ言うと、たき火に枯れ木を五本ほどくべ、ごろりと横になった。

「あ、この野郎！　起きろっ。起きろったら」

「エダさん」

「あ、チェイニーさん。今すぐこの野郎をたたき起こすから、ちょっと待ってくれ」

「エダさん。レカンさんは、優れた冒険者です。護衛の経験も豊富なようです」

「えっ。こいつがか？」

「レカンさんのここまでの働きは信頼するに足るものです。そのレカンさんが寝たままで危険から依頼主を守れると言うのなら、それはその通りなのです」

「だまされてる。あんた、この野郎にだまされてるよ！」

「依頼者として、レカンさんをこれ以上起こそうとするのは禁止します。あなたも寝るといい」

そう言ってチェイニーは横になった。エイフンはといえば、一足先にいびきを立てている。

「な、なんだこいつら。野営のことを、何もわかっちゃいねえ。しょうがねえから、今夜はあたいが一人で不寝番をしてやるさ。どうせ片っぽしか目がみえねえやつなんか、戦闘じゃ役に立たねえしな」

そして夜は更けた。

たき火の火勢がおとろえたので、レカンは起き上がって薪を加えた。

エダが木に寄りかかるようにして器用な格好で眠っている。姿勢を直してやった。

問題が起きている。

魔獣よけのおかげで魔獣は接近してこなかった。だが、魔獣よけが有効な範囲を取り囲むように、多数の魔獣が集まってきている。もとの世界には魔獣よけの魔法があったが、発動が強すぎると、その境界線の位置に魔獣を引き寄せてしまうことがあった。これはその現象に似ている。

二日目の朝が来て、チェイニーとエイフンが目を覚ました。レカンは魔獣が集まっていることと、原因の推測を告げた。

「たくさんの魔獣というのは、どのくらいの数なのでしょう」

「二百近いな」

「えええっ」

「ほんとかいの。それじゃ魔獣よけを切るわけにいかんのう」

「そうですね。魔石がもったいないですが、このまま魔獣よけをつけたままで移動しましょう。いやあ、強い魔石を入れると、逆に魔獣を集めてしまうとは聞いていたのですが、ついうっかり奮発して、強い魔石を入れてしまいました」

「そのあとはどうする」

「何のことでしょう、レカンさん」

「魔獣よけをつけたまま移動すれば、魔獣がそのままついてくる。町に着けば町が襲われる」

「あ……」

「魔獣に町を襲わせたりしたら、どんな罰を受けるかわからんのう」

「どう……しましょう」

「とりあえず、魔獣よけをつけたまま移動だ。平地に移動したら手を打つ」

「わかりました。では移動しましょう」

「嬢ちゃん、朝が来たぞ。起きんと置いていくぞい。ほらっ、嬢ちゃん」

「う、う〜ん。朝か？　朝飯は？」

「朝食は移動しながら各自で。では出発します」

レカンは前日と同じように馬車の先導をしながら、干し肉をかじり、炒り豆をかじり、水を飲んだ。

やがて馬車は平地に下りた。すると、五百歩ほど距離を置いてついてくる魔獣たちの姿がはっきりとみえてきた。

「二百、よりだいぶ少なくないかの？」

「半分ほどの魔獣は、山を出るのをきらったようだ」

「それにしても多いですね。百匹ぐらいですか？」

「む、無理だ！　冒険者が十人いたって、こんなの絶対無理だ。ヴォーカには守備隊がいるって聞いたことあるぜ。倒してもらおうぜ」

「途中の村が全滅してしまいますよ。それに、そこまで魔石が持つかどうか。レカンさん。どうしたらいいでしょう」

レカンには正確な呼び名がわからない魔獣が多いが、体や魔力の大きなものはいない。狼(おおかみ)、猪(いのしし)、猿、熊に似た種類の、ごく下級の魔獣ばかりだ。

「ふむ。魔獣よけはそのままつけておけ。ちょっと行ってくる」

レカンはそう言い残して魔獣の群れに向かって疾走した。

すぐに到達して、剣を抜いた。そして片っ端から斬り捨てた。いずれもたいした魔力は持たない小物の魔獣ばかりだが、どんな攻撃手段を持っているかわからない。となればやはり先手必勝である。攻撃をする隙を与えず、速攻で殲滅(せんめつ)するのが一番よい。

一匹残らず殺し尽くし、死骸の山に一礼すると、走って馬車のもとに帰ってきた。

「魔獣よけは停止していい。出発だ」

「ほとんど返り血を浴びておらんのう。なんということじゃ」

「こんなすさまじい剣技ははじめてみました」

「……レカン。いや、レカンさん。あんた、二つ名持ちの傭兵だったのか？」

レカンが馬車の前に出ようとしてエダの前を通り過ぎるとき、エダはレカンの左手の中指で光る銀色の指輪に目をとめた。

「あんた、こんなしゃれた指輪してたっけ？」

その指輪は、一日目の夜、〈収納〉から取り出して装着したものだ。

だが、そんなことを説明する必要もない。

「まあな」


二日目の昼ごろには小さな村に着いたが、水を補給してわずかな休憩を取ると、そのまま出発した。どうもエダがふらふらと目を回しているので、どうしたのかと聞くと、腹が減ったという答えだった。しかたがないので、干し肉と炒り豆を分けてやった。ちなみに結局エダは荷台に乗っている。チェイニーが許したのだ。

二日目の日没まぎわに、山のなかに入ったところで、レカンは魔獣の接近を察知した。

「レカンさん。どうかしましたかな？」

「魔獣だ。十八匹。前方からこちらに来る。馬車を止めろ。迎え撃つ」

「わかりました。エイフンさん！　停車してください」

一行は、物音を立てないようにして、敵の接近を待った。エダは弓に矢をつがえて、荷台に乗ったまま、薄暗い森の前方をきょろきょろながめている。

木がざわざわとざわめいている。

「上だ」

レカンが言った。〈生命感知〉では高低は判別できないので、近くに寄られるまで、敵が高所を移動してきたことがわからなかった。

大勢の魔獣が、わらわらと頭上から降ってくる。

「うわっ、うわっ」

エダが悲鳴を上げながら続けざまに矢を射たが、魔獣にかすりもしていない。

御者台のエイフンは、魔獣の動きをよくみて攻撃をかわし、防いでいる。

猿によく似た魔獣だ。十歳のこどもほどの大きさで、黒い体毛に覆われているが、顔だけが赤い。敏捷(びんしょう)性は高いようだ。

レカンは落ち着きはらって魔獣を屠(ほふ)っていった。多少奇抜な動きをする魔獣だが、レカンの動体視力と攻撃速度からすれば、とろくさい敵でしかない。

依頼主であるチェイニーは、馬車のなかに閉じこもって窓を閉めているので、安全である。一撃で馬車を破壊できるような敵ではないし、そもそもゆっくり攻撃できる時間など与えない。

猿よりエダが危なかった。二度ほどレカンに矢を射込んできた。さすがに二本目の矢には腹が立ったので、空中で斬り落とした。

エイフンに飛びかかってかみつこうとした猿を斬り殺したのが最後だった。

エダが、痛い痛いとわめいている。猿に引っ掻かれるかかみつかれるかしたのだろう。さすがにそこまでは面倒をみきれない。

「お、終わりましたか？　あ、荷台が血でよごれてしまいましたねえ。しかし今は時間のほうが大事です。行きましょう」

「あ、チェイニーさん。ちょっと待ってくれ。矢を、矢を回収しないと！」

エダの言葉を聞いて謎が解けた。いったいどこに予備の矢をしまっているのか不思議だったのだが、エダは予備の矢を持っていなかったのである。

「エイフンさん、出発してください」

「ほっほっほっ」

エダの懇願に耳をかさず、チェイニーは馬車を出発させた。エダは大あわてで手近な矢を回収してから馬車を追いかけた。ちなみに、エダが持っていた十二本の矢のうち、猿の魔獣に当たった数はゼロである。

二日目の野営も山のなかだった。

突然、エダが叫んだ。

「魔石！」

「魔石がどうしましたか」

「さっき、赤猿を倒したのに、魔石を回収してないじゃないか！」

では、あれが赤猿だったのだ。

迷宮でも森でも最もありふれた魔獣だと聞いている。今までにも倒したことがあるが、名前と姿が結びつかなかったのだ。

それにしても、エダは今ごろ何を言っているのだろう。さっきチェイニーが時間のほうが大事と言っていたのを聞いていないのだろうか。

「ひと財産だったのに！」

分け前をもらう資格がエダにあるかどうか疑問だが、それにしても赤猿の魔石など、わざわざ取り出す価値はない。それを言うなら、昼に倒した百匹ほどの魔獣のほうが、まだしも価値のある魔石を残したはずだ。もっとも昼に倒した魔獣については、立ち寄った村で、魔石なり素材なりの半分を自分のところに持参し、あとは村の財産にしてよいとチェイニーが村長に告げていたから、むだになることはないし、死骸が腐敗して害をなすこともないだろう。

「なあ、今からでも戻らねえか？」

エダがうるさいので、レカンは別の話を振った。

「エダ。その首の黄色いマフラーは、目立つ」

「えっ？　あっ。かわいいだろ。へへ」

「暗いところでもよくみえる」

「お、そうかい。ありがとよ」

「目印となって、敵や魔獣が襲う」

「え？」

「冒険者は、そんな派手なマフラーは着けない」

「……うわわわわわわ！　何だってえー。そんならそうと、早く教えてくれよ！　うわー。だからさっき、あんなにあたいにたかってきたのか。うわー、うわー。思い出したらあちこち痛くなってきた！　ちくしょー。ちくしょー」

　結局うるさい女だと思いながら、派手な格好をした冒険者もいたな、と思い出した。

〈血まみれ〉ランシーという名の女冒険者だ。燃えるような真っ赤な髪をしていて、血のような色合いの革鎧（かわよろい）を身に着けていた。両手の指にはきらきらした宝玉が輝いていた。本当に派手な女だった。魔獣を引き寄せては大剣で斬り殺して、いつも返り血を浴びていた。おそろしく美しい女だったから、男も大勢引き寄せられた。そしてみんな心をずたずたにされた。

　急に、もとの世界がなつかしくなった。

空をみあげたが、星ばかりで月がない。あの大きくて明るい月は、この世界にはないのだ。

そのことが寂しくてならなかった。


三日目の朝である。

「レカンさん。あなたのおかげで、無事にここまで来られました。どうしても明日中に帰り着かなければならなかったのですが、このぶんなら今日の夕刻には到着できるでしょう。あなたは恩人です。このことは決して忘れません」

「まだ着いていない」

「はい。最後までよろしくお願いします」

「わしからも、礼を言わせてくれ。あんたは、ほんとにたいした冒険者じゃ」

なぜかエダが、レカンの後ろで得意げな顔をしていた。

馬車はしばらく山道を進んだ。

レカンが突然立ち止まった。

「レカンさん、何事ですか」

「八百歩前方に人間が四人いる。たぶん二人ずつ道の両側に隠れている」

「どうしてそんなことがわかると……いや、これは愚問でした。あなたがそうおっしゃるのなら、そうなのでしょう。で、どうしますか」

「このまま五百歩前進してほしい。そこで停止してくれ。オレが相手の出方を確かめる。オレの指示があるまで前進するな。危ないと判断したら後ろに逃げろ」

「わかりました。エイフンさん、そのようにしてください」

「……ほっほ。了解(イエール)した。しかし、とんでもない索敵(さくてき)能力じゃの」

「盗賊かい？　今度こそ、あたいの出番だな」

「エダ。矢は三本しか残っていないぞ」

「うーっ。一人はあんたに譲るよ」

「魔法は使わないのか？」

「魔法だってえ。そんなもん、使えるわけないだろ！　馬鹿にすんな！」

「ふむ？　お前は馬車を守れ。後ろに気をつけろ」

「わ、わかった！」

五百歩進んだが、相手は動かない。

馬車を止めさせて、レカンは一人で前に出た。

〈立体知覚〉の感知範囲に入った。

二人は弓を構えており、二人は抜き身の剣を持っている。四人とも木や草の陰にうまく隠れ、気配も見事に消している。待ち伏せ技術に等級があるなら、この四人は上級認定してもいいぐらいだ。よく訓練されている。食い詰め者の山賊などでは絶対にない。

レカンは足を止めた。わずか数歩先に敵がいる。待ち伏せしている者たちは、レカンを襲おうとしない。つまり、通行人なら誰でも襲うというわけではないのだ。

チェイニーの馬車に気づいてから隠れたにしては早すぎる。チェイニーの馬車が通ることをあらかじめ知っており、それを狙っていると考えるべきだろう。

知りたいことは、すでに知った。もう倒していい。

抜剣しつつ右側の草むらに飛び込み、剣を構えた男の右腕を斬り落とした。

そのまま素早く五歩進んで跳び上がり、木の上で弓を構えている男の右足を斬り落とすと、着地して身をかがめ、低い姿勢のままで道の反対側の茂みに飛び込んだ。

敵が悲鳴を上げながら墜落するのを背中に聞きながら木の枝を駆け上り、大きく跳躍して、弓を構えていた男の首を斬り落とした。

その勢いのまま、レカンは樹上を越えて空に躍った。

虚空から、最後の敵をみおろすと、何かを左手に持って、その先をレカンに向けている。

とっさに〈魔力感知〉を行った。反応がある。魔道具だ。

「〈風よ〉！」

突風を横から敵の左手にたたきつけた。

手に持ったものの先から火の玉が飛び出して、レカンの左側を通り過ぎた。

そのままレカンは相手の真ん前に飛び下りて、首を刎ね、返り血を浴びないよう、後ろに飛びすさった。後ろで火の玉が当たった大きな木が倒れるのを、〈立体知覚〉で察知した。

死んだ男に近寄って魔道具を取り上げた。みたことのない奇妙な形をしている。その器具を〈収納〉に収納し、火の玉の飛んだ先を確かめた。

大木の太い幹が消し飛んでいる。すさまじい威力だ。もとの世界の攻撃魔法でいえば、〈白火弾〉ぐらいの威力はありそうだ。貴王熊（きおうぐま）の外套なしにこれをくらったら、レカンでも死んでしまうかもしれない。

木の幹と葉が少し燃えているが、朝の露に湿っているため、今にも消えそうだ。火事になることはないだろう。

馬車が近づいてきた。近づいてよいとは言っていないのだが。

「れ、レカンさんっ。何が起こったんかのう。何やら火の玉のようなもんが飛ぶのがみえたが」

「はい？」

「敵に魔法使いがいたようだ。チェイニー」

「敵四人のうち二人は怪我（けが）しているが生きている。尋問するために連れ帰るなら、縛り上げて血止めをするが」

「うーん、どうしましょうか」

「いや、チェイニーさんは急いどるんじゃろう。山賊のアジトを吐かせたいのはやまやまじゃが、あとで領主様の兵士にここまで来てもらえばええ。今は先へ行ってはどうかの」

「そうですね。そうしましょう」

「四人の男は全員冒険者章を首にかけていた。銅色だ」

「なんだってえ！　それなら冒険者章を回収して、協会に届けないと。ちゃんとした冒険者がこんな悪事を働くなんて」

「あの、エダさん。たぶんそれは、死んだ冒険者の冒険者章か、そうでなければ盗んだものだと思いますよ」

「えっ？」

なるほど。冒険者章は本人のものとはかぎらない。だとすると、冒険者章に何の意味があるのだろう。

「もうええじゃろ。よし！　出発じゃ」

やがて道は平地へ下りた。

前方にかすかに町がみえる。

「あれがヴォーカの町です。やっとここまで帰ってきました。あれ？　エイフンさん。道をはずれていますよ？」

「いやあ。町がみえたら、急に喉が渇いてのう。そこの河原で手足を洗って水を飲みたいんじゃ」

「ああ、なるほど。町に入る前に身を清めるんですね。それはいい」

川のほとりでエイフンは馬車を止め、御者台から降りた。

「さあさあ、みんな」

「あたい、喉が渇いてたまらなかったんだ。うれしいなあ」

「ほっほっほっほっほっ。おや？　チェイニーさん。降りないんですかの」

エイフンは、レカンとエダの背を押すようにして河原に誘導しながら、後ろを振り返った。

「やっぱりやめておきます。今は一瞬でもこの鞄を手から放したくないんです」

「ほっほ。それじゃ、しかたないのう。〈睡眠(スパール)〉！」

たちまち、レカンとエダは崩れ落ちた。

「えっ？　今、何を？」

「眠ってもらったんじゃよ。冒険者さん二人にの」

「エイフンさん、魔法使いだったんですか」

「ほっほ。知らんかったじゃろう？　隠しておったからの」

エイフンは、懐から何かを出した。それは先ほど襲撃者が使っていた、火魔法を撃ち出す武器と同じものだった。それがどんな威力を持つものであるのかをチェイニーは知っているようで、驚いた目でその武器をみつめ、青い顔をしている。

「そ、そんなものを、どこから」

「あるべきところからじゃよ」

「それにしても、どうして御者なんか。魔法使いなら、御者よりずっと稼げたでしょうに」

「稼いでおったよ」

「そのお金は誰が払ったんですか」

「ほっほ。ほんとの雇い主じゃな」

「ほんとの雇い主が、私を殺すよう命じたんですか？」

「殺せ、とは言われとらんな。その茶色い鞄の中身が町に届かないようにしろと言われただけじゃ」

「五年間も、私をだましていたんですか」

「ほっほ。そんなになるのかのう。わしはもともとコグルスの生まれでのう」

「コグルスですって？　ボイド生まれではなかったんですか。コグルスといえば、ザイカーズ商店の本店がある場所ですが、まさか、エイフンさん」

「エイフンではなくて、マラーキスというのが本当の名前じゃ」

「れ、冷血マラーキス。処刑されたはず」

「ほっほっほっ。それにしても、わざわざ護衛に一服盛って、嬢ちゃんと狼男を護衛に仕立て上げたんじゃがのう。嬢ちゃんのほうは期待通りの役立たずじゃったが、狼男のほうは、とんだみかけ倒しじゃ。あれだけ凶悪な顔をしておって、なんであんなに気遣いができるんじゃ。雇い主の荷物を奪うこともせず、雇い主を無傷で守りきるとはのう。それどころか、念のため用意しておいた手練れ四人もあっさり始末してしもうた。おかげで自分の手をよごさねばならん。万一〈真実の鐘〉にかけられても大丈夫なように立ち回りたかったんじゃが、うまくいかんもんじゃの」

「あの四人は冒険者などではありませんでしたね。あなたの部下ですか？」

「部下というわけではないがの。今回はわしが指示を出す立場じゃった」

「以前、領主家の改修を私が請け負ったとき、仕様書と見積書が盗まれました。あれはあなたのしわざですね」

「ほっほっほっ。そんなこともやったのう。今となってはいい思い出じゃ。ではそろそろ死んでもらうかの」

「殺す前に教えてください。あなたの雇い主は、ザック・ザイカーズですか」

「そうじゃ」

「もういいですよ、レカンさん」

その言葉と同時に、武器を構えたマラーキスの右手首をレカンの剣が斬り落とした。

マラーキスは左手で切断部分を押さえながら振り返り、信じられないものをみる目でレカンをみた。

「ど、どうしてじゃ。どうして〈睡眠〉の魔法が」

〈睡眠〉の魔法の効果は一瞬で解除されたのだが、その秘密を教える気は、レカンにはなかった。

自慢げに種明かしをすることは、ぶざまであるばかりか、危険だ。その実例を今みたばかりである。教えるわけがなかった。

レカンは黙ったまま、剣の柄(つか)をマラーキスの首もとに打ち込んだ。

門を通るときには、右手首を失って縛られているマラーキスをみて門衛が驚いたが、隊長なる人物が通過を許してくれた。

ヴォーカの町に入ると、チェイニーは、レカンとエダを宿屋に押し込め、どこかへ姿を消した。宿屋に再び現れたのは、翌日の昼のことである。

「くわしくはいえないのですが、まにあいました。私にとっても、この町にとっても、本当によい結果が得られました。悪人たちは罰せられるでしょう。私は、領主家の筆頭出入り商人に復帰できました」

「それはよかった。くわしいことは聞かないことにする」

「ええっ？　あたいはくわしいことを聞きたいよ」

「ところでレカンさん。今日は銀色の指輪をしておられないのですね」

「その気分ではなかった」

「そうですか」

　この世界にも〈鑑定〉か似たような能力はあると思っておいたほうがよい。不用意によい装身具や武具を身に着けていると手の内を読まれるし、それを欲しがる人間が現れる。だから今は、〈状態異常耐性〉と〈毒耐性〉が付与された指輪は装着していないのだ。

「さて、依頼は達成です。報酬をお支払いします。まず、エダさん」

　チェイニーは机の上に、二枚の銀貨を置いた。

「ええっ？　そんな馬鹿な！　報酬は銀貨五枚のはずだよ！」

　チェイニーは、ちょっと困ったような顔でエダの目をみていたが、やがて言った。

「エダさん。冒険者章をみせていただけますか」

「あ、ああ。いいとも」

　銀色の金属片を受け取ったチェイニーは、まず表をじっとみて、次に裏をじっとみた。

「ほう。あなたのお名前は、正確にはエディダルというのですか」

「そ、そうさ」

「男みたいな名前ですね」

「だからこんなふうに育っちまったんだろうな」

「ショアーの町で登録されたのですね」

「ああ」

「あの町の冒険者協会の職員は、全員知り合いです。どなたが手続きしました？」

「えっ？　さ、さあなあ。もう忘れちまったよ」

「そうですか。ところでこの冒険者章によると、銀級への昇級は十八年ほど前ですが、あなたは今何歳ですか？」

「あ、あたいは……」

　膝の上に置いた手がぶるぶる震えていたかと思うと、エダは突然立ち上がった。

「ちくしょーーーー！」

　叫びながら駆け出そうとしたエダの左手を、レカンがつかんだ。エダの右手が机の上の銀貨をさらっていたからである。

「お座りなさい、エダさん。他人の冒険者章を自分のものだといつわるのは大罪ですよ」

「た、他人のものじゃねえよっ。父ちゃんのだ！」

「あなた本人の冒険者章でないものを、自分の冒険者章だといつわれば、それは詐欺であり詐称です。あなたは本当はまだ登録していないのでしょう？　このことが伝わったら、あなたは冒険者登録などできません。各地の冒険者協会は、各地の領主家や商人たちとのあいだに幅広い連絡網を持っていて、あなたが想像するよりずっと多くの情報が共有されているのです。こんなことは二度としてはいけません。いいですね」

「……わかったよ」

「では、部屋に戻りなさい。明日の朝までの宿泊料と食事料は私のほうで払っておきます」

「あ、ありがとよ」

エダは、未練がましく何度も何度も振り返りながら部屋に戻った。

チェイニーはレカンに深々と頭を下げた。

「レカンさん。あらためて礼を言います。ありがとう。これは報酬です」

そういって差し出したのは、一枚の金貨だった。

「約束の報酬は銀貨十枚だ。これは多すぎる」

「いいえ。仕事内容が素晴らしかった場合や、依頼主が思わぬ大きな利益を得た場合、それに依頼時点では予想されていなかった困難や危険が起こり、それを解決して依頼を達成した場合には、依頼主の判断で報酬を増額することがあるのです。これはあなたへの正当な報酬です。本当にありがとうございました。付け加えて言えば、依頼主が契約以上の報酬を払うとき、今後もその冒険者と親密でいたいという希望が込められています」

「ふむ。ではこの報酬は受け取ろう。一つ、頼みがある」

「はい。何でしょう」

「腕のいい薬師を紹介してほしい」

第3話 弟子入り試験

Wolf does not sleep　Story Three
Volume One

その扉の前で、レカンは逡巡(しゅんじゅん)していた。

呼び鈴もノッカーもない。とすると、扉をたたくか、声を張り上げるしかない。

だが、この扉をたたいてよいものかどうか。

レカンは迷っていた。


三日前、ヴォーカの町に入ろうとしたとき、レカンは思わず立ち止まり、チェイニーに聞いた。

「チェイニー。この町には魔獣がたくさん棲(す)み着いているのか」

「えっ、魔獣？　ああ！　はい、棲んでいますよ。飼いならされた魔獣です。長腕猿(ザンバルドゥ)と木狼(トルジェ)ですね。魔獣とはいわず、家猿や家狼(おおかみ)と呼んでいます。ほかの大きな町でも、家猿か家狼を飼うことは珍しくありませんが、両方がいるのはこの町ぐらいでしょうね」

〈生命感知〉でざっと町のなかを探ったところ、魔獣を示す青い点が驚くほどたくさんあった。十以上の点が密集している場所もある。さすがに大きな町だけあって、魔力持ちの人間を示す赤い点も数多い。

町に魔獣がいるのかという質問は、レカンが特殊な感知能力を持っていることを暴露するようなものだが、ここまでの道中で、たぶんチェイニーには気づかれている。「魔獣とはいわず、家猿や家狼と呼んでいます」というのは、たぶん誰でも知っていることだろうに、わざわざ説明したのは、レカンがこの世界の常識にうといことをみぬいているからだ。

ヴォーカに着いた最初の夜は、チェイニーが手配した宿に泊まった。夕食はもちろん朝食もついている宿だった。

二日目の昼、チェイニーから報酬を受け取ったが、そのときレカンは、腕のいい薬師(くすし)を紹介してほしいと頼んだ。

理由を聞くチェイニーに、レカンは事情を説明した。

もともと自分は程度の高くない魔法薬は自作していた。それは戦闘に明け暮れる自分にとって必需品である。とある事情で故郷からひどく離れたこの地に移ることになったが、植物がみかけないものばかりで、魔法薬の作り方がわからない。そこで、薬師に弟子入りして技術を学びたい。また、自作できない上級の魔法薬を買いだめしておきたい。

「うーん。つまり、技術を学んだら立ち去るわけですね。その条件だと、お金を払って技術を教えてもらうことになりますよ」

「それは当然だ」

「しかも腕のいい薬師となると、授業料も高いでしょうね。ああ、でも、あなたなら、冒険者として授業料や生活費を稼ぎながら学ぶこともできますね。どんな種類の魔法薬の作り方を学びたいのですか」

「治癒薬と、魔力回復薬。この二つがおもだ」

「なるほど。うーん」

　しばらく考えたあと、チェイニーは一人の薬師の名を挙げた。

　素晴らしく腕のよい薬師なのだが、なぜか弟子を取っていない。

　弟子入りを望む者は多いし、領主などは、大金を払うから部下を弟子入りさせてほしいと再三にわたって頼んだのだが、いささかの行きちがいもあり、それなら店をたたんで町を出るとまで言って、薬師はこれを拒否したというのである。

「そんなお人ですので、レカンさんが弟子入りできるみこみは薄いと思うのですが、しかし、彼女の腕は、ほかの薬師と隔絶しています。私は、断られるのを承知で、彼女にレカンさんの弟子入りを頼み込んでみようと思うのです。それに……。いえ、何でもありません。とにかくお願いしてみます」

願ってもないことだ。レカンとしても、そんなに腕のよい薬師に弟子入りできる可能性があるのなら、金や労力を惜しみはしない。

一日か二日待ってほしいとチェイニーが言うので、レカンは、安い宿を教えてくれと言った。

「狭くても臭くてもかまわない。安ければ安いほうがいい。長く泊まることになるかもしれんしな」

「はは。それにレカンさんなら、少々危険な場所でも大丈夫でしょうしね。わかりました」

そう言って、チェイニーはさらさらと地図を描いた。

「ここです。ちょっと奥まった場所にありますし、ここからは距離がありますが、レカンさんなら問題ないでしょう」

「助かる」

その晩の宿泊費と翌朝の食事代はもう今の宿に支払ってあるということだったのでそのまま宿泊し、三日目の朝、早めに朝食を済ませてから宿を出た。一緒にチェイニーの護衛をした冒険者の少女エダは、宿のなかで一か所にとどまったままだ。寝ているのだろう。

その日は町中をみて歩き、夕方近くになってから、紹介された宿に行った。なんと一泊銅貨一枚という安さだった。それでいて寝床にはかび臭くない藁が敷き詰めてあるし、シーツはそこそこ綺麗だった。たらいに水まで張ってある。追加料金を払って夕食を食べたが、量も味も、値段のわりにはなかなか満足のいくものだった。

翌日は、たまった疲れを癒やすため、少しゆっくり眠り、今夜も泊まるつもりだと告げて町に出た。あちこち店をみて回り、日常品などを買い込んだ。

まだ夕刻にもならない時間に宿に帰り、一泊分の料金を払って部屋に入った。前日とは別の部屋だ。こういう宿は、連泊するからといって部屋を取り置いてくれたりはしない。

ふと思い立って、〈収納〉のなかから食品を取り出して検分した。明らかに食えない状態になっていたものもあった。

食事を取りに階下に下りようとしたとき、ちょうどチェイニーの使いがやってきた。使いは、わざわざレカンの部屋に来て、チェイニーからの伝言を伝えた。あまり人には聞かせたくないのだろう。

薬師はとにかく会ってくれるそうで、店の地図を渡された。弟子入りできるかどうかは、レカン自身の交渉次第だという。

チェイニーの店の地図も渡された。

「あるじは、交渉の結果が出たら一度お訪ねいただきたい、と申しておりました」

最後にそう言って、使いは帰った。

そこで翌日、レカンは薬師シーラを訪ねたのである。

ひどくわかりにくい場所である。繁華街をずっとはずれた城壁際だ。古く大きな建物が入り組んで立ち並んでいて、たぶん正式の持ち主ではない貧しい人々が、肩を寄せ合うように住んでいる、そんな場所の奥深くを、地図は指し示していた。

細い路地を何度も何度も曲がって進み、ようやくたどり着いた場所は、完全に柵に覆われている。

柵の向こう側には、たぶん薬草なのだろうが、妙に毒々しい草や背の低い木が生い茂っている。

奥には木造の家がみえる。この町にはレンガや石でできた家が多く、木でできた家は珍しい。二階があるようにはみえないが、平屋建てにしては屋根が高い。そして一番奥側の中央近くに、不自然なほど大きな煙突がそそり立っている。

そしてどうみても、その家に近づく道がない。

だが地図には説明書きがあった。柵の一番右側を押すと出入りができるのだ。柵を押して敷地のなかに入ると草のアーチに囲まれた隠し通路があった。その通路を一番奥まで進むと、そこにドアがあったのである。

しかし、よりにもよってこの場所だとは。地図をみたとき、まさかと思ったのだが。

まるで迷宮の主のような圧倒的な魔力の持ち主がいる場所であり、この場所にだけは近づきたくないと思っていた、まさにその場所を、地図は指し示していたのである。

意を決して、レカンは扉をノックした。

しばらくして、なかから声がした。

「はいはい。今行くから、ちょっとお待ち」

それからいくばくかの時間が過ぎ、扉が少しだけ開かれた。

「お入り」

やわらかな声だ。

開かれた扉の取っ手に手をかけ、レカンは家のなかに入った。

その部屋は獣臭かった。

左奥に藁が敷き詰めてあり、その上に一頭の長腕猿が座っていた。

青みが混じった黒い毛並みは艶がよい。栄養が足りているのだろう。顔は黒々として、やはりよい色艶をしている。ちょっと小首をかしげたようなしぐさをして、つぶらな瞳でレカンをみあげている。

ドアを開けた人物は、レカンに背を向け、もう一つ奥の部屋に移動している。

「こっちだよ」

レカンは、開かれたままのドアをくぐって、あとに続いた。

そこはびっくりするほど広い部屋だった。部屋の中央には作業机がある。右奥、つまり外壁側には暖炉があり、その奥に巨大な煙突がある。暖炉の大きさには不釣り合いな煙突だ。まるで暖炉がおまけのようである。暖炉の手前の壁際には湯飲みや湯沸かしなどが載った小さな机がある。

四方の壁は棚で埋め尽くされ、棚には所狭しと大小の壺(つぼ)が並んでいる。非常に天井(てんじょう)の高い家なので、棚の数も多く、壺の数は数えきれないほどだ。上のほうにある壺は、どうやって出し入れするのか。

「よっこいしょ」

作業机の向こう側で椅子(いす)に腰を下ろしたのは老いた女であり、白く豊かな髪を結い上げている。

レカンはわずかに右目をみひらいた。

〈立体知覚〉では、物の形はわかるけれど、色や質感はわからない。だから、〈立体知覚〉でとらえた人の姿と、肉眼でみた人の姿が、ずいぶん印象がちがう場合がある。

ただし、この薬師の場合は、少し特殊だ。

〈立体知覚〉でとらえた薬師は若々しい姿をしていた。ところが肉眼でみた薬師は年老いている。

つまり肉眼でみる姿は、いつわりの姿なのである。薬師は魔法によって、みた目をごまかしている。実際には若いのに年寄りにみえるような魔法だ。そんな術を発動し続けるのだから、常に魔力を放出しているはずなのだが、レカンの感覚では、それはつかめない。薬師の魔力が大きすぎるためだ。

レカンの後ろから長腕猿が入ってきて、ドアを閉めた。

「失礼する。オレはレカン。あなたがシーラか」

「そうさ。私がシーラさね。ふうん、あんたがねえ」

「チェイニーから話は聞いてくれたと思う。オレの願いを聞き届けてもらえるだろうか」

「そうさねえ。まずは座ってもらおうかね。ジェリコ。お客様に椅子をね」

ジェリコと呼ばれた長腕猿は、部屋の隅に置いてあった背もたれのない椅子をレカンの前に置いた。そして長い腕を器用に使って移動し、老女の横の床に座った。

レカンは足元に荷物袋を置き、剣を腰から外して荷物袋に立てかけ、椅子に座った。今日は外套(がいとう)は身に着けておらず、こざっぱりした服を着ている。

女は、ぼんやりとした灰色の目で、じっとレカンの顔をみつめている。

レカンはレカンで、女の実像と虚像をみくらべている。よくみると、とても似ている。顎(あご)や鼻の輪郭も、目の形も。もしかすると、みかけの姿は、女が年を重ねたときそうなるであろう姿なのかもしれない。

「今回のことでは世話になったね。まずは礼を言っておくよ。薬師のわざを習いたいということだったねえ。治癒と魔力回復に限って」

今回のことというのはチェイニーのことしか思い当たらない。チェイニーの話しぶりからすると、シーラとはそれほど親しいと感じなかったのだが、わざわざ礼を言うほど親しかったのだろうか。

「その二つが、おもな目的だ」

「冒険のためらしいけど、治癒薬というのは、傷薬のことなのかい」

「そうだ。傷の治癒と、できれば病に効く万能型の薬を」

「ふつう冒険者は、傷薬や魔力回復薬を自分で作ろうとは思わないんだけどねえ」

「それはそうだが、オレの場合、何か月も人の住む町や村に立ち寄らず、森や迷宮を探索することも多い。だから、よく使う薬は自分で作れないと都合が悪い。それに命を預けるものだから、仕組みや扱い方や問題をよく知っておきたい。なによりオレは魔法薬を作るのが好きだ。怪我(けが)をしたり、魔力が足りなくなったとき、自分の作った薬でそれを癒やしたり回復したりするのは、うまく言えないが、とても手応えを感じるし、うれしいと感じる」

老女の幻をまとった若い薬師シーラは、レカンの返事を聞いて少し考え込んだ。

「あんたの言葉に嘘(うそ)はないようだね。それに、魔法薬を作るのが好きというのは気に入ったよ。あんたが作った薬をみせてもらえるかい」

レカンは、荷物袋から薬を二つ取り出した。治癒薬が一つと、魔力回復薬が一つ。いずれももとの世界では中級のなかでも出来のよい部類に入る。自作の薬のなかでは自信作だ。

「変わった容れ物だねえ。これは、どうやって開けるんだい」

むやみにふたを開けてはいけないのだが、この場合はしかたがない。

「上のふたの部分を右にひねって回すんだ」

「こうかい？　あ、開いた。これはよくできた容器だねえ。強度はあるのかい？」

「その高さから床に落としても割れない。ただ、押しつぶす力には弱い」

「ふうん。この容器を買うことはできるかい？」

「もう手に入らないものだ。売る気はない」

「あら、そうかい。それは残念」

シーラは容器のなかの治癒薬をじっとみた。

（もしやこの女。鑑定技能を持っているのか？）

鑑定も上級になると、人間や魔獣の能力までみえるという。

レカンは居心地の悪さを感じた。

シーラは容器の中身を数滴手のひらに落とすと、ぺろりとなめた。そしてふたをすると、今度は魔力回復薬について、同じことをした。

「なるほど。何の材料で作られたかわからない。こんなこと、はじめてさね。でも薬効は素晴らしい。これだけのものが作れるなら、どこの町に行っても、腕利きの薬師で通るね。レカン」

「何か」

「試験をしたい」

「試験。ふむ。何をすればいい」

「あんたの作った薬をみて、薬を作ることにまじめに取り組んできたことはわかった。薬を自分で作りたい理由も気に入った。でも弟子にしたあと、ちゃんとやっていけるだけの才覚と忍耐があるかどうかはわからない。まずは冒険者協会で奉仕依頼を受けてみておくれ」

「奉仕依頼、とは何だ」

「冒険者に依頼を出せば、その報酬は依頼者が払う。だけど、報酬を払うお金はなくても手伝いを切実に必要としている貧しい人たちがいる。そういう人たちのため、領主が依頼料を払ってくれる制度があるのさ。奉仕依頼の申し込みがあると、冒険者協会が査定し、適正な依頼だと判断すれば、申し込みを受諾する。冒険者に払われる報酬は、内容にかかわらず大銅貨一枚。世の中に奉仕するような仕事だから、奉仕依頼というのさ」

「大銅貨一枚とは安いな」

「安いね。でも、駆け出しの冒険者が一日命をつなぐには充分なお金さ。それに、奉仕依頼の成績は、銅級から銀級への昇格を査定するとき参考にされる。奉仕依頼をしながら経験を積む子は多いよ」

シーラの話を聞きながら、レカンは不思議な感覚を味わっていた。シーラの正体は若い女だ。だが、話しぶりに、若い女が持つとげとげしさはなく、落ち着きと思慮深さが感じられる。少ししわがれた柔らかい声が、耳に心地よい。

もしかしたら、肉眼にみえる老女の姿こそがこの女の本当の姿なのかもしれない。

「わかった。奉仕依頼とやらを受けさせてもらう」


シーラの家を出ると、シーラに言われた道筋をたどり、冒険者協会を目指して歩いた。

途中、物陰に入って着替えた。やはりちゃんとした防御力のある服を着て、愛用の外套をまとうと安心感がちがう。いくつ奉仕依頼を達成すればいいのかという条件は、特に説明されていない。シーラによれば、レカンがどのように依頼を果たしているかはわかるということだ。

「合格だと判断したら、連絡がいくようにするよ」

つまり合格と判定されるまで、奉仕依頼を受け続けなければならないのだ。

レカンにも収入は必要なので、奉仕依頼以外の依頼を受けるかもしれないとは伝えてある。

冒険者協会の扉をくぐると、なかには十代半ばと思われる男と女が五人ほどと、四十歳ほどの男が一人いた。

「テルニス君には、この依頼がいいわ」

カウンターの向こう側に座る女性が、少年に一枚の紙を示している。少年は、その紙を受け取って読み始めた。

「依頼百八十一番。倉庫片づけ。依頼者ソルトン」

横から依頼書をのぞき込んでいた少女が口を挟んだ。

「チョルトンと読むんじゃないかな」

「そうなんですか」

テルニス少年の質問に、カウンターの向こう側の女性が答える。

「チョルトンが正しいわね」

少年は依頼の内容についてあれこれ質問し、職員らしき女性はそれに丁寧に答えた。ほかの若い男女も額を寄せ合うようにして依頼の紙をみつめ、真剣な表情で説明を聞いている。

彼らはどうも字が読めるようだ。レカンがもといた世界では、平民には字が読めない者が多かった。レカンは孤児院で字を教わったけれども、それは珍しいことだったのだ。そういえばザイドモール家では使用人たちもみな字が読めるようだった。

あとになってレカンは知ることになるが、この世界ではどの国でも識字率は高いのだ。

四十歳ほどの男は、壁に張ってある紙を順番に睨(にら)みつけている。

少年への説明が終わった。

「ぼく、この依頼受けます」

「はい。じゃあ、あなたの名前をここに書くわね。〈テルニスが受領。アイラが受付〉。これで契約は成立したわ。場所はわかるわね？」

「うん」

「では、仕事が終わったら、依頼者からコインをもらってきてね。いつものことだから、わかっているわよね？」

「うんっ。じゃあ、行ってくる」

「次はガド君ね」

「ちょっと待て。わしの依頼を先に通してくれんか」

「あら、ボルドスさん。もちろんですわ。みんな、ちょっと待っててね」

年配の男が口を挟み、協会の職員らしき女が、依頼内容を確認している。

それを背中で聞きながら、レカンは壁に張られた紙をみていた。

仕切りがあって、壁が四か所に区切られている。依頼を受ける資格で分別されているようだ。銅級、銀級、金級に分かれている。金級の箇所には依頼書がない。

ありがたいことに、書かれている単語はほとんど理解できる。理解できない単語も読むことはできるから、人に聞くなりして覚えていけばいい。この世界にいつまでいるかわからないのだから、この世界の言葉はできるだけちゃんと覚えていかなくてはならない。

そのうちに、レカン以外の人間はいなくなったので、レカンはカウンターに進んだ。

「こんにちは。レカンという半妖精(ハリーフ)」

「あ、はい。チェイニーさんからお聞きしています」

「チェイニーから？」

「はい。昨日お越しになって、協会長と面談されました。私たちが聞いているのは、近いうちにレカンさんという腕利きの冒険者が訪ねてくるかもしれないので便宜を図ってほしいということと、人物の保証はチェイニーさんがなさるということです」

昨日チェイニーがシーラと会ったとき、この試験のことはすでに話に上がっていたのだろう。そしてチェイニーは、わざわざここに足を運んで口添えをしてくれたのだ。

「私は冒険者協会の職員で、アイラといいます。まずは登録ですね」

カウンターの後ろの書類棚から一冊の台帳を選んで引っ張り出すと、カウンターに広げてレカンに聞いた。

「お名前は、レカン、だけでしょうか」

「ああ」

レカンの返事を聞いて、アイラは分厚い台帳に、聞き取った情報をさらさらと書き込んでゆく。

「出生地は？」

「わからん」

「勤務経験は？」

一瞬、ザイドモール家で護衛をしていたことを言おうかと思ったが、やめた。

「特にない」

「年齢は？」

「さあ。二十八歳ぐらいかな」

レカンは生まれたときのことなど知らないし、そもそもこの世界の一年はもとの世界の一年とちがう。たぶん一日の長さもちがう。だからこの年齢は、本当にいい加減なものだった。

「身長は」

「測ったことがない」

「では立ち上がって、そこの柱の前に立ってください。……はい、結構です。お座りください。何か特殊な技能はお持ちですか」

「剣士としてはそれなりの腕だと思っている。護衛経験はある」

そのほか、いくつかの質問が済むと、アイラは記入の手を止めた。

「以上で終わりです。これでレカンさんは、ヴォーカ冒険者協会認定の銅級冒険者となりました。実績を積めば、やがて銀級に昇級できます。明日の昼ごろ冒険者章ができますので、取りに来てください。奉仕依頼をなさりたいとのことですので、適当なものを探しておきます」

「奉仕依頼とやらが、壁にはみあたらないようだが」

「奉仕依頼は、誰にでも受けてもらっていいものではないので、受けたい場合はカウンターで申し込んでいただくんです。職員のほうで、その冒険者に合った依頼を振り分けます」

「依頼が達成されたという判断は誰がする」

「依頼者がします。これは奉仕依頼以外でも同じですが、依頼者は、依頼が成立した時点で、協会から番号のついたコインを渡されます。依頼が達成されると、そのコインを冒険者に渡すんです」

「なるほど。依頼に出ている以外の魔獣を倒した場合、報酬は出ないのか」

「原則として、依頼の出ていない仕事に達成の報酬は出ません。ただ、町の安全を守る働きをなさったかたには、あとからでも領主様の依頼という扱いにして褒賞が出ることがあります。めったにありませんけどね。魔石や素材の買い取りは常にやっています」

「どこで？」

「この建物の裏側です」

「ほんとに、すまんこって。申し訳ねえこって」

フォベアは、またもや頭をぺこぺこ下げて謝った。これで何度目だろう。

依頼は、フォベアという老人の庭が崩れて危ないので片づける、というものだった。いったい何が起きたのかと思いながら現場に行ってみると、なるほど庭が崩れていた。

フォベアから話を聞いて、事情がわかった。

この町の現在の外壁を作るとき中心になって働いていた石工の一家が、もともとここに住んでいた。外壁はその後拡張されたり改修されたりしたので、ここには大量の石が保管されていた。さまざまな種類の石が、四角く切って積み重ねられていたのだ。

長年のあいだ需要に合った石だけを運び出していった結果、残った石は、かなりいびつな積み上げ方になっていた。こちらからあちらへ、ひょいといったん置いただけのつもりが、その上にさらに石を置き、複雑怪奇な配置が出来上がった。

二十年ほど前、その一家が別の町に移住した。住居部分は別の一家が住む権利を買い取ったが、石が置かれていた場所は、買う者がなかった。

十年ほど前、売れ残った土地をフォベアが買った。フォベアの娘が結婚することになり、フォベアは住んでいた家を売り払って持参金を作ったのだ。娘は遠方の村に嫁入りし、フォベアはここに移り住んできて、石が積み上げられている隙間の土地でほそぼそと野菜を作った。奥まった場所には、どうにか寝泊まりできる空間があった。つましい暮らしであったが、フォベアには不満はなかった。

ところが、昨年、小さな地震があり、石が崩れてしまった。野菜の畑はことごとくつぶれてしまい、住居部分も倒壊した。だから今では生活するのも表に出るのも苦労するようになってしまった。

それでも石と石のあいだに布を張って屋根代わりにして住み、残されたわずかな地面の隙間で本当に少しばかりの野菜を育てて、フォベア老人は生きている。

奉仕依頼を出したのは、これで十二回目なのだと聞いて、レカンはあきれた。十二回も片づけに来たにしては、あまりにも悲惨な状況だ。これまでやってきた冒険者は、小さな石のかけらやごみを片づけて、フォベア老人と世間話をして帰っていったようだ。

「大きい石は、人間の力じゃ動かせませんからのう。しょうがねえこってす」

石工はどうやって石を運んでいたのかというと、猿の魔獣を複数使役し、また魔法使いも協力していたらしい。

今回レカンが来ても、フォベアはどの石を動かせとも言わない。手作りの香草で作ったなけなしの茶葉を煮出してレカンにふるまうだけだ。

茶を飲み終わったレカンは、あたりをみて回った。

敷地自体は広いのだから、奥側、つまり外壁側のほうにいったん空間を作り、そこに丁寧に石を積み上げてゆけば、生活空間も、畑も、たっぷり取れる。ただしそれには時間が必要だ。

この依頼を受けるとき、アイラは言った。

「それから、これはよけいなことですが、奉仕依頼の場合、一日で達成するのが基本で、時間がかかると評価が下がります。でも、依頼者のなかには、わざと達成認定を遅れさせて、たくさんの仕事をさせようとたくらむ人もあります。フォベアさんは、ずるいことをする人ではないと思いますが、さっさと仕事を済ませて達成のコインをもらって帰ることをお勧めします」

あれは、現場のこの状況を知っての言葉だったのだろうか。

レカンは、これまでに来た十一人の冒険者のことを思った。どんな冒険者たちがここに来たのかレカンには知るすべもないが、何もできずにここを立ち去ることに悔しさを覚えた者も、きっといたはずだ。それでも、わずかでも片づけようとしたことと、たった一日でも話し相手になってくれたことで、フォベアは救われたのかもしれない。

そしてまた、フォベア老人のこれからを思った。このままでは、雨が降ったらぬれるしかない。そうでなくても、もう少し野菜の採れる土地が与えられてしかるべきだ。土地はあるのだ。自らの金で使用権を買い取った土地がある。ところがその土地が使えない。

「よし、始めよう」

「おお。では、やりますかいのう」

「あんたは手伝わなくていい。オレがやる」

「へえ?　そりゃあ、すいませんのう」

フォベア老人は、石の上に腰を下ろしてみていたが、レカンが思わぬ位置の石に手をかけたので、仰天した。

「ちょ、ちょっとあんた。それは動かさんでええんじゃ。それを動かしたら大変なことになる」

「フォベア」

「へえ」

「黙ってみていろ」

邪魔な位置にある巨大な石にレカンは手をかけた。

「ああ、ああ。それが動くわけが……」

動くわけがないと言おうとしたフォベア老人の目の前で、石はいとも簡単に動いた。レカンはそれを離れた場所にすたすたと運んで、ひょいと置いた。

屈強な男が四人がかりでも、この石一つを動かすことはできない。それを一人で運んでみせたのであるから、レカンの膂力(りょりょく)はすさまじい。

「フォベア」

「へっ、へえっ」

「石を壁際に片づけるには、まず壁際の石を移動する必要がある」

「へえ？」

「今日は壁際の石をどかすのがせいぜいだ。続きは明日やる。明日中にできなければ、明後日もやる。できるまで、オレは毎日来る」

最初は軽々と石を運んでいたレカンだったが、そのうちに疲れがたまり、筋肉が悲鳴を上げるようになった。それでも黙々と石を運んだ。日が落ちると同時に、フォベアの家を辞した。暗くなっても仕事はできるが、体力のほうが限界だった。

ふと思いついて、冒険者協会に足を運んだ。アイラの姿はなかったが、別の職員がカウンターにいたので、フォベア老人の家の片づけは一日で終わらなかった、と報告した。

屋台で食べ物を買い込み、宿に戻って宿代を払って部屋を取り、夕食を食べ、酒を飲んだ。たらいの水で体を洗い、ぐっすり寝た。

翌朝目が覚めると〈収納〉から屋台で買った食べ物を出して食べ、フォベアの家に向かった。ずいぶん早いレカンの到着に、フォベアは驚いた。何度も茶を勧めてきたが、それを断ってレカンは石運びを始めた。

昨日の疲れはまだ残っており、体中の筋肉がみしみしと音を立ててきしんだ。こんなときには、ボウドの〈剛力〉がうらやましい。あの能力があれば、半日ですべての作業が終わるだろう。そうでなくても、ルビアナフェル姫と交換した〈体力回復〉〈魔力回復〉の付与された赤い宝玉があれば、もう少し作業ははかどったはずだ。だが、レカンに〈剛力〉はない。赤い宝玉も今はない。

昼過ぎには壁際に充分な空間ができた。レカンは荷物袋から出したようなふりをしながら〈収納〉から食事を出し、食べた。フォベア老人にも串焼きを二本進呈した。

その日の夕方までには、作業は半分ほども進んだ。

翌日は、朝起きたときから全身が筋肉痛だった。朝食は水で流し込んだ。フォベアの家まで歩くのが苦痛だった。作業を始めたが、なかなかはかどらなかった。それでも昼過ぎには目にみえて片づけの成果が感じられるようになった。

「今日は用事があるので、これで帰る。明日また来る」

「はあ。ほんにまあ、ありがてえこって」

へこへこと頭を下げるフォベアに背を向け、宿に帰って部屋を取ると、死んだように眠った。

不思議なことに、翌朝起きたとき、いくぶん筋肉の痛みが治まっていた。体のだるさもあまり感じない。

その日の作業ははかどった。大きな石も小さな石も、収まるべきところに収まっていった。

そして昼前には、すべてが終わった。驚くほど広い地面がそこにあり、壁際には崩れる心配をする必要もないほどがっしり積み上げられた石の山があった。

「まあ、まあ、まあ、まあ」

フォベア老人が、感動の声を上げている。そして泣きだした。

その泣き声をしばらく聞いてから、レカンはフォベアの背中に手を当てた。

「依頼達成のコインをくれ」

ぜひ食事を食べていってくれと言いつのるフォベア老人に、用事があるからと別れを告げ、レカンは冒険者協会に向かった。

「四日かかりましたね」

責めるというのではなく、褒めるというのでもなく、ただ静かにアイラは言った。


「わしは領主に感謝なんかせんぞ！　誰が感謝なぞするものか！」

レカンが奉仕依頼で来たと告げると、ピラリコという名の男は、いきなりわめき始めた。

今日の依頼内容は、ごみの片づけである。確かにピラリコの屋敷は、ごみで埋もれている。

「ごみを取りまとめて出せばいいんだな」

レカンの質問にピラリコは答えず、ただひたすら領主への呪詛(じゅそ)の言葉を並べ立てている。

それにしても広い屋敷だ。庭も屋敷のなかも荒れ果てていて、金目のものなどどこにもない。

ピラリコの着ている服ももとは立派だったのだろうが、今はよごれ果ててみすぼらしい。

レカンはとにかくごみを仕分けして、まとめたものから門の外に出していった。

ごみといっても、ほとんどのものは再利用される。食べ物のかすや錆(さ)びた金物も、それなりに使いようがある。燃やしたり埋めたりしなくてはならないごみなど、ほとんどない。そしてその燃やした灰でさえ、買っていく者はいるのだ。だからこうして門の外に出しておけば、誰かが持っていってくれる。うっかりすると代金を取り損ねるが、そこまでは責任が持てない。

「なあ、ひどい話じゃないか。わしは税金を払うと言ったんだ。香木が売れたら必ず払うと言ったんだ。注文を受けて買い付けたものなのだから、絶対に売れるんだ。素晴らしい香木だった」

レカンにつきまとうように、ピラリコはぐだぐだと領主への恨みつらみを吐き出した。

「ところが香木を売る、まさにその前日に徴税官がやってきた。そして言いおったのだ。この香木の金額が台帳に載っておらんとな」

いざ方針が立てば、レカンの仕事は早い。みるみるごみを仕分けして、ひとくくりずつ門の外に運び出してゆく。

「だって香木は、翌日には売れるんだ。売れればその金額を台帳に書く。まだ売れていないんだから、品名と数量だけを書いておくのが当たり前ではないか」

とはいえ、片づけても片づけても、容易にごみは減らない。今日のうちに全部を片づけるのは、とうてい不可能だ。

「買い取った金額は書いてあるのだ！　だが徴税官のやつは、この香木の売値はいくらかを言え、と命じたのだ！」

愚痴というのはいやなものだ。こうもべったり張りついて、ぐだぐだと自分の不幸さや領主の悪辣(あくらつ)さを延々とまくしたてるのを聞かされると、気持ちがもやもやする。

「取られたよ！　ごっそり税金を取られた。現金は足りなかった。やつは何を持っていったと思う？」

そもそもレカンは、人間との付き合いが苦手だ。魔獣は斬ればいいのだから、簡単だ。こんなに泣き言を聞かされ続けると、いっそピラリコを斬り殺してやろうかという気さえ湧いてくる。だが残念ながら、依頼者を殺せば、たぶん依頼は失敗になる。

「香木だ！　わしの香木を、やつは持っていきおったのだ！　当然、翌日の取引には充分な数の香木がない。わしは契約不履行で莫大な違約金を取られたよ。こんな馬鹿な話があってたまるか！」

レカンには徴税官が税を取っていく仕組みなどわからない。だから、ピラリコが不当な仕打ちを受けたのかどうかはわからない。

「たった一日、たった一日待ってくれれば、わしは香木を売った利益で、徴税官が計算したより多くの税を納めることができたのだ。そのほうが領主にとってもよかったのだ」

だが、町のなかで暮らし続けようとしたら、役人には逆らえない。失った金は諦(あきら)めて、新しい商売に力を入れればよかったのだ。

「あれは、わしのものだったのだ！　あの香木は！　わしがみつけたのだ。わしが手に入れたのだ。誰が何と言おうが、あの香木はわしのものだったのだ！」

突然、レカンは思い出した。〈収納〉のなかの青い宝玉のことを。身に着けるだけでどんな武器の攻撃力も増大させる奇跡の宝玉を。

あれは正式にルビアナフェル姫からもらったものだ。もらったどころか、レカンの持っていた〈体力回復〉〈魔力回復〉が付与された秘宝と交換したものだ。だから、どう考えてもレカンが正当な所有者だ。

だがしかし、ザイドモール家の当主や次期当主が、そんな交換は無効だと言い張ったらどうなるか。青い宝玉はすでにレカンのものであり、誰にも渡す気はない。奪おうとする者がいれば戦うまでだ。だが、レカンが病気や怪我で動けなくなり、そのときあの宝玉を奪う者がいたら、どうなるだろう。

許せないだろう。

たとえ貴族であるザイドモール家の権利がこの世界では優先するとしても、そんなことは関係ない。

「あれはオレのものだ！」

そうレカンは言い張るはずだ。それでもあの宝玉が奪われたら、どうだろう。あの宝玉だけではなく、愛用の外套や、愛剣や、付与付きの装身具の数々を、何かの理由をつけて奪われ、しかもそれを取り戻せないとしたら、どうだろう。二十年や三十年、やけ酒を飲み続けはしないだろうか。

「あんた、どう思う。なあ。あの香木は、わしのものだろう？」

「ああ」

突然振り返って自分の言葉を肯定したレカンに、ピラリコはきょとんとしている。

「その香木はあんたのものだ。絶対にだ」

強い気迫を持って、レカンはそう断言した。

なぜかそのあと、ピラリコはレカンの作業を邪魔しなかった。そして日が暮れ始めたとき、依頼達成のコインを渡してくれた。


「すまんが、もう一度言ってくれ」

「だから、次の奉仕依頼は、神殿の孤児院のこどもたちと、一日遊ぶことです」

「ほかの依頼に変えてもらうわけにいかんのか」

「内緒の話ですけど、実はシーラさんからこの依頼を交ぜてくれと」

「わかった」

正直に言って、昨日のピラリコの屋敷のごみの片づけも、レカンにとっては相当難易度の高い依頼だった。これが薬師の弟子入りのための試験でなければ、絶対に途中で投げ出していた。

だが、こどもの相手とは。しかも遊べとは。

殺せ、というなら、少しいたましくはあるが、やってできないことはない。だが、遊べとは。

遊ぶとは何だったろうか。

「この依頼は、今日でなくてはいかんのか」

「いいえ。これは常時出ている依頼です。明日でも明後日でも大丈夫です」

「では明日にしてくれ」

「はい。明日付けで受け付けますね。朝食後の時間に現地に行ってください」

レカンは森に入った。そして魔獣を倒して回った。魔獣を殺しているうちにいい考えも浮かぶかと思ったのだ。久しぶりの狩りは、レカンの心をなぐさめた。


「は〜い、皆さ〜ん。このかたが、今日皆さんと遊んでくださるレカンさんですよ〜」

と茶色の髪をした神官見習いの女は紹介したが、レカンをみつめるこどもたちの表情は引きつっていた。

「レカンだ。よろしくな」

低く渋い声でレカンが言った。だが誰も声を上げない。

しかたなくレカンは、少しおとなびた少女に近寄って、右目を細め、口の両端を吊り上げ、とっておきの笑顔をしてみせた。

少女は恐怖に顔をゆがめ、そして泣きだした。

不安や恐怖は伝染する。たちまち全員が泣きだした。

みかねた神官見習いの女が何かを言おうとしたが、レカンは動作でそれを押しとどめた。

そして、奇妙なことをした。

その場で、ぶわりと跳び上がり、くるりと後ろに回転して下り立ったのである。ここは神殿の裏の広場であり、空間はたっぷりある。その空間を利用して、レカンは右に左に跳び、空中高く跳び上がっては、くるりくるりくるりと回転してみせた。

やがて、こどもたちは泣きやみ、ぽかんとした顔で、レカンの動作を見守った。

最後にレカンは、跳び上がって空中で二回転して地上に下り立った。

「うわあ」

「すげえっ」

数人のこどもたちから歓声が上がった。

レカンは、大きな右手を、ひらひらと振ってみせた。そして充分にこどもたちの注目を集めたのをみとどけてから、胸の前の位置で右手で何かをつまむようなしぐさをみせた。そしてその右手をゆっくりと開いてみせた。

そこには真っ赤な美しい花があった。その花をレカンは、先ほど泣かせた少女に渡した。

今度は左手をふるふると振った。そして黄色い花を取り出してみせ、隣の少女に手渡した。

むろん、これは昨日森で摘み取った花であり、それを〈収納〉にしまっておいたのである。

やがて女の子全員に花がゆきわたった。花を貰った子たちは、うれしそうに花をみつめ、そしてレカンが次に何をするか、注目している。

次にレカンは、両手を大きく打ち合わせた。こどもたちが、びくんと反応している。しかし今度は泣く子はいなかった。何しろ、レカンの両手の上には、緑色をした球体が一つずつ載っている。それが何なのか、こどもたちは興味津々だ。

その二つの球体を、レカンは男の子二人に渡した。男の子たちは最初は恐る恐る、そして次第に大胆にさわった。

「これ、硬くないぞ」

「ぽよんぽよんしてる」

「にぎるとおもしれえぞ！」

レカンは次々と球体を出した。そしてその場にいる男の子たちに渡していったが、最後の男の子には投げて渡した。男の子は両手で球体を受け取った。

レカンは手のひらを上に向けて、中指をひょいひょいと自分に向けて動かした。

そのしぐさの意味を男の子は正しく理解し、球体をレカンに放った。レカンはそれを左手で受け取り、ぽんと右手に持ち替えると、男の子に放った。男の子は先ほどのように不安げにではなく、目を輝かせて球体を受け取った。そしてレカンの催促を受けて、またもレカンに投げ返した。

レカンはくるりと背を向けて、後ろ手に左手で受け止めた。そして背を向けたまま右手に持ち替えると、そのまま頭越しに後ろに向かって、ぽおんと投げた。男の子がそれを両手で受け止めると、レカンはくるりと振り返って拍手した。周りのこどもたちも拍手した。

そしてレカンは大きく両手を開いてぐるぐると振ってみせた。

「さあ、自由に遊べ！」

たちまちこどもたちは、いろんな格好で互いに球体を投げ合った。すぐに女の子たちも参戦した。

こどもたちが歓声を上げながら遊ぶのをしばらくみたあと、レカンは、ぱんぱんと両手を打ち合わせ、こどもたちの注意を引いた。

「次は何が出るかな？」

そう言いながらレカンは、右手を胸元に差し込み、ずいずいと何かを引きずり出した。もちろん実際には〈収納〉から出しているのである。

それは短い棒きれだった。レカンは右手でその棒きれをぐるぐる振り回した。

そして一人の男の子に、動作で命じた。その球体をこちらに投げろと。

男の子が球体を投げると、レカンはそれを棒きれではじき飛ばした。

わあっ、と歓声が上がり、男の子は球体を追って走っていった。

レカンは胸元からもう五本ほど棒きれを出すと、こどもたちに与えた。

「いろんな遊びを考えてみろ」

球体は、森でみつけた弾力性のある蔦(つた)をくるくる丸めて作ったものである。短い棒は、適度に枯れた古木を切って削ったものである。こどもたちは、遊びの才にあふれている。適当な玩具さえ与えれば、楽しい使い方などいくらでも思いつくものだ。

そのうち食事の時間になった。この孤児院では、量は少ないが食事は日に三度出る。

食事が終わると昼寝の時間だ。レカンも一緒に寝た。

昼寝のあと、一人の女の子がレカンに肩車をねだった。

レカンが肩車をしてやると、女の子はきゃっきゃ、きゃっきゃとはしゃいだ。

「すごい。すごーい。いちばんたかいよ～～」

それはそうだろう。レカンに匹敵する身長の人間に肩車をしてもらえることなど、そうあるものではない。そこからの景色は特別の眺めであるはずだ。

肩車志願者の列ができた。レカンはこどもたちを順番に肩車しながら、後ろに順番待ちの行列を従えて、そこらを練り歩いた。

元気な男の子たちは、球体と棒で新たな遊びを作り出していた。

夕刻が近づき、別れのときが来るころには、こどもたちはすっかりレカンに懐いていた。

「狼のおじちゃん、また来てね！」

「きっとだよ」

「ありがと！」

「またね！」

笑顔で孤児院を去ったレカンだが、冒険者協会に依頼達成報告をして宿に帰って部屋を取ると、そのまま倒れて眠りこけた。

くたくただった。


翌日冒険者協会に行くと、何人もの冒険者たちがカウンターに並んでいたが、アイラはレカンに声をかけた。

「あ、レカンさん！　ちょっと待ってくださいね。お願いがあるんです」

アイラは並んだ冒険者たちの対応を同僚に任せ、レカンを奥の部屋に呼んだ。

「すいません。こんなところに来てもらって。実はお願いがあるんです。あ、その前に伝言です。シーラさんから、試験は合格だ、とのことです」

この知らせには驚いた。試験というのは、もっと続くものだと思っていたのだ。

「そのうえでお願いしたいんです。ある依頼が昨日飛び込んできたんですが、これをレカンさんに受けていただけないかと」

そう言ってアイラが依頼票を差し出したので、レカンは読んだ。件名は、〈魔獣の散歩〉となっている。調教中の長腕猿を森のなかで一日ゆっくり散歩させてほしいという依頼だった。

「依頼主のドニさんは、とても有名な調教師さんで、先祖代々この領地に住んで、人柄も誠実です。でも、こんな依頼は今まで出たことがありません。長腕猿の散歩だなんて、それこそドニさんがご自分でなさるか、お弟子さんにやらせることです。しかも報酬が大銀貨一枚。高すぎます。この依頼は変です。でも依頼を断る理由が立たないので、協会としては受けざるを得ませんでした。そこで協会長が言いだしたんです。魔獣百匹をわずかのあいだに全滅させた冒険者が、今この町にいる、と」

「なるほど」

魔獣百匹うんぬんの話は、おそらくチェイニーがレカンのことを冒険者協会長に頼み込んだとき、話したのだろう。

レカンは考えた。

もうシーラからは試験は合格だと言われている。だからこの依頼を受ける必要はない。

一方で、この依頼を蹴ったことをシーラが知ったらどう思うだろうか。そしてまた、シーラに弟子入りすれば、この町に長く滞在することになる。そのあいだの収入は、この冒険者協会での依頼や、魔獣の素材売却に頼ることになるだろう。協会とは良好な関係を保つことが望ましい。

この依頼をレカンに振ってきたのは、他の冒険者だと、長腕猿に襲われた場合怪我や死亡の心配があるからだろう。

結論は決まっていた。

「受けよう（イエール）」

調教師ドニの住まいは、ルモイの村にあった。ヴォーカの近隣には五つの農村があり、いずれもヴォーカ領主の統治下にある。その一つがルモイである。

ドニは三十前後の朴訥（ぼくとつ）そうな男だった。

「すいません。パレードを思いきり運動させてやりたいんですが、訓練所はあまり広くないし、敵もいないし」

「パレードとは、長腕猿の名前だったな」

「はい」

「依頼内容は森での散歩だったが、戦闘もさせるのか」

「ああ！　すいません。書いてなかったですかね。はい。できれば戦闘もさせたいんですが、無理でしょうか」

「いや。だが、戦闘のとき、オレは何をすればいい？　手助けか。指示か」

「いえ。黙ってみてていただければ」

「ふむ。何回ぐらい戦わせればいい？」

「何回といっても……。出会う相手の数次第ですかね」

「どの程度の強さの相手と戦わせればいい？　そのパレードとかいう長腕猿と同じ程度の強さの敵か。それとも少し弱い程度の敵か」

「ええっ？　そ、そんなこと、選べないでしょ？」

「いや。ある程度は選べるし、実力以上の敵と出会ったら、オレが倒すという方法もある」

「た、倒す？　パレードより強い敵を倒せるんですか？　い、いや。そのへんはお任せします。とにかく、パレードに思いっきり自由に遊ばせ、戦わせてやってほしいんです」

「わかった。そのようにしよう」

何をすればよいのかは、たぶんおのずと明らかになるはずだ。

パレードというのは、並外れて大型の長腕猿だった。身長はレカンより少し低いだけだ。体重はレカンの倍近くあるだろう。普通の長腕猿四頭分だ。

ドニはパレードと抱き合ったり、果物を食べさせたり、ひどく親しげにというか、名残惜しそうにしていた。

「あ、レカンさん。これがパレードの食事とおやつです」

「こんな量の荷物袋を持っていけというのか」

「はい。パレードは大食らいですので、これくらいはいるんです」

「わかった」

レカンは荷物袋を持った。こんなものを持って森のなかを走れというのは、なかなか厳しい要求だと思った。

ドニがパレードの耳に何事かささやきかけている。魔力を出しているので、たぶん命令だ。

そしてドニは森を指して大声で命令した。

パレードが駆け出してゆく。素晴らしい速度だ。

レカンはのんびりとついていった。


「どうして……どうして帰ってこれたんですか?」

「そういう依頼だったからだ」

「どうしてパレードも帰ってきたんですか?」

「パレードは森の奥に進もうとしたが、帰るよう命じた」

「命じたといっても、魔力鞭（むち）もないのに」

「威圧してどちらの力が上か思い知らせたら、服従の姿勢をみせた。それでここに帰るよう命じた」

「い、威圧？　パレードを威圧できたんですか？　そんな馬鹿な」

「これで依頼は達成できたな。コインをもらおう」

「はい……いえ！　や、やっぱりだめです。明日もやってもらいます」

「では、何がだめだったのかを教えてもらいたい。依頼条件のうち、何が達成できなかったんだ？」

「そ、それは……」

「パレードを森の奥に逃がせなかったことか？」

「えっ？　いや、それは」

「本当のことを言え。どうしてパレードを逃がそうとしたんだ」

調教師ドニは事情を白状した。

ヴォーカ領主支配下の村のうち、ルモイ村には長腕猿を調教する一家が、パーツ村には木狼を調教する一家が住んでいる。ヴォーカの町の裕福な人々は、それぞれの好ききらいに応じて、長腕猿と木狼のどちらかを飼っている。

　領主館では、護衛としてどちらかを庭に放っているのだが、どちらを飼うかは、十年に一度両者を争わせて決めていた。つまり、その戦いに勝てば、それからの十年間は、長腕猿と木狼のうち勝ったほうが領主館の家狼あるいは家猿として飼われるのである。

　古い時代にはこの勝負は交互に勝っていたと伝わっているが、いつのころにか木狼が続けて勝つようになり、やがて領主館で飼うのは木狼だという慣習ができ、戦いを行うこともなくなった。

　ところが先日ルモイ村を視察した領主が、パレードの精悍(せいかん)さに感激し、古き伝統を復活させ二つの村が調教する魔獣を争わせると宣言した。ルモイ村は喜び、パーツ村は反発し、いつのまにか村同士の対決のような様相を呈してきて、ひどく盛り上がってしまっているのだという。

　戦いの日は決まっている。ルモイ村からはパレードが出る。パーツ村からは二頭の木狼が出る。これは、体の大きさからいっても、購入するときの値段からいっても、長腕猿が木狼の倍ほどするため、昔からそうなのだという。実際、領主館での保有数は、長腕猿の場合には五頭、木狼の場合は十頭である。

　とにかく、二つの村の人々は、この戦いに勝って領主御用達(ごようたし)の地位を勝ち取り、村の優位性を示すのだといきりたっているのだ。

　ところがドニの思いはちがう。ドニによれば、木狼は戦いに向いた魔獣で、戦いによってこそ人の助けができる。その点、領主館の守護獣にふさわしい。しかし、長腕猿は、日常の生活で人を助ける魔獣であり、人手の多い領主には必要ない。むしろ男手がない家などに働き手として迎えてもらうのが幸せなのだ。

とはいえ、領主の命令に背くわけにはいかない。

苦慮した結果、パレードが森に逃げてしまえば、この戦いは行われなくなるという結論に達した。

そして、冒険者を雇い、調教した長腕猿に命令するための鞭も渡さず、そのうえでパレードに森の奥深くに逃げろと命令すれば、戦いを行わなくてすむ、と考えたのだ。

「冒険者は依頼に失敗して評価を落とすことになるな」

「い、いえ。パレードが無事に逃げたら、ちゃんと達成の印はお渡しするつもりでした」

「よほど自尊心の低い冒険者でなければ、それは受け取れん。だがまあお前は、その冒険者へのわびのつもりで、大銀貨一枚などという報酬を出したのだな」

「は、はい」

「ふむ。オレには魔獣の気持ちなどはわからん。だがお前はわかっているのか？」

「わかりたいとは思っています」

「パレードはなぜ逃げなかった」

「え？　それは、あなたが威圧したからでは？」

「それでも本当に逃げたければ逃げる。逃げなかったのは、お前のもとに帰りたかったからだ。たとえお前自身に森に行けと命じられたとしてもな」

「そ、そんな」

「パレードを戦わせるのは気の毒だと、お前は思うんだな」

「それはそうです。誰が好きこのんで殺し合いなんかするもんですか」

「それは人間の理屈だ」

「え？」

「たぶん、魔獣の理屈はちがう」

「どうちがうんですか」

「さあ。オレにもよくはわからん。だが、〈お前は戦えないだろう〉と言われて喜ぶ魔獣がいるとは思えん」

「い、いや、そういうわけでは」

「パレードとお前は、よほど強い絆(きずな)で結ばれているのだろうな」

「何より大切な存在です」

「そんな相手から、戦え、と命じられるのは、戦士にとって無上の喜びだ」

「えっ？」

「オレのために勝て、と敬愛するあるじから言われたとき、戦士は最高の力を出す」

「魔獣は……戦士なんですね」

「いずれにしても、森に放っても帰ってくるだろう。それに、それだけ盛り上がっているとしたら、パレードの代役を出すことになる。だから戦いはさけられない」

「ううっ。やはりさけられないんでしょうか」

「であるなら、パレードのあるじであるお前ができることは、ただ一つだ」

「そ、それは何です?」

「戦闘訓練だ。パレードを勝たせるためのな」

「せ、戦闘訓練ですか。そういう調教も伝わってはいるんですが、ぼくはあまり」

「依頼を出せ」

「え?」

「戦いの日は十日後だったな。それまで毎日、オレがパレードを森に連れてゆき、戦いを教え込んでやる」

「は、はいっ」


「おやおや。やっと来てくれたね」

「遅くなってすまん」

ジェリコが運んでくれた背もたれのない椅子に腰を下ろしながら、レカンはシーラに謝罪の言葉を述べた。

　荷物袋と剣は足元に置いている。そして今日のレカンは貴王熊(きおうぐま)の外套を羽織っている。室内にいるのに外套を着けたままなのは、礼儀や慣習には反するかもしれないが、こうすることでレカンはわずかばかりの心の平安を得た。なにしろ目の前にいるのは、たおやかな老女にみえて、その実、怪物なのだ。

「ドニのことは聞いているよ。世話になったねえ」

「成り行きで、十日間も面倒をみることになった。毎日帰ってくるには遠すぎたんで、泊まり込むことになった」

「実はね、もうずいぶん前から、戦いを復活させないのは不公平だという声が上がっていたんだよ。長腕猿を好む有力者たちからね」

「ほう」

　シーラはジェリコの首をなでている。

「実のところ、あたしもその一人さ。まさかドニが、あんなふうに思っているとはね」

もしかすると、領主が戦いを復活させた背景には、シーラの関与があったのかもしれない。

「戦いの結果を聞いたかい？」

「相手はたった二頭の木狼なのだろう？　パレードが負けるわけがない」

「相当厳しい特訓をしたようだね。パレードの圧勝さ。だが、そのあとがあるんだよ」

「ほう」

「ドニは領主に訴えたのさ。領主館の守護には木狼こそが向いている、長腕猿は力なく心細く生きる人たちに寄り添うことに向いている、とね」

「なるほど。だが、競争相手はどう受け取ったかな」

「そこさね」

　ころころと笑って、シーラは言葉を続けた。

「何しろ、手も足も出ずに負かされたあげく、領主館の守護役は譲ってやるっていうんだからね。馬鹿にするな、っていう気になったみたいでねえ。どうしても再戦をと相手が言って譲らない。結局十年後に再戦することになったよ。ただし向こう十年間、領主館の守護獣は木狼と決まった。今回は近隣の領主たちも呼ばれていて、パレードの強さと風格に感嘆してたね。ドニのところには、買い付けの申し込みと調教の依頼が殺到するだろうさ」

「さて、ではオレの弟子入りは認めてもらえたのか」

「合格だね。ようこそ。こわもての新弟子さん」

「よろしく頼む、師匠」

「ところで一つ聞きたいんだけれどもね。フォベアの家の片づけをしたとき、だいぶ疲れがたまってたらしいね」

　ずいぶん細かいところまでシーラは情報をつかんでいるようだ。

「石が重く、多かった」

「あんたでなけりゃ、とても一人で動かしたりはできなかったさ。でも、どうして体力回復薬を買いに来なかったんだい？」

レカンは驚きのあまり、右目をみひらいて硬直した。

「体力……回復薬……だと？」

「そんな薬があるとは知らなかった、って顔だね。あるよ。ただし、体の芯に残る疲労感までは取れないから、使い続けるとしんどいけどね」

「そんな薬があったのか」

「やれやれ、やっぱり〈落ち人〉だねえ。常識から教えてあげないとだめかねえ」

「オレが〈落ち人〉だと、いつ気づいた？」

「チェイニーが言ってたよ。レカンという人は〈落ち人〉だと思うので、いろいろ教えてやってほしいって」

どうやらチェイニーには気づかれていたようだ。人がよさそうにみえても抜け目のない商人なのだから、それはしかたがない。正直なところ、目の前の怪物にだけは知られたくなかったが、これからしばらくレカンはシーラの身近にいて薬師のわざを学ぶのだ。〈落ち人〉だということを隠す必要がないとなれば、どんなことでも遠慮なく聞ける。これは好都合なのだと思うことにした。

こうして冒険者レカンは、薬師シーラに弟子入りしたのである。

間話

Wolf does not sleep　Intermission
Volume One

シャドレスト家の花嫁

いよいよこの日が来た。

ルビアナフェルは、沐浴（もくよく）をして身を清めた。

侍女のマリンカが丁寧に髪の水気を拭き取ってくれる。

体調は悪くない。悪くないどころか、非常によい。

きっと〈狼石（ギドラード）〉のおかげだ。

マリンカもそう思っているのか、ぬれた体と髪を拭いたあと、何もまとわぬルビアナフェルの首に、真っ先に赤い宝玉のついた首飾りを着けてくれた。

（これを着けていると本当に安心するわ）

ルビアナフェルは、あまり体の強いほうではない。幼いころから何をしても長くは体力が続かなかった。

シャドレスト家から次期当主の妻として迎えたいという話が来たとき、父であるザンジカエルが真っ先に心配したのが、果たしてルビアナフェルの体が持つのかということだった。

だがいずれにせよシャドレスト家からの申し出を断るわけにはいかなかった。だから出発するときルビアナフェルの体調が安定していたことは、ひどく父を安心させた。

ルビアナフェルに〈回復(キリーム)〉という恩寵(おんちょう)が与えられていなければ、もちろんこんな話が来ることはなかった。その意味では、シャドレスト家とザイドモール家の結びつきは、亡き母がもたらしてくれたものだといえる。

母は病弱な人だった。ベッドに寝ていることが多かった。そんな母に少しでも元気になってほしいという願いが、ルビアナフェルに〈回復〉を顕現させた。

あれは五歳のときだった。横たわったまま優しい笑顔を向ける母に抱きついて、ルビアナフェルは祈った。

「じひぶかきライコレスしんさま。おかあさまに、いやしを(キリーム)」

その瞬間、柔らかな緑色の小さな光の玉が生まれ、母の体に吸い込まれていった。

誰もが病人を前にして捧げる祈りの言葉である〈キリーム〉という言葉は、癒やしを祈る慣用句であると同時に、回復魔法の呪文である。生まれつき魔力を持ち、また〈回復〉の才能を持った者なら、この言葉を唱え続けるうちに〈回復〉の魔法が発現するということは、ままあることなのだという。

ルビアナフェルは、この日から〈回復〉持ちとなった。しかも、小さな切り傷を治す程度の〈回復〉ではなく、弱った病人を起き上がらせ、大きな怪我(けが)を瞬時に治すほどの〈回復〉だった。

貴族の家に現れた〈回復〉持ちは、神々の祝福を受けた存在であるとみなされる。片田舎の領主にすぎないザイドモール家の娘であるルビアナフェルの運命は、この日大きく変わったのである。

とはいえ、父のザンジカエルは、ルビアナフェルが〈回復〉持ちであることを秘匿するよう家臣に厳命したし、ザイドモール領は秘密を守るには好適な領地だった。他領に行く道は一本しかなく、領地の北側は大森林に食い込んでいる。秘密を探りに来る者などいるわけもない田舎の領地だった。

結局母は、ルビアナフェルが十一歳の年まで生きた。父はルビアナフェルが母の寿命を六年延ばしたと言ってくれた。母に〈回復〉をほどこしたときには顔色もよくなったし、ベッドから起き上がれることも多かったから、それは真実だろうとルビアナフェルも思うことができた。

本当は、もっともっとたくさん〈回復〉をかけてあげたかった。もっともっと元気になって、たくさん笑顔をみせてほしかった。もっともっと長生きしてほしかった。

だがルビアナフェルの魔力量は少ない。最初は七日に一度の〈回復〉をかけるのがやっとだった。成長に伴い魔力量も増えたが、十一歳になっても一日に一度かけるのが精いっぱいだった。朝には〈回復〉を受けて元気になった母が、夜にせき込んで苦しがっているときには、胸をかきむしられるようにつらかった。

それでも母はルビアナフェルに礼を言いながら死んでいったのだから、やはり〈回復〉の力を得たことは祝福だったのだ。

秘密にしていたはずのルビアナフェルの〈回復〉が他家に知られたのは、騎士オルガノのせいだ。

オルガノは母に付き従って母の実家から来た騎士であったが、母のことなど放っておいて、いつのまにか兄ガスコエル付きの騎士のようになってしまった人だ。ガスコエルが王都騎士団に騎士見習いとして入団するとき、一緒に王都に行った。

ガスコエルは母の息子でありザイドモール家の跡取りなのだから、騎士オルガノがガスコエルを大切に思うのは不自然でも不思議でもないが、ザイドモール家筆頭騎士であるエザクを差し置いて次期当主の側仕えのような顔をしていることに眉をひそめる者は多いと、侍女マリンカがこっそり教えてくれた。

マリンカに言われるまでもなく、ルビアナフェルは別の理由から、騎士オルガノは信の置ける人ではないと思っている。

「ルビー。オルガノには心を許してはだめよ。あれは親切そうなふりをして、〈守護石〉はどこにありますかなどと聞いてきたわ。万一の場合確かにルビアナフェル姫にお渡しせねばなりませんからな、などと言っていたけれど、たぶん本心はちがう。あわよくばこの宝玉をわがものにしたいと思っているのよ」

そう母は言った。

〈守護石〉とは〈覇王の守護石〉のことだ。〈覇王〉とは、このザカ王国を打ち立てた建国王のことを指す。ルビアナフェルの母の母の母の、そのまた母の母の母であるザナ姫は、建国王の秘密の娘だったのであり、覇業を支えたという宝玉は娘から娘へと伝わってきたのである。

「〈覇王の守護石〉は、英雄が所持したとき、はじめてその力を現すといわれているの。オルガノは、私の母が病気をしたとき実家に見舞いに差し向けたのだけれど、そのとき母から守護石のことを聞き出したのね。もしかしたら、この守護石を持てば自分が英雄になれるとでも思っているのかもしれないわ」

「ちがうのですか、おかあさま」

「この百年というもの、誰に渡しても守護石が力を現したことはないの。英雄というのは、いないものなのね」

母は、いたずらな笑みを顔に浮かべた。

「だからこの守護石は、殿方の戦いのための恩寵品というより、女の安心のための恩寵品なのかもしれないわ」

そう言って、母は守護石をルビアナフェルに差し出した。

「おかあさま?」

「今からこれは、あなたのものよ。肌身離さずに持っていなさい。そしてあなたを救ってくれる英雄をみつけたら、その人に渡しなさい。そうすればその人は不思議な力を現してあなたを守ってくれる。あなたが危機に陥ったとき、必ず助けに来てくれる」

〈覇王の守護石〉がルビアナフェルのものとなった七日後、母は神々のふところに還っていった。

そして翌年の暮れ、ある貴族家からルビアナフェル姫を娶りたいという申し出があった。翌年早々には同様の申し出が他の貴族家から相次ぎ、求婚は結局六件に及んだ。

いずれも断りにくい家である。そしていずれの家にもザンジカエルはよい印象を持っていなかった。

それにしてもどうしてこのようなことが起きたのか。ルビアナフェルの秘密が漏れたとしか思えない。

ザンジカエルは王都の長男に詰問の手紙を送った。戻ってきた返事には、悪びれもせず、家のため信頼できる貴族に秘密を打ち明けたと書いてあった。あとでオルガノにそそのかされたのだと判明した。

ザンジカエルは思いきった行動に出た。

シャドレスト家当主に手紙を出したのである。わが娘ルビアナフェルは〈回復〉持ちであるが、できるだけ平穏で幸福な人生を歩ませてやりたいので、お力添えを願いたいと。

シャドレスト家は王家にもつながる貴門で、現当主の識見の高さはつとに知られている。領地たるユフの町は大迷宮を擁して栄え、武力と財力においても王国有数の存在だ。一面識もないこの高位貴族の情けに、ザンジカエルはすがったのだ。

驚いたことに、シャドレスト家当主は、ザイドモール家に騎士エストファリンを差し向けた。その武勇と高潔によって他国にまで名の響いた騎士のなかの騎士である。父ザンジカエルも若き日には噂を聞いてあこがれたという。突然やってきた騎士がエストファリン・アンバーと名乗り、ユフ侯爵パルクグレイン・シャドレストの名代であると告げたときには、ザンジカエルは臓腑のすべてが腹からずり落ちるような驚きを味わった。これはザンジカエル自身がルビアナフェルに語ったことである。

騎士エストファリンの口から伝えられた侯爵の言葉は、さらに驚くべきものだった。

「領民を慰撫し、欲をむさぼらず、領地を過不足なく治め、他と争うことなく優れた政治を行うザイドモール卿の統治には、かねてより感服しておった。ご令嬢が神々の祝福を受けていることが王都でひそかな噂となり求婚が相次いでいることは、いささか聞き及んでおる。今ここにシャドレスト家は、謹んで次期ユフ侯爵たるアシッドグレイン・シャドレストの妃としてルビアナフェル姫をお迎えしたい。輿入れののちは、できうるかぎり平穏で幸福な生活が保たれるよう最大限の努力をすることを大神の名において誓う。われは宣べたり。以上があるじの言葉でございます」

かくしてルビアナフェルの結婚は決まった。

断ることなどできようはずもない。シャドレスト家ほどの大貴族からなされた申し出は、ザイドモール家にとって命令にひとしい。

こんな田舎の領主の娘が大貴族家の継嗣（けいし）の妃に迎えられても、大勢の妃の末席にすぎないだろうし、ほとんど妃の扱いを受けることはないだろう。それでもシャドレスト家の後継者に嫁ぐとなれば、ほかの求婚を穏便にしりぞけることができる。嫁いだルビアナフェルも、むごい扱いは受けないだろう。騎士エストファリンを差し向けてくれたことがその保証である。シャドレスト家の城ともなれば、それ自体が一つの町だ。その片隅で静かに生きてゆけるなら悪くない。

それはザンジカエルが自分自身を納得させた言葉でもあるし、ルビアナフェルにかけた言葉でもある。

騎士エストファリンが提案した輿入れの段取りは、当たり前の点もあり、少々奇妙な点もあった。

現在ルビアナフェルは十三歳になったばかりであり、十四歳になった時点で、正式の使者が訪れる。その年の十月に迎えの馬車を差し向ける。婚礼の行列はない。到着ののちしばらく時を置いてルビアナフェルは当主パルクグレインに〈回復〉をかけ、神の祝福を証明する。しかるのちルビアナフェルはアシッドグレインの妃としてシャドレスト家に入る。以上のようなものだった。

ザンジカエルは、侍女一名がついてゆくことを申し出、エストファリンがこれに同意した。ルビアナフェルはマリンカを望み、マリンカも了承したので、マリンカが同行してくれることになった。

少しあとになって、ザンジカエルはこう言った。

「本当にルビーが〈回復〉持ちなのか確認するまでは婚礼を正式のものにはできないというのは無理もない話だ。おかげで、わが家も分不相応の行列を組まずにすむ。質素な秘密の行列にすることで、お前を嫉妬する他家からお前を守るという意味もある。シャドレスト家のご当主は、実に思いやり深く思慮深いかただ。来年の十月に出発するというのも、少しでも長く親のもとで過ごすようにという温情なのだ」

これを聞いて、ルビアナフェルもこの結婚を喜んでよいのだと知ったのだった。

輿入れの段取りが決まると、〈断崖〉をみたくなった。それは亡き母がこよなく愛した風景だった。そしてシャドレスト家に入ってしまえば二度とみることのできない風景だった。

無理を言って出かけた道中、魔獣に襲われた。そしてレカンに救われた。

大森林にほど近いこんな僻地(へきち)を偶然に通りかかる旅人などいない。まさにレカンは神々に遣わされた守護者だった。

そして何よりその相貌が白炎狼(スルバンジェ)を思い出させた。

『白炎狼物語』は、幼いころから大好きだった絵本だ。田舎貴族の娘が成長して王妃となる物語なのだが、その娘が危機に陥ると現れる青年が、実は神獣たる白炎狼の化身なのだ。レカンの野性的な面立ちも、外套を羽織った姿も、物語の通りだった。

レカンは襲い来た魔獣から守ってくれただけではない。次々に差し向けられた暗殺者からも守ってくれた。まさにこの異形の落ち人は、ルビアナフェルの守護者だった。

暗殺者は、正式の使者が訪れた翌月に現れた。騎士エストファリンは、この輿入れのことが知られれば嫉妬にかられる貴族たちがいるだろうと言っていたが、まさか暗殺者まで送るとは思っていなかったようだ。ザンジカエルはシャドレスト家に急使を発した。たぶんその効果があって、やがて襲撃は途絶えた。

レカンが赤い宝玉のついた首飾りをしていると知ったとき、〈覇王の守護石〉と交換するという思いつきが浮かんだ。迷いに迷ったすえ、旅立ちの二日前、ルビアナフェルはついにそれを実行したのである。

以来ルビアナフェルは、レカンからもらった赤い宝玉を〈狼石〉と呼び、いつも身に着けている。

ユフまでの道中は快適だった。身の回りの世話をする女性が二人つけられたが、彼女らは不必要に出しゃばらず、気取ったところもみせず、ルビアナフェルに尽くした。マリンカを軽んじることもしなかった。エストファリンのほかに二名の騎士が迎えに来たが、ルビアナフェルの相手をするのはエストファリンのみである。騎士エストファリンといえば、ルビアナフェルの父よりずっと身分は上なのだが、ルビアナフェルを姫様（ラ・シェラー）と呼び、うやうやしく仕えてくれた。

旅は七十日に及んだ。ルビアナフェルを疲れさせないようゆっくりと進んだし、道中大きな町や、名所旧跡に立ち寄って観光したためだ。たっぷりと小遣いが用意されていた。最初は遠慮していたルビアナフェルだったが、ふるさとの父や新しく義父となる人へのお土産（みやげ）を選んではどうかというエストファリンの言葉が引き金となり、各地で買い物を楽しんだ。風景や遺跡をながめ、歴史の出来事を聞かせてもらった。寒い時期の旅ではあったが、景色には冬ならではの美しさがあった。

目的地に着いてしまえば一生そこから出ることのない自分に、せめて旅を楽しませようという侯爵と騎士エストファリンの思いやりであることを、ルビアナフェルは理解していた。

ユフの町に着き、シャドレスト家の城に入ったルビアナフェルは、なんと北の塔に案内された。当主の北側に住むのは正妃である。当主の正妃は空席となっているらしいが、だからといって次期当主の大勢の妃の一人にすぎないルビアナフェルが、こんな場所に住むことは、どう考えてもあり得ない。

だが今はそんなことを考えている場合ではない。

当主に〈回復〉をかけるという第一の試練が待っているのだ。

ルビアナフェルは、旅に出てからというもの、毎日マリンカに〈回復〉をかけ、練習を積んできた。以前はなかなか回復しなかった魔力が、近頃はみるみる回復するようになり、一日に五回の〈回復〉を発動させることさえ可能となった。疲れやすかった体もすっかり健康になってきている。亡き母が守ってくれているのだ。

到着して数日はゆっくりさせてもらえたので、体調は充分に整えることができた。

そしていよいよ今日これから、親族や重臣のみまもる前で、ルビアナフェルは侯爵に〈回復〉をかける。

（〈狼石〉よ。私を守って！）

胸元の宝玉に、服の上から手のひらを当てた。

温かいやすらぎの波動が体をひたしてくれるような思いがした。

時に王国暦百十六年二の月の二日。

この日、ヴォーカの町では、レカンがシーラに入門を許される。

第4話 薬草採取

Wolf does not sleep Story Four
Volume One

目を覚ましたレカンは、たらいの水で顔を洗い、それから水を布にしみ込ませて体を拭いた。よごれがたまると隣のたらいに絞る。それを四度繰り返した。

机などというしゃれたものはないので、寝床に腰かけて腹ごしらえをした。昨日帰りがけに買った食べ物を〈収納〉に突っ込んであったのである。

こざっぱりした服を着て、宿を出た。

右手に持っている荷物袋がわずらわしいので、物陰で〈収納〉にしまい込む。剣も〈収納〉にしまい込む。

これから行く場所には、魔力の化け物のような女がいる。女というより女のような姿をした何かだ。このように無防備な姿でその何かに近寄るのは、不安でしかたがない。

これが森か迷宮で強大な敵に出会ったというなら、戦えばよいだけのことである。こちらが強ければ敵が死ぬし、敵が強ければこちらが死ぬ。いずれにせよきちんと決着がつく。ところが、町中で、圧倒的に強大な相手の前で、攻撃も防御もせずただじっとしているとなると、どうにも居心地が悪い。

とはいえ、その化け物のような何かから、とにもかくにも魔法薬の作り方を教わらねばならない。

家に着くと、いきなりシーラから言われた。

「やあ、来たね。じゃ、旅に出るよ」

「なに？」

「あんた、魔法薬の作り方を教わりたいんだろう？」

「そうだ」

「だったらまず原料となる薬草の採取から教えないといけない。幸いこの町の四方には、いろんな薬草が生えていてね。まあ、だからあたしが住み着いたんだけれど」

「なるほど」

「だから旅ができる格好に着替えな」

「今か？」

「今だよ」

〈収納〉のことは知られたくない。だから荷物を取りに宿に帰るふりをしようかと、一瞬考えた。だが、やめた。どうせすべての能力をシーラに隠すことはできないのだから、どうしても隠したい能力を優先的に秘匿し、ごまかしにくい能力や知られてもかまわない能力は隠そうとしないほうがよい。

「ここで着替えればいいのか」

「ああ、あたしは、玄関の外にいるからね。着替えたら出ておいで」

レカンは、着慣れた黒い服に身を包み、貴王熊の外套を羽織った。

そこで少し考えた。

（シーラは、旅ができる格好と言ったが、それはたぶん、人からみて旅ができるような格好、という意味だ）

荷物袋を出して適当な荷物を放り込み、剣と鞘を取り出して腰に吊った。

「着替えてきた」

「じゃあ、行くよ」

「ドアに鍵をかけていない」

「鍵をかけちまったら、ジェリコが食べ物を買いに行くのに不便じゃないか」

「猿が……猿の魔獣が、自分で食べ物を買いに行くのか」

「お気に入りの店があるのさ」

「鍵が開いたままだと薬を盗まれはしないか」

「そもそも鍵はないよ。棚の壺のことなら、ちょっとした仕掛けがあってね。持ち出すことはできないさね」

「庭に植えてある薬草はどうなる。あんな柵は、壊そうと思えば簡単に壊すことができる」

「うちの庭に植えてるのは扱いのむずかしい薬草ばかりでね。ほかじゃ売れないよ。それに、毒草のほうが多いから、庭に入ろうもんならえらい目に遭う。盗人(ぬすっと)どもも近所の悪ガキどもも、そこらへんは思い知ってるさ。あとついでにいえば、薬草の水やりはジェリコがやってくれるよ」

「猿が薬草の面倒をみるのか」

それから二人は東門のほうに歩いていった。それはいいのだが、シーラはどうみても普段着である。

「門番の兵士に、薬草採取で二十日ほど出ると説明しとくんだ。門を出て五千歩ほど行くと、左に河原がある。その河原のほとりで待っといてくれるかい」

「わかった」

その通りにした。

暇だったので河原で武具を取り出して手入れをしていた。

そのうち女の冒険者が河原に下りてきた。若くて美しい女だ。少し露出の高い動きやすそうな服を着て、ショートソードを腰に吊っている。女はレカンを無視して川辺に近づくと、水を手ですくって顔を洗った。

レカンは武具の手入れを終え、立ち上がり、顔を拭いている女に後ろから声をかけた。

「遅かったな。それで、どっちに行くんだ」

女は驚いた顔で振り返った。

「あんた、あたしがわかるのかい？」

「さっき別れたばかりだ。耄碌(もうろく)したのか、シーラ」

「さっきまでとまるで外見がちがってるはずなんだけどね」

「最初に会ったときから、オレにはその姿でみえていたぞ」

「あんた、魔眼持ちだったのかい？」

「まがん？」

「まあ、その話はあとでいい。町の外に出るときはこの格好になることにしてるのさ。行くよ」

シーラは走りだした。最初は普通の速度だったが、森に入って人からみられる心配がなくなると段々加速してゆき、最後には恐ろしい速度となった。休みを取ろうとしないので、レカンは疲労が蓄積して、まともに走れなくなった。昼過ぎに一度休憩を取ってくれたが、レカンの疲労は回復しない。容赦なく走るシーラに必死でついていった。そして体力の限界に達しようとしたころ、ようやくシーラは停止したのである。

「よくついてこれたねえ」

シーラは平然と話しているが、レカンは、はあはあと息をついて呼吸を整えなくてはならず、しばらくは返事ができなかった。

「す、すさまじい体力だな」

「あたしは自分に〈加速(モーラー)〉をかけてたし、〈回復〉も使ってたからね」

実に便利そうな魔法だ。レカンはひどくうらやましく思った。

「さて、ここらは薬草の天国さ。いろんな種類の薬草が生えてる。今から言うことを頭にたたき込みな」

シーラは草を指しては名を告げ、それぞれ根や茎や葉や花のどこが薬の原料となるかを説明していった。

「こんなとこかね。今説明した薬草を夜が明けきる前に採取するんだ。その時間帯に採取するのが一番薬効が高いからね。全部根付きで、そっと掘るんだよ。そうだねえ。全部百本ずつにしようか」

教えられた薬草は二十二種類だ。それを百本ずつということは二千二百本ということになる。その全部をこの森のなかから探し出し、夜が明けかけたころに採るなど、どう考えても不可能だ。

「採取の見本をみせるよ。まず根に薬効成分があって、まっすぐ太い根を下ろす薬草の採り方だ」

シーラはどこからともなく湾曲したナイフのようなものを取り出して、薬草を掘った。

「ほら。太い根から、ひょろひょろと髭のような根が出てるだろう。この髭もついたままだと、薬効が抜けにくいんだ。薬を調製するときには引っこ抜くけどね。ほんの少しでいいから土がついてると、びっくりするぐらい持ちがいい。あんたにも、この草掘りナイフを一本あげるよ。ほら」

そんな調子で六通りの採取を実演したあと、手近な蔦を切り取って、くるくると薬草を丸めた。

「〈箱〉に薬草をしまうときでもね、こうして束を作って入れておくと、取り出しやすいし、傷みにくいんだ」

「〈箱〉？」

「あんたも持ってるだろ。たくさんの荷物が収納できて重さも感じないって道具さ」

「ああ、なるほど」

「今回は、荷物用と採取用と、二つ持ってきた。二つとも、あんまり大きくないけどね」

そう言いながら、シーラは二つ持った荷物袋のうち小さいほうに薬草を入れた。薬草の束を収納しているのだからふくらむはずなのに、あまりふくらまない。まるで空気をつかんで入れているかのようだ。

「その荷物袋が〈箱〉なのか」

「そうだよ。どうかしたかい」

「この世界では、物品に〈箱〉の付与ができるのか？」

「え？　おかしなことを言うね。袋や箱や壺以外の何に〈箱〉の機能を付けるんだい」

「人間だ」

「え？」

「オレの世界では、〈収納〉は人間が迷宮で授かる能力だ」

レカンはそう言って、胸の前の〈収納〉から、剣を取り出してみせた。

シーラは目をみはった。

「なるほど。あんた自身が〈箱〉なんだね。それにしても、そんな大きな剣が入るとは驚きさね。量はどのくらい入るんだい？」

「それは本人の魔力量によるらしいが、どのくらい入るか試したことはない」

シーラは、自分の持つ大きなほうの荷物袋を、ぐいと突き出した。

「こいつが百個、入るかい？」

「入る」

「なんと、あきれたね。じゃあ、千個は入るかい？」

「今入っているものを全部出せば入るかも……いや、わからない。入らないかもしれない」

「そりゃあ、とんでもないね。たぶんあんたの〈箱〉の容量は、この世界で最高じゃないかと思うよ」

「ふむ。この能力を持っていることは異常ではないが、なかに入れられる量が人に知られると注目を浴びるんだな？」

「そういうことさね。それと、人間に〈箱〉が付与されているのは異常なことだから、袋か何かから出し入れしているようにみせかけたほうがいい」

「そうか」

「今すでにいろいろな荷物が入ってるんだね？」

「食料、生活用具、武具、防具、装飾品、魔石、薬品、硬貨など、オレの全財産が入っている」

「そういうことだと、採取した薬草は入れてもらえないかね」

「いや、収納してかまわない」

「泥がほかの荷物についたりするよ」

「何のことだ？」

レカンとシーラは言葉をかわし、〈箱〉と〈収納〉のちがいを互いに理解した。

〈箱〉では、なかは一つの空間になっていて、入れたもの同士が接触する。押しのけ合ったり、つぶれたりすることも多い。

ところが〈収納〉では、収納した物品同士は決してふれ合わない。取り出すときも、手探りで目的のものをみつける必要はなく、心で思い描いた物品だけを探り当てることができる。

そして、何よりのちがいは、〈箱〉は誰でも使えるのに対して、〈収納〉は、その所持者しか物の出し入れができないことである。ただし、〈箱〉も、魔道具技師が特別に手をかければ、最初に使った者しか出し入れできないようにすることはできる。

「うーん。〈収納〉のことは、商人や貴族には絶対知られちゃいけないねえ」

「うらやましがられるだろうな」

「世界中が、どんな手を使ってもあんたを奴隷にしたい人間だらけになっちまう」

こうして話しているあいだに、時刻は夕方となっていた。

木々のあいだにこぼれ落ちる夕日の輝きが、二人のあいだにきらきらと舞い落ちてくる。朴(ぼく)念仁(ねんじん)のレカンにも、それは楽しい時間だと感じられた。

川の近くに場所を変えて野営をすることになった。

野草と木の実、そしてレカンがパレードの特訓をしながら手に入れた獣の肉で、シーラは味のよい料理を手際よく作った。

「これをみてくれないか」

それはザイドモール領の薬師(くすし)が作った下級治癒薬だ。ちっとも効き目がないように感じられたので、シーラに判定してもらおうと思ったのだ。

　シーラは左手で薬を受け取ると、右手の人差し指の先に光の玉を作って、その明かりで薬をながめた。

「普通の薬師が、まじめにきちんと作った薬だね。これがどうかしたかい」

「飲んでも効かなかった」

「なんで飲むのさ。これは塗り薬だよ」

「なんだと？　治癒薬を塗るだと？」

「傷薬は傷に塗るもんじゃないのかい？」

「それは普通の薬ならそうだが、魔法薬はちがうだろう」

「ああ、そういうことかい。わかったよ。こちらの世界にも、飲んで傷が治る薬はある」

「ほう」

「あんたの世界にも、傷を治す魔法はあるだろう？」

「ある」

「その魔法を溶かし込んだ水というか、水のようなものを、こちらでは魔法水（まほうすい）などと呼ぶ」

「魔法、すい」

「魔法の水だよ。魔法水は、かけてもいいけど、飲んでもいい。そして、薬草などの素材で薬を作るとき魔法や魔石を加えることで薬効を高めたものを、こちらでは魔法薬というのさね。

魔法薬には飲むものと塗るものがあるけど、傷用の魔法薬は塗り薬だね」

「ああ、そうなのか」

「そうさ。でも、そうすると、あんたがあたしに教わりたい魔法薬というのは、魔法水のことなんだねえ」

「問題があるか？」

「ないといえばないねえ。ただ、魔法水というのは即効性はあるけれど日持ちがしない」

「そうなのか」

「とにかく薬を学びたいなら薬草を知らなくちゃ話にならない。まあ、とりあえず基本から教えていくから、そのうち教わりたいものがはっきりしたら、そう言えばいいさ」

「うむ。一から教えてくれ。それはそうと、さっき指先に明かりをともしたとき呪文を唱えなかったな」

「ああ、〈灯光(バーム)〉の魔法かい。あんなもんは誰でもできるさね」

「オレはできんがな」

「あんた、それだけ魔力があって、〈灯光〉ができないのかい？」

「しかたないだろう。魔法というものは、与えられるものであって、学び取るものではないからな」

　レカンがもといた世界では、量の大小はあれ、誰でも魔力は持っていた。ただし魔法を使うには、特殊な能力が必要だった。その能力は、魔獣を倒したときまれに授かるものであり、迷宮の魔獣、とりわけ階層の主を倒したとき授かる可能性が高かった。どんな能力が与えられるかは選べないが、特定の能力を落としやすい主は存在した。迷宮の主からは、魔法ばかりではなくさまざまな技能が得られた。神官は神殿で神から能力を授かることがあるが、それについてくわしいことは知らない。

「ふつう、修業しなくちゃ魔法は覚えられないだろう?」

「なに?」

しばらく話をして、レカンはこの世界の魔法の常識を知った。

この世界では、魔力を持つ人間は少ない。魔力のあるなしは生まれたときに決まるものであり、魔力なしで生まれた人間は、何をどうしようと魔力持ちにはなれない。

魔力を持っていたとしても、教えてもらわなければ初歩の魔法も発動できない。

魔法を教えることができるのは、すでにその魔法を習得している者だけである。ただし、ごくまれには、独自に魔法を習得できることもある。

魔力保持者には、才能の系統というものがあって、才能がない系統の魔法は、発動させられないか、発動させることができてもごく威力の小さなものにとどまり、成長することがない。

逆に、才能のある系統の魔法は驚くほどの速度で成長する。

親が魔力持ちなら、子も魔力持ちに生まれることが多い。そして子は多くの場合、親と同じ系統の魔法に才能を発揮する。

「オレが新しく魔法を覚えられる可能性があるのか」

「あると思うよ」

「教えてもらえるか」

「いいとも。まあ、ぼちぼち学ぶことさね」

シーラはレカンに、〈灯光〉の魔法を教えた。

レカンは、すぐに、〈灯光〉の魔法を使えるようになった。

「〈灯光〉」

「うん、いいね。しかしまさか、一回教えただけで覚えられるとはね。あんたには、魔力がどう働いているかが、よくみえてるんだろうね」

今まで数多くの魔法使いと戦ってきた。その魔法の発動をみきわめることは生死に関わる問題だ。それが魔法を学ぶ訓練になっていたようだ。そしてレカンには〈魔力感知〉という能力がある。

「〈灯光〉」

呪文に応じて小さな明かりがともる。それはこのうえない喜びだった。まさか新たに魔法が使えるようになるとは。まるでこどもに返ったようにうれしかった。

「これからしばらく、そうさねえ十日間ほどは、ほかの魔法は教えないから、〈灯光〉だけを繰り返し練習するんだよ。いろんな大きさで、いろんな距離でね。覚え始めでいろんな魔法を使おうとすると、どの魔法の発動も中途半端になっちまう。まずは〈灯光〉をしっかり覚え込むことさね」

うれしさのあまり、レカンは、ひと眠りすると起き出して、何度も何度も〈灯光〉を発動させた。

そして薬草採取を始めた。ずいぶん早い時刻に始めたこともあり、また固まって生えている場所をみつけたこともあって、夜明けごろには言いつけられた数がそろってしまった。

「驚いたねえ。まさかほんとに夜が明けきるまえに、二十二種類を百本集めるとはねえ」

「夜中に始めた。〈灯光〉の魔法が使えたから問題はなかった」

「〈灯光〉だけじゃあ、薬草が判別できないだろう」

〈立体知覚〉という能力を使ったのだが、そのことは黙っておくことにした。

「さて、今日は移動日だよ。昼に一度休憩するけど、あとはずっと走りづめになるから、そのつもりでいておくれ。こいつを渡しておこうかね」

丸薬を十個渡された。

「これは何だ？」

「体力回復薬さ」

「固形なのか」

「疲れがたまったらかみ砕いて飲めばいい。体が力を取り戻す。ただし万能じゃない。そのへんは、実際に使ってみて知るといいさね」

「わかった」

　軽い朝食を済ませて二人は走りだした。

　シーラの背中で大きな荷物袋が揺れている。薬草を入れる荷物袋は、大きな荷物袋のなかに入っている。

　気がついてみれば、シーラの腰にショートソードがない。荷物袋に入っているのだろう。

　シーラの走る姿をみながら、若い女の姿に変わった理由を理解した。いつどこで誰にみられるかわからないのだ。老婆がこんな速度で森を駆け抜けていたら怖い。

　その日は本当に走りづめだった。水を飲むのも走りながらだ。しかも一日目とちがって、ずいぶん高低差があったし、午後は勾配のきつい斜面を駆け上ったので、あっというまに足が限界になった。

　レカンは体力回復薬を一個飲んだ。たちまち足が力を取り戻して、速度を上げることができた。だが、ずっと登り坂ばかりが続いたので、また足が動かなくなった。

そこで二個目の薬を飲んだ。すると足の力は回復するには回復したのだが、関節の痛みはわずかに残ったままだし、体の奥深くの疲れは消えていない。

（なるほど。連続して使うと効果が落ちるのか。それに筋肉の疲れは取れても完全に体調が戻るわけでもない。これでは体力回復薬は、あまり頻繁には使えないな）

ルビアナフェル姫に譲った宝玉なら、こんなことはなかった。効果は劇的ではなかったが、ゆっくりと持続的に体力を回復してくれ、揺り戻しもなかったし、疲労の蓄積も取ってくれた。

この世界の体力回復薬は不便だ。だが、手ごわい敵と長期戦をするときには、やはりこの薬は有用だ。

日がかげるまで走り続け、野営をした。

夕食が終わったあと、シーラが言った。

「あんたのオーバーコートをみせておくれでないかい」

ちょっとためらったあと、〈収納〉から貴王熊の外套を取り出して、シーラに渡した。

シーラは外套をしげしげとながめ、もんだり引っ張ったりしていたが、すぐに襟の部分を調べ始めた。さすがだなとレカンは思った。まさにその部分に、付与のある宝玉を埋め込んでいるのだ。

「ふうん。高い魔法防御があるねえ。ちょっと攻撃してみていいかい」

「……かまわない」

シーラの人差し指の先が一瞬光り、外套がわずかに燃え上がった。

その着弾点をシーラはじっくりとながめている。

ずいぶん時間をかけてながめた。

「ううーん。すごいね。もとに戻ろうとしてる。物品の破損を修復する恩寵を魔法技術で再現してるのかい。こんなのみたことないよ。レカン、この宝玉を取り出して別の物品にくっつけても、この復元作用は働くのかい？」

「いや。この外套から取り外したら付与は失われ、二度と戻らない」

「この宝玉をこの外套につけずにそのズボンにつけてたら、ズボンに修復機能がついてたのかい？」

「もちろんだ。取り付ける物品によって微調整が必要なはずだが、そういう付与師の技術はオレにはよくわからん」

「そうかい。いや、勉強になった。といっても、あたしの〈解析〉じゃ、この魔法式はとても読み解けないけどね。レカン、すまないけど、剣もみせておくれでないかい」

めざといばあさんである。しかたないので外套を受け取って収納し、剣を取り出してシーラに渡した。剣の柄のなかに〈自動修復〉が付与された宝玉が埋め込まれているのだが、もちろんシーラはそれをみぬいていた。

「うーん。外套の付与と同じ構造みたいだねえ。どうなってるんだろう。これが再現できたら、この世界の魔法が大きく進歩するよ」

　レカンはそんなことには興味がなかった。

「〈灯光〉」

「〈灯光〉」

「〈灯光〉」

〈灯光〉の魔法を発動させては停止し、発動させては停止することを繰り返した。いろんな大きさや、いろんな明るさや、いろんな距離で発動させた。発動位置が遠くになればなるほど、制御が甘くなる。繰り返し繰り返し発動して、精度を高めていった。

　翌朝日が昇ると、レカンはノートとペンを取り出し、シーラに教わった薬草の種類と効能を書き留めていった。

　シーラも紙とペンを取り出し、何かを書き付けている。

　シーラの作業のほうが早く終わり、シーラが食べ物を取り出して腹ごしらえを済ませたころ、レカンの作業は終わった。

「すまん。待たせたな」

「いいさ。これをあげるよ」

　シーラが渡してくれたのは、魔法の一覧表だった。

［身体系］
回復（キリーム）
変身（ウェジャパダ）
停止（ワッツ）

［精神系］
睡眠（スパール）
催眠（サンパール）
混乱（ユトーレ）
硬直（ガスト）
幻覚（マリフォズ）
透明（エルムス）
支配（カルファン）

［知覚系］
探知（サンクマ）
遠耳（ボイドロウ）
拡大（イオソート）
鑑定（アベル）

解析（キャンシャル）
図化（コズニット）
隠蔽（ニルズム）
［光熱系］
灯光（パーム）
光明（テラパーム）
閃光（リリオム）
冷気（ラクートル）
着火（ウテル）
火矢（ベイアーツ）
炎槍（バンドルー）
雷撃（グインバル）
［空間系］
引寄（ベグラー）
移動（トリムル）
操作（シジュール）
浮遊（カッサル）

交換（コズノート）
障壁（オグディム）
［創造系］
創水（ソグシュート）
霧煙（ネリトナ）
［神聖系］
祝福（アリトー）
浄化（フィーラ）
［特殊系］
復元（ソーサル）
加速（モーラー）
脱水（カシュート）
吸収（メポザ）
付与（テルオール）
調教（グサノマ）

読めない字もあったので聞いた。だから一応全部読めるようになったが、それぞれどんな魔法なのかはさっぱりわからない。

「べつにすぐに全部覚えなくていいさ。これからおいおい教えていくからね。それと、ここにあるのはこの大陸での標準的な分類だけど、別の分類を使う人もいるし、魔法の呼び名なんて、魔法使いごとにばらばらといってもいい。あと、ここに書いてあるのはよく知られた魔法ばかりで、派生魔法や上位魔法はまだまだある。儀式や触媒の必要な魔法や、何人もの魔法使いが集まってやるような魔法も入ってない。まあでも、この一覧表を持っておけば、基本はわかるし、これから習う術がどの系統のどういう術か理解しやすいだろうさ」


「さあ、ここに入るよ」

シーラはすたすたと洞窟に入っていった。

「〈光明〉」

シーラが呪文を唱えると、薄暗かった洞窟の入り口が一気に明るくなった。それは不思議な光だ。〈灯光〉のように、どこか一か所が発光している光ではない。シーラを中心にして十歩ほどの空間が、全体的に明るいのだ。影もできていない。

「〈光明〉は〈灯光〉の上位魔法さ。あんたもすぐに使えるようになるよ。光の範囲は調節が利(き)く。奥に進むよ」

　シーラは、迷う様子もなく、すたすたと奥に進んだ。

　洞窟は少しずつ下降してゆく。分岐が何か所もあったが、シーラの足取りに迷いはない。

「ここだよ」

　そう言いながらシーラは荷物袋から小型の鶴嘴(つるはし)を取り出し、洞窟の壁面を掘り始めた。しばらく作業をしたあと、目的のものを探り当てたようだ。

「よし、これだ」

　鶴嘴で壁の一部をえぐり取った。地面に落ちた岩の塊を拾い上げてレカンにみせた。

　それは青緑色の美しい鉱石で、きらきらと金色の光が交じっている。

「これはとても用途の広い触媒になるんだ」

　さらに少し奥に入って別の鉱石を掘り出し、さらに奥に入って別の鉱石を取り出した。そしてレカンに鉱石の名前とおもな用途などを説明した。

「あたしが必要な分は採掘が済んだ。あんたも自分用に掘っておきな。〈箱〉に余裕があるんだから、遠慮せずたっぷり掘っておけばいい。また来るといっても大変だからね」

　レカンの採掘も済み、二人は帰途についた。

　もう少しで出口という場所で、一人の男と出会った。

　むろん、あらかじめ感知はしていた。魔力はない相手で、特段の武威も感じない。

でっぷり太った薄ぎたない男である。上半身は裸で、その上に革の鎧（よろい）をまとっている。腰にはズボンをはき、足にはブーツを履いているが、両方ともよく破れている。髪も髭も伸び放題だ。手には巨大な鶴嘴を持っている。

「ぐえっへっへ。お二人さんよう。勝手に入ってもらっちゃ困るなあ。これは俺様の穴なんだ」

「ほう。領主がみはりを置いているでもない採掘場に持ち主がいるとはね。いつからここはあんたのものになったのかねえ」

「もう五年にもなるぜ」

「その百年以上前からあたしはここを使ってるけどねえ」

「なんだと？」

「何でもないよ。それで、あたしたちをどうしようっていうのさ」

「へへへ。通行料を払ってもらわねえとな。道具と鉱石は全部俺様が頂く。この明かりはすげえなあ。ずいぶん値の張る魔道具なんだろうなあ。女は俺様についてこい」

「あたしを連れてって、どうしようっていうのさ」

「さあなあ。一旬ばかり楽しんだら、あとのことはあとで考えるさ」

「あたしを連れていくとして、男はどうするつもりだい？」

薄ぎたない男は、シーラの問いに行動で答えた。鶴嘴を振り上げてレカンに振り下ろそうとしたのである。振り下ろす前にシーラの呪文が響いた。

「硬直」

たちまち薄ぎたない男は動きを止めた。

「これが精神系魔法の〈硬直〉だよ。初級のうちは、相手にふれていないとうまく発動しないけどね。そしてこれが特殊系魔法の〈脱水〉さね。〈脱水〉」

薄ぎたない男の体がぎゅるぎゅると引き絞られて古木のようになり、めきめきと音を立てながら引きちぎれたかと思うと、さらさらと砂になって地に落ちた。鶴嘴や革鎧は砂にはならず、もとの状態のままで地に落ちた。

「〈脱水〉でこんなふうに砂になっちまうのは、かなり上級者が使った場合だね。でも初級の〈脱水〉でも相手を殺すだけなら簡単にできる。魔法抵抗があっても特殊系は防げないからね。もし血が泡立つような感じがしたら、〈脱水〉をかけられてる可能性がある。そのときは、とにかくじっとしてないで動き回ることだね。この鶴嘴、もらっていくかい？」

「いや、いらん」

夕食が終わって、レカンはシーラにノートを差し出した。そこには、この二日間教わったことが書き記してある。

「間違いがないか、みてもらえるか」

「いいともさね。けどこの紙、いいねえ。このノート、一冊もらえないかい？」

「その一冊しかないんだ」

「じゃあ紙を二枚切り取らしておくれ」

「かまわない」

シーラがノートを添削しているあいだ、レカンは〈灯光〉の練習にいそしんだ。

もう百歩離れた場所にでも確実に明かりをともせる。

「はいよ、みといたよ。しかし、あんた。もう〈灯光〉は完璧だねえ。そんなに遠くできちんと〈灯光〉を発動できるやつはめったにいないよ。こりゃ、昨日の言葉は取り消さないといけないね。次の魔法を教えてあげるよ」

「ぜひ頼む」

「次の魔法は〈着火〉だね。この三日間で何度もみせてる。ゆっくりやるから、よくみてるんだよ。〈着火〉」

レカンは、魔法の発動を食い入るようにみつめている。何もないところに火が付く。それはまさに魔法的な出来事である。

レカンは右手の人差し指を、まだ燃えていない枯れ葉に向け、呪文を唱えた。

「〈着火〉」

すると枯れ葉が燃えた。

「また一度で成功させたね。よしよし。それを繰り返すんだ。正しく呪文を発動し、燃やすべき対象をはっきりと認識し、そこにまっすぐ魔力を乗せる。その手順を体に覚えさせるんだ。この魔法は燃える何かを対象にしないと発動しない。そこをよく覚えておくことだね。まあ上級になればそうでもないんだけどね」

その夜、そして翌日の朝、飽きることもなくレカンは〈着火〉の練習を続けた。

その後二日間は移動だった。レカンは、一日に二個、つまり二日で四個の体力回復薬を飲んだが、やはり服用を重ねるほど薬効は落ちた。食事を済ませたあとは倒れるように寝た。

続く一日は、苔の採取だった。シーラは、藁で包んだ小さな壺をいくつも用意しており、十四種類の苔を、慎重に丁寧に封入した。

夕食のあと、〈着火〉を練習していたレカンは、ふと思い出して聞いた。

「そういえば、冷気は光熱系の魔法のようだが、冷気のブレスも光熱系なのか」

「冷気のブレスだって？」

レカンは、ザイドモール領の奥地で出遭った巨大な魔獣について説明した。

「なんてこった。それは地竜トロンだろうねえ」

「竜！　あれは竜種だったのか」

「その特徴じゃあ、ほかに考えられない。あれを一人で倒すなんて、あんた化け物だねえ」

化け物に化け物と呼ばれるのはいささか心外だが、あらためて強敵だったことを知り、よく勝てたものだという感慨が込み上げてきた。

「冷気のブレスというのはみたことがないねえ。いずれにしても、魔獣の使う魔法は、人間の魔法の系統とはちょっと種類がちがっていてね。冷気のブレスが何系の魔法なのか、あたしにもわからないさ」

「この世界の竜種には、どんな種類があるんだ」

「地竜、火竜、飛竜だね。王都のような大きな町に行けば、使役されている地竜や飛竜をみることができるよ。地竜トロンは珍しい竜だね。同時代には一体の個体しか出現しないといわれる何体かの特別な竜の一つだよ。〈豊饒の竜〉と呼ばれていて、トロンが棲んでいた土地は栄えるという伝説があるのさね。王都ができてる場所も、むかし地竜トロンが棲んでいたらしいよ」

「竜を人が使役しているのか」

「人間が使役できるのは小型の地竜か小型の飛竜ぐらいだけどね。飛竜は、〈白首竜〉という種類なら人が乗れるように調教できるけど、王直属の竜騎士しか乗ることを許されない。地竜は、戦闘に向いたものは軍の管轄で、あと荷物運びに向いたおとなしい地竜を大商人たちが保有しているね。ところで、あんた、トロンの素材を持ってるんだろう。みせておくれでないかい」

地竜トロンを斃したときには、すぐに魔石を取って死骸を灰にしてしまった、とレカンが告白すると、シーラは憤慨した。

「なんて馬鹿なことを！　竜は貴重な素材の塊なんだよ！　しかも地竜トロンの素材となったら、二度と手に入るもんじゃない。なんという馬鹿なことをしたんだ。たとえ戦闘で疲れ果てていても、魔石さえ抜かなけりゃ、二日でも三日でも、いいや竜なら一年でも、死骸は待ってくれるだろうに！　しかもあんたは竜一頭丸々入れられる〈箱〉を持ってるというのに！　この役立たず！」

確かに考えてみればもったいないことをしたのだが、あのときは疲れきっていたし、ザイドモール家に早く帰る必要があったし、〈収納〉に入れるには、小さく切り刻む必要があった。とてもそんな余裕はなかったのだ。

今にして思えば、死骸をそのままにしていったんザイドモール家に帰り、数日不在にすると告げて現場に戻り、ゆっくり竜を解体すればよかったのだが、あのときはそんなことを考える余裕はなかったのだ。

ただ、研究者肌のシーラからすれば、確かに許せない大失敗だったにちがいない。

罵倒の言葉を吐き続けるシーラの前で、レカンは地竜トロンから得た魔石を取り出した。

シーラは突然沈黙した。

「それは……それは、地竜トロンの魔石だね？」

「そうだ」

「さわってみていいかい？」

「もちろんだ」

シーラは、そっと巨大な魔石を両手で受け取り、興味津々でじっとみつめた。〈解析〉とやらをしているのだろう。

レカンは、〈収納〉からもう一つの魔石を取り出した。それはトロンの魔石に匹敵する大きさだった。

「そ、それは？」

「これは、オレがもといた世界の迷宮の最下層の主だったヴルスという名の竜の魔石だ」

「い、異世界の、竜の、魔石」

「シーラ」

「え？」

「あんたには世話になっている」

「い、いや。たいしたことは、してないさ」

「その礼に、この二つの魔石のどちらかを進呈する」

「ええええっ？」

「好きなほうを選べ」

「い、いや、そんな。まさか、こんな貴重なものをもらうわけには」

「あんたが教えてくれる魔法と知識は、オレにとってこの魔石以上の価値がある。そしてあんたがどちらを選んでも、選ばなかったほうはオレのものだ。遠慮なく選べ」

実のところ、レカンは同じクラスの魔石をまだ何個も持っている。レカン自身は付与もできず研究者でもなく、結局魔石を魔力庫としてしか利用できない。そしてレカンは、ここまで巨大な魔力の塊を戦闘に使うことはない。

シーラは地竜トロンの魔石を選んだ。異世界の竜の魔石をもらっても、その力をうまく引き出せないかもしれない、というのがその理由だ。

「まさか、これが手に入るとはねえ。できるかもしれないねえ」

「何がだ」

「こっちの話さね。ところでお願いがあるんだけれどね」

「何でも言ってくれ」

「家に帰ってから、その異世界の竜の魔石を、一旬、いや三日でいいから貸してもらえないだろうかね。いろいろ調べてみたいんだ」

「なんだ、そんなことか。一旬でも一か月でも、好きなだけ調べてくれ」

「おお！　ありがとうよ！」

「そういえば、一つ相談があるんだが」

「ほう。何だい」

「薬の調合ばかりでは、体がなまってしまう。だから時々休みをもらって、迷宮を探索したり、森で魔獣を倒したりしたいんだが、どうかな」

「そんなことかい。もちろん、かまわないともさ」

その夜、シーラは眠りにつく寸前まで、楽しそうに魔石をながめ回していた。そして寝る前に荷物袋にしまい込み、ご丁寧に荷物袋の紐（ひも）を握ったまま眠りについた。

それからも数日、採取は続いた。採取場所は全部で四か所だった。四か所目では、木の実ばかりを採取した。

十一日目にヴォーカの町に帰還した。

レカンは、〈灯光〉〈着火〉に続いて〈引寄〉の魔法を習得した。

これは、ごく軽い物品をごく近距離で、ふわふわと自分のもとに引き寄せることができる魔法なのだが、正直何の役に立つのかわからない。

ただ、これは空間系魔法の初歩であり、これを習得できたということは、他の有用な空間系魔法を習得できる可能性が開けたということだ。

中級魔法である〈移動〉は、魔力量があれば重いものも動かせるし、風を起こしたり、穴を掘ったりできる、非常に応用範囲の広い魔法だという。

同じく中級魔法である〈浮遊〉は、重量物を軽量にしたり、空中に浮かべることができる。

上級魔法である〈障壁〉は、空間に魔力の壁を作って物理攻撃を防ぐ魔法だ。わずかな魔力でも恐るべき防御力を持たせられるらしい。

同じく上級魔法である〈交換〉は、大きさと重さが同じくらいの物品や生き物を、距離に関係なく入れ換える魔法だ。手紙を置く場所さえ決めておけば、遠く離れた場所と一瞬で手紙をやりとりすることもできる。ヴォーカの町のシーラの店には、シーラと同じぐらいの大きさと重さを持つ樽（たる）が置いてあって、いつでも入れ換えることができる。つまり、事前に準備をしておけば、世界中のどこにでも、一瞬で飛んでいける能力なのだ。さらに最上級の知覚系魔法が使えるようになれば、事前の準備なしでも交換対象を設定できるという。

ただし、〈障壁〉や〈交換〉を覚えられるのは、空間魔法に適性がある者のうちごく一部だという。

〈着火〉や〈灯光〉は、魔力があればほぼ誰でも覚えられる魔法だが、〈引寄〉は適性がないと覚えられない。せっかく空間系魔法に適性があることがわかったのだ。習得できるかぎりの魔法を習得したい。

帰ってから三日間は、採取してきた素材の下処理に忙殺された。素材は大量にある。朝早くから夜遅くまで作業しても終わらない。レカンは三日間、泊まり込みを命じられた。寝る場所はジェリコの部屋だ。馬と寝泊まりするのは慣れているが、猿と寝泊まりしたのははじめてだった。

老女の姿に戻ったシーラは、食事をしようとしなかった。レカンの食事はジェリコが買ってきてくれた。こっそり小さな酒の壺を渡されたときには、ジェリコに強い友情を感じてしまった。

三日間かけて下処理は終わった。苔は泥を取り、木の実は外の皮を取って、それぞれ薬液にひたし、薬草は土を払って束にして逆さに吊った。

今や作業部屋もジェリコの部屋も、張りめぐらされた紐に吊られた薬草で、頭から上の空間が占領されている。どうしてこんなに部屋の天井が高いのかと思っていたが、薬草を吊り下げるためだったのだ。

シーラは自分も〈浮遊〉で浮かぶことができるし、〈移動〉で薬草の束を浮かばせることもできる。天井から三層にびっしり吊り下げられた薬草は、実に壮観である。家は薬草の匂いで埋め尽くされた。

身長の高いレカンは、いつも頭を下げながら移動しなくてはならなかった。

四日目の朝から、薬効の高くない部位を使った〈魔獣よけポプリ〉の作成が始まった。これはそんなに急がなくてもいい作業らしいが、魔法薬に使わない部分は床や机の上に所狭しと並んでいるので、片づけないことには足の踏み場もない。

　作ったポプリは二種類である。

　一つ目のポプリは、八種類の薬草で作った。これは、狼鬼族、猪鬼族、猿鬼族、熊鬼族、虫禍族、蛇凶族、樹怪族、幽鬼族に効果がある。つまり、迷宮以外で出遭う魔獣のほとんどに効き目がある。魔獣は匂いをきらって近寄らない。効果は絶対とはいえず、興奮状態にある魔獣や飢えた魔獣は襲ってくることもあるが、それでも相当の安全性を確保できる。燃やせばすさまじい効果があり、興奮状態にある魔獣も追い払える。

　二つ目のポプリは、二十一種類の薬草で作った。これは一つ目のポプリよりずっと強力で、しかも、空魚族、岩塊族、泥奇族、魂鬼族にも効果がある。竜種にもある程度効果がある。つまり、水妖族を除くあらゆる魔獣に効果がある。高い効果を持つのは、希少な薬草を巧みに配合していることもさることながら、込める呪文に秘密がある。

　二日間かけて二種類のポプリを大量に作り、小袋に詰めて樽に入れていった。一種類五樽、計十樽分のポプリができた。この十本の樽は、作業部屋の奥の倉庫に置いた。倉庫には空の樽のほか、炭や薪やさまざまな道具がしまってある。

　倉庫の奥がシーラの部屋である。つまり、この十本の樽をどこかにやらないと、シーラは歩いて寝室に行くことができない。実際昨晩は、〈浮遊〉で樽を飛び越えていた。

「さてと。じゃあ売りに行こうかね」

今のレカンは外套も着ておらず、剣も吊っていない。服も戦闘用のものではなく、ザイドモール家でもらったものである。こんな格好で町に出るのは気が進まなかったが、しかたがない。

「ジェリコがこっちの樽で、レカンがこっちの樽だよ」

「今さらの話だが、ジェリコにはポプリが効かないのか？」

「ジェリコには〈変身〉の魔法をかけて、一時的に匂いを感じなくさせてるさ」

「〈変身〉というのは、他者にかける魔法なのか」

「普通は自分にしか使えないね」

シーラは、ジェリコとレカンに、一本ずつ樽を持たせた。ジェリコが担当するのは上等なほうのポプリで、レカンが担当するのは効力の弱いポプリである。もちろん、運搬中に家猿や家狼を恐慌状態にしないように、しっかりとふたをしてある。

こんな樽を持ってあの狭い路地を通れるのだろうかと考えていると、ジェリコは樽を持ってさっさとドアの外に出た。ドアは玄関に続くドアではなく、炊事場と井戸がある場所に出るドアだ。ジェリコはそこからさらに庭の奥に進んでいく。不思議に思いながらも、レカンはジェリコについていった。

薬草というか毒草に埋もれるようにして便所があるのだが、その斜め後ろの壁に、木の杭が二列に埋め込んである。ジェリコは左手で樽を抱え、右手と強力な両足で、ひょいひょいと杭を使って壁を上り、あっというまに高い壁の上に乗った。そして、手招きをした。

レカンは、壁を駆け上ろうかと思ったが、このレンガ作りの壁は、あまり頑丈そうではないので、崩れてしまうかもしれないと判断し、杭を使うことにした。数歩後ろに下がり、助走を付けて杭を駆け上った。だが上りきるには少し勢いが足りなかったので、最後には風の魔法の力を借りた。

「〈風よ〉！」

ジェリコはひょいっと、隣の建物の屋根に飛び移った。そして、ひょいひょいと次から次に、別の建物に飛び移り、最後には崩れかけた壁を使って地上に下りた。続いてレカンも地上に下りた。

「ごくろうさん。最初の店に行くよ」

そこにはシーラが待っていた。

しばらく歩いて立派な店に到着した。

店は非常に繁盛している。出入りしている人々の身なりがよい。入り口は大きく開け放たれていて、何人もの客に、それぞれ店員が応対している。

シーラをみた店員が店の奥に声をかけると、店主が飛び出してきてシーラを迎えた。

「よく来てくださいました。今日か明日かと心待ちにしておったのです。ささ。どうか奥でお茶でも」

「茶はいいよ。五日間ほとんど寝ていないんでね、早く帰りたいんだ。すぐに品物を引き取ってほしいんだけどね」

「はい！　それはもう。この樽二本ですな」

「とりあえずは魔獣よけのポプリを二種類だね」

「おお！　ポプリだけで二樽も！　今回は大変量が多いですなあ。いやあ、まことにありがたい」

「あとのものは後日納品するよ。ああ、そうそう。こっちの狼みたいな顔をしたでかぶつは、レカンというのさ。あたしの弟子さね」

「シーラ様のお弟子!?」

「この次はこいつが来るかもしれないから、よろしくね。それから、今日渡すポプリは、詰めたばかりで水気が抜けていないからね。最低ひと月は水気を抜いてから売るようにしな」

店主の指示を受け、使用人たちが樽から袋を出した。そして数を数え、店主は代金をシーラに支払った。

その金額の多さにレカンは目をむいた。店が客に売るときの値段はさらに高いはずであり、そこまでの価値がこんなポプリにあるのか、疑問に思った。

そんな調子で計五軒の店を回った。もう夕刻である。

あとの四軒の店も、最初の一軒に劣らず立派な店構えだった。だが、客層は五軒でそれぞれ異なっているように感じた。逆にいえば、客層の異なるさまざまな店で、ひとしく丁重に迎えられたシーラは、やはりこの町で特別な地位にいる薬師なのだ。

　五軒目の店を辞し、わずかばかり歩いた路上で、シーラはレカンに告げた。

「レカン。今日はこれで帰りな。明日と明後日は休みにするよ。あたしは寝る。……いや、ちょいとお待ち」

　少し考えて、こう言った。

「あんた、迷宮に行きたいと言ってたね」

「うむ」

「知ってると思うけど、一番近い迷宮までは歩いて二日だ。あんたなら半日もかからないってことさね」

「ゴルブル迷宮だな」

「行っといで。薬草の水気が適度に抜けるには十日かかる。苔と木の実は、もうちょいかかる。十日間休みにしよう。あたしは十日間寝る。そのあとは二旬ばかり休みなしになるよ」

　シーラは、給料だと言って、レカンに金貨を一枚渡したのだった。

第5話 ゴルブル迷宮

レカンが宿に着くと、みおぼえのある男が宿の前に立っていた。

チェイニーの店の店員だ。

「あるじが夕食をご一緒にと申しております」

宿に入って部屋を取り、水で体を拭いたあと、案内に従って歩いてゆくと、繁華街の高級料理店に着いた。個室に通され、出された酒を飲んでいると、チェイニーがやってきた。

「お元気そうで何よりです。シーラ師のお弟子になられたそうですね」

「世話になった。報告が遅れてすまん」

チェイニーは如才なくレカンをもてなした。酒も食事も大いにうまかった。この日の酒は思いのほか回りが早く、レカンはひどくよい気分になった。

「〈冷血マラーキス〉が持っていた奇妙な武器のことは、シーラ師に聞いてみられましたか？」

「シーラに？　いや」

「では、一度おみせになるといいですよ」

マラーキスが所持していた武器は、チェイニーが持ち去った。それなのに、チェイニーはレカンに、マラーキスが持っていた武器をシーラにみせるといいと言った。これはおかしなことなのだが、レカンはこの時点ではそこに気づかなかった。

チェイニーは知っていたのである。マラーキスが正体を現す直前の襲撃者たちがマラーキスと同じ武器を使ったのを。そしてその武器をレカンがひそかに持ち去ったことを。それを確かめようとして探りを入れ、レカンの反応をみて、知りたいことを知った。レカンがそのことに気づくのは、ずっとあとのことである。

「あれはシーラ師を通じて領主様がご購入になられたものなのです」

「なに」

「シーラ師のご友人で、王都に住んでおられる高名な魔道具技師のかたがお作りになったのです」

「そうなのか」

「レカンさんの故郷には、ああいう武器はなかったのですか？」

「ああいう武器はなかったな。しかし……」

あのような形をした武器があるとは思わなかったから、最初はひどく不思議な感じがした。

だがレカンのもといた世界でも、〈赤火弾〉を呪文で発動できる杖（つえ）などはあった。〈収納〉のなかに何種類か持っている。

それを説明しようと思ったのだが、心のなかで警鐘が鳴り響いた。

シーラでさえ、異世界の竜の魔石に目の色を変えた。あれと同等のものが、レカンの〈収納〉にはいくつも眠っている。そのほかに、魔力のない人間でも魔法攻撃が放てる杖や、さまざまな機能が付与された武器や防具が収まっている。

それはレカンにとっては貴重な財産ではあるものの、それほど珍しい品ではない。だが、この世界の人間にとっては、どうか。レカンが持っているもののなかに、この世界の人間が血を流してでも手に入れたいと思うような品があるかもしれない。

そんな品を持っていると知られたら、必ず面倒が起きる。

チェイニーは、レカンに恩義を感じているかもしれないし、人柄は善良かもしれないが、やはり商人だ。

糸口を与えてはならない。チェイニーの前で、もとの世界の話は厳禁だ。

「しかし、何ですか?」

「いや、何でもない。そんなことより、あんたに会いたいと思っていたんだ」

「それはうれしいですね。何かお手伝いできることがありますか」

「迷宮について教えてほしい」

「迷宮について？　しかしそれは、シーラ師のほうがおくわしいかもしれません」

「シーラは十日ほど休みを取る。オレはゴルブル迷宮に行けと言われた。追い出されたんだ」

「ははは。なるほど。そういうことなら、私の知っていることをお話ししましょう。ただし、迷宮についての私の知識は断片的で、不完全です。また、すべて伝聞なので、思わぬところで間違いがあるかもしれません。ところで、ゴルブルの迷宮に入られるということなら、地図を取り寄せましょうか？」

「地図？　迷宮に地図があるのか？」

「ええ。販売されてますよ。この町でも扱っている商人はいます」

「迷宮の地図には何が描いてあって、何の役に立つんだ？」

「最低限の地図では、各階層の見取図と階段の位置が描いてあります。安物の地図だと、複数の階段のうち一つだけしか描いてなかったりしますがね。それから、少し上等な地図になると、出現しやすい魔獣や、出現しやすい位置も描いてあります。もう少しよい地図だと魔獣の特性や弱点が、最上級の地図になると宝箱の出現実績なども書いてありますね」

「階段というのは何だ？」

「え？　迷宮には階層がありますから、下に下りたり上に上がったりするには、階段を使わなくてはなりません」

「階層主を倒さなくても次の階層に行けるのか？」

「階層主というのは何でしょうか」

かみ合わない話を少し続けたあと、レカンはこの世界の迷宮のあらましを教わった。

新たに迷宮が発見されると、王は貴族を差し向けて一時的に管理させる。有望な迷宮であった場合、そこは町となり、領主が任命され、管理に当たる。迷宮の名がその町の名となることが多い。

入場料を取る迷宮もあるが、ゴルブル迷宮に入場料はない。

迷宮に入るのに、何の資格もいらない。誰でもどの迷宮へでも自由に入ることができると、この国では定められている。ただし、ゴルブル迷宮の場合入り口に兵士が立っていて、あまりに若年の者や、あまりに装備の貧弱な者には、入場をやめるよう助言する。その程度の制限は領主の裁量次第だ。

迷宮には階層がある。ゴルブル迷宮の場合は三十階層である。下の階層ほど敵が手ごわい。特定の階層で出る魔獣の種類はほぼ決まっている。

階層は階段で下りることができる。階段は一つしかないこともあるが、ゴルブル迷宮の場合、最大の階層では五か所、最低の階層でも二か所は階段がある。

階層は順番に進むしかない。三十階層まで行きたければ二十九の階層を下りるしかなく、三十階層から地上に戻るには二十九の階層を上がるしかない。

魔獣を倒すと素材と魔石が得られる。魔石を取れば、魔獣は砂になる。また、魔獣を倒した瞬間死骸が消えて宝箱が出現することがある。宝箱には薬、武器、防具、装身具、宝玉などが入っている。宝箱から得られた薬は優れており、しかも劣化しない。その最高峰は〈神薬〉であり、あらゆる怪我(けが)や病を癒やし、呪いを解き、失った手足やつぶれた目さえ再生させる。

迷宮の最下層には主がいる。迷宮の主を倒すと迷宮のすべての魔獣が消滅する。再び主が出現するまでの数日ないし数週間、迷宮は魔獣が出現しない休眠状態となる。その間迷宮からは何も得られない。そのため、領主は、ふつう主を殺されることをいやがる。ただし主の討伐は名誉ある行為であり、表向きは禁止できない。

迷宮のなかでは殺人も窃盗(せっとう)も罪にならないが、通常、冒険者同士はつぶし合いをきらい、できるだけお互いに接触しようとしない。ただし冒険者を襲うことを専門にする冒険者も存在する。

一つのグループに上限はないが、あまり大勢では動きにくいし分配で紛糾(ふんきゅう)しやすいため、五人から十人程度で行動する冒険者が多い。

「ソロで迷宮に入る人は、ほとんどいないのですが、レカンさんはお一人で行かれるのでしょうね」

「そうだな」

「あなたなら、どんな魔獣も冒険者も恐れる必要はないでしょう。しかしゴルブル伯爵の騎士には注意してください」

「ほう。手ごわいのか」

「うれしそうな顔をしないでください。手ごわいというより、めんどくさいんです」

「からむのか」

「からみます。よい品を手に入れた冒険者につきまとって難癖をつけ、安い金額で物品を脅し取ります。応じないと、非道な手段で手に入れたという噂を立てられたりします」

「迷宮内では殺すことも盗むことも罪にならないんだろう？」

「罪にはなりません。しかしあまりひどい噂を立てられると、何かとやりにくくなります」

「それはそうだろうな」

「去年、こんなことがありました。ゴルブル伯爵の縁者にあたる貴族が、部下とともに迷宮で探索をしたのです。ところがある階層で魔獣に全滅させられました。その貴族は、恩寵つきの名剣を持っていたのですが、それをある冒険者が拾いました。迷宮で拾ったものは、拾った人のものになります」

「恩寵？」

「宝箱から得られる武器や防具や装身具には特殊な効果がついている場合があります。その効果を恩寵というのです。武器としては凡庸でも、恩寵がついているだけで価値がはね上がります」

「その剣がどうかしたのか」

「冒険者は、剣を自分で使うつもりでした。しかし伯爵の部下が、迷宮で得たものは競売にかけるべきだと言いつのり、圧力に負けて冒険者は剣を競売にかけました」

「ふむ。高くは売れんだろうな」

「はい。銀貨一枚でした」

「それはひどい。伯爵の圧力か？」

「その競売には、伯爵の代理人しか参加できなかったんです。入り口で警備していた伯爵の部下たちが、参加しようとする人を、不審だとして、全員拘束してしまったからです」

「なるほど。伯爵がどういう人間か、およそわかった」

「本当に魔獣の情報はいいんですか？」

「それはいらない。楽しみが減る。ただあまり時間をかけずにある程度深い層まで行きたいので、階段の位置だけを描いた地図を、一枚手配してもらえるか」

「わかりました。宿にお届けします。それとこれはお願いですが」

「何だ？」

「ゴルブル迷宮で得た品はゴルブルの町で売るべきだと、伯爵は考えています。だから、ある程度の品はゴルブルの町で売らざるを得ません。けれど本当によい品は、私に売ってください」

「覚えておこう」

「では、この袋をお貸ししておきます」

「これは……〈箱〉か？」

「はい。たっぷり入れてお返しください」

「わかった」

その夜、レカンは久々にのんびりと睡眠を楽しむことができた。

シーラとの旅は有意義だったが、やはり緊張を強いられた。いくら猛獣が優しくて機嫌がよかったとしても、その猛獣と同じ檻に入れられて安心して眠れるものではない。シーラは、どんな猛獣より恐ろしい存在である。そのそばで心からくつろぐことなどできるはずもなかった。


「さあさあ！　各種ポーション、格安だよ！　普通の薬もあるよ。ここで買っとかないと後悔するよ！」

「遠距離攻撃できる人、いませんか！　こちら五人パーティー、あと一人、できれば遠距離攻撃役募集中！」

「案内人がここにいるよ！　十階層までなら任せとけ！　地図があるって？　じゃあ地図に、魔獣の弱点が書いてあるかい？　次の階層で必要な装備を教えてくれるかい？　宝箱の出現率を上げるこつを教えてくれるかい？　しかも荷物持ちもするよ！　さあ、ベテラン案内人はいらないかね！」

実ににぎやかだ。レカンの知っている迷宮と、まるでちがう。だが、この雰囲気はきらいではなかった。

つい先ほど、レカンはこの町に着いた。つい早起きして、早く出て、うれしさのあまり速く走ったら、昼前に着いてしまった。

この町には入場税がない。そもそも外壁もないし衛兵もいない。ただ、町の入り口に〈迷宮都市ゴルブルにようこそ!〉と書かれた大きな看板があるばかりだ。迷宮がどこにあるかなどと人に聞く必要はなかった。人の動きを追ってゆき、にぎやかさをたどってゆけば、おのずとたどり着いたのだ。

それにしても、迷宮の入り口がとてつもなく広い。そして真ん中の部分に仕切りが作られ、右が入り口、左が出口だと記されている。

入り口の近く五十歩ぐらいに柵が作られている。その内側は商売禁止になっているようで、四人ほど衛兵がいるばかりだが、途切れることなく右の入り口に入っていく者たちがおり、そして左の出口から出てくる者たちがいる。

柵の外の入り口側には、装備を売ったり、修理をしたり、仲間を集めたり、食べ物や消耗品や情報を売ったりする者たちがひしめき合い、その外側には迷宮探索に必要なものを売る店が立ち並んでいる。武器屋や薬屋などは、ちょっとのぞいてみたいと思ったが、あとだ、と自分に言い聞かせた。

柵の外の出口側には、素材の買い取りを呼びかける者がおり、治療はいりませんかと呼びかける者があり、鑑定しましょうかと呼びかける者がいる。そのさらに外側には、素材処理所、買い取り所、治療院、休憩所、修理屋、食堂が雑然と並んでいる。買い取り所は、魔石専門、武器専門などの看板を掲げている。そしてそこから離れてゆくと、大きな建物群が町並みを形成しており、歓楽街と職人街が合体したようなありさまだ。神殿もある。そしてさらにその外側には、大きな荷車がひっきりなしに出入りする建物群がある。

ここはまさに迷宮都市だ。迷宮から得られる富に引き寄せられた者たちが形成し、迷宮の富を加工し、消費し、輸出することで成り立つ都市なのだ。

町の規模としては大きくない。ヴォーカと比べると、数分の一の規模だろう。

ただし繁華街のにぎやかさは、こちらが上だ。そして、こんな小さな町なのに、繁華街の外側には貧民街もあるようだ。考えてみると、ヴォーカは大きな町なのに、貧民街はみかけたことがない。

思った以上に若い冒険者が多い。そして表情が生き生きしている。

チェイニーの話を聞いて、どんなにひどいことが行われているのかと心配していたが、少なくとも大多数の人は、ここでの生活に希望を感じているようにみえる。もちろんその裏で、悪辣なことも行われてはいるだろう。だがそれはどこであっても同じだ。

もう一つ、レカンをうれしくさせたことがある。

魔法使いだ。

この町には、魔力持ちがあふれ返っている。今、迷宮に入ろうとしている人々のなかにも、何人もいる。魔力持ちだからといって魔法使いだとはかぎらないのだが、これだけ魔力持ちが迷宮の周りに集まっているのだから、やはりこのなかには魔法を使う冒険者が多いにちがいない。いかにも魔法使いらしい格好をした冒険者もみかける。やはり迷宮には魔法使いがいなくてはならない。

レカンは、客引きの声など耳にも入れず、入り口に向かって歩いた。すると番をしている兵士から声をかけられた。

「おお、あんた、みるからにやりそうだなあ。どこから来たんだ」

「ヴォーカから来た」

「ヴォーカ？　まあいいさ、しっかり探索してくれ。そしてたくさんの品を得て、それをわがゴルブルの町に落としていってくれ。よい冒険を（ラー・ジット・ジート）！」

「ありがとう（ナロウ）」

さて、いよいよ迷宮突入である。

〈生命感知〉では、迷宮のなかが感知できなかった。冒険者たちが一歩迷宮のなかに入ると、肉眼ではみえているのに〈生命感知〉から消えるのである。もとの世界の迷宮のなかも〈生命感知〉は及ばなかった。もっとも、もとの世界では、迷宮に入った瞬間各階層に飛ばされてしまったので、迷宮のなかに入った冒険者を迷宮の外から肉眼でみることができるというのは、なかなかに新鮮な光景ではある。しかし、〈生命感知〉が届かないという基本的な性質は同じであり、そのことはレカンに安心感を与えた。

迷宮のなかに入った。たちまち、〈生命感知〉が機能を発揮し、同じ階層にいる冒険者たちを一斉に表示した。その代わり、迷宮の外の情報は消えた。これももとの世界と同じである。

不思議なことが起きている。

迷宮に突入した冒険者のうち少なくない数が、突然消えるのだ。

〈生命感知〉でも消えているし、肉眼でみても消えている。

消えるとき、何やらつぶやいているようである。

また、それと逆に、左奥のほうでは、冒険者が突然出現している。

ほかの冒険者が平然と受け入れているので、この世界では当たり前の出来事なのだろう。

何が起きているのか気にはなるが、いずれそのうち明らかになるはずだ。

この迷宮には三十の階層があるというが、〈生命感知〉ではこの階層しか表示されていない。

これも、もとの世界と同じである。

（この階層には魔獣がいないのか）

となれば、ただちに下の階に下りるまでである。人とぶつからないように走りながら、レカンは下の階層を目指した。階段は、意外に広く、意外に長かった。

階段を下りた場所は、地図によれば〈一階層〉である。入り口を入ったばかりの層は〈地上階層〉と書いてある。

ごつごつした岩の迷路をたどっていると、すぐに前で戦闘の気配がした。

たどり着いてみると、五人の若い冒険者が三匹の〈赤猿（ウルドゥ）〉と戦っていた。戦いの邪魔をしないように後ろを通り過ぎた。

前から何か来る。〈赤猿〉だ。斬り捨てた。

〈魔力感知〉で魔石の位置を探り、剣のひとなぎでえぐり取った。魔獣が砂になった。

地図で下の階層への階段の位置を確かめ、そこを目指して走る。

何回か赤猿に遭った。斬り捨てたが、魔石を取る時間も惜しいので、そのままにして走り去った。

どうもこの階層は、赤猿しかいないようだ。

二階層に下りた。

やはり、ごつごつした岩の迷路が広がっていて、薄暗い。

この世界の迷宮は、どの迷宮のどの階層も、このように薄暗い岩の迷路なのだろうか。

もとの世界の迷宮は、階層によっては草原だったり、森だったり、山だったりした。明るい階層もあったし、暗闇の階層もあった。もちろん、この世界の迷宮が、それと同じでなければならない理由もない。こういう迷宮も新鮮で、面白みがある。

それはよいのだが、通路が狭いので、冒険者たちをやり過ごすのがむずかしい。できるだけ迂回(うかい)するようにしているのだが、迂回がひどく遠回りになる場合は、冒険者たちの横をすり抜けた。すり抜けるだけの空間がない場合は、話しかけて脇にどいてもらった。

この階の魔獣は、木狼(トルジェ)だ。ヴォーカの町でも番犬のように飼われている魔獣である。攻撃性は高くないようで、こちらから襲いかかるか、よほど近くに寄らないと攻撃してこない。

五頭ほど出会い頭に殺した。三頭目を殺したとき、死骸がふっと消え、あとに奇妙な小箱があった。

開けてみると、薄紅色の小さな球体が入っていた。

取り出した。

レカンの人差し指の、その先端から第二関節までと同じか、やや小さいほどの大きさだ。

硬くはない。かといって柔らかいともいえない。指で押すとへこむが、力をゆるめるともとに戻る。むかしどこかでみた何かの卵と似ている。だが記憶のなかのその卵より、張りがある。強く押せばつぶれてしまうだろう。なかには何か液体が入っているようだ。

これはいったい何なのだろうかと思いながら、〈収納〉に入れた。

下りの階段に向かって走るレカンの前方で悲鳴が上がった。

「誰か！　助けてくれ！」

少年といってよい、若い男の声だ。少し進むと視界が開けて状況がわかった。

一人の少女が傷を負って倒れている。その少女をかばうように、一人の少年が短めの剣を持って立っている。その正面では木狼が一匹うなり声を上げ、身をかがめている。跳躍の予備動作だ。

大きな木狼である。ここまでにみた木狼の二倍以上の大きさだ。

その大きな木狼が少年に飛びかかった。

ちょうどそのとき、その地点に差しかかったレカンは、剣を一閃(いっせん)させ、巨大な木狼を真っ二つに裂いた。木狼は消え去り、一つの宝箱が残った。

走り去りかけていたレカンはくるりと向きを変え、宝箱の場所に戻った。

開けてみると、鞘(さや)付きの短剣が一本入っていた。

短剣を取り出すと宝箱は消えた。

「あ、ありがとう、ございます」

少年が礼を述べた。

頬を魔獣の爪がかすめたようで、二筋の傷がつき、そこから血が流れている。べつにこの少年を助けようと思って木狼を倒したわけではないが、獲物を横取りされたと言われるより、ずっとましだ。

レカンは短剣を〈収納〉にしまった。ただし少年の目の前なので、左手で外套(がいとう)の襟を右に引き、その外套に隠し込むように短剣を収納した。これで少年は、外套のなかに〈箱〉機能のついた袋があるか、さもなければ外套そのものに〈箱〉機能をつけたと思うはずだ。

ふと思いついて、レカンは先ほど宝箱から得た、薄紅色の丸い奇妙なものを取り出して、少年にみせた。

「おい」

「は、はい」

「これは何だ」

「え?」

「これは何だと聞いている」

「そ、それは赤ポーションです。赤の小ポーションです」

「これは何に使う」

「え? 怪我や疲れを癒やします」

「ふむ。ポーションには、ほかに何がある」

「え? えええっと、赤ポーションは、大中小の三つです。大きいほど効力が高いです。青ポーションは魔力を回復します。これも大中小の三つがあります。黄色のポーションもあります。これは状態異常を解消するそうです。それから、緑色のポーションは毒消しです。普通に売っているのはこの四種類ですが、ほかにも迷宮からは変わった色のポーションが出て、特殊な機能を持っていると聞いています」

「お前はこれを持っているのか」

「えっ？　いいえ、そんな。ぼくたちは普通の薬を買うので精いっぱいです。赤ポーションがドロップしたら、売ります」

「そうか。なら、これを使え」

レカンは、ぽいと赤ポーションを少年に投げ渡した。

少年は反射的にそれを受け取ったが、受け取ってからあわてた。

「だ、だめです！　こんなもの、使えません」

「お前ではない。その女にだ」

そう言われて少年は足元に倒れて動かない少女をみた。

木狼の爪で掻かれたのだろう。胸元に三筋の傷があり、出血している。そして綺麗な顔にも三筋の傷がある。

「わ、わかりました。使わせていただきます」

少年は何かを決意したような表情をした。そして赤ポーションを少女の口に押しつけるが、少女は口を開こうともポーションを飲み込もうともしないようだ。

少年は赤ポーションを自分の口に入れ、かみつぶした。そして自分の口を少女の口に押し当てた。

ごく、ごく、と少女の喉が動く。

その効果は劇的だった。

頬の傷がすうっと消えた。そして胸の傷もみるみる治った。

（ほう。下級のポーションでも、これほどの効果があるのか）

少年は感極まったのか、少女の体を抱きしめて震えている。

「ポーションは飲むものなのか」

「えっ？　いえ、傷が一か所なら、直接傷口に振りかけたほうが効果は高いそうです。でも……」

「わかった。もういい」

「あ、あの」

「うん？」

「ポーションの対価は何ですか。ぼくは何をしたらいいですか」

決然とした表情でそう言う少年の頬の傷もふさがっていた。

「対価は、もうもらった」

レカンはそう言い残して、その場から去った。

レカンは満足していた。実に有意義な取引だった。

今のレカンがまさに欲した情報を少年は与えてくれた。そして少年は、今まさに必要であったろう赤ポーションを得た。お互いにとり、まことに好都合な出会いだったといえる。

それにしても長い階段である。長いだけではない。横幅も非常に広い。びっしり並べば二十人は並べるだろう。

それほど広い階段のあちこちに人がいる。地上から一階層の、そして一階層から地上への階段に比べればずっと少ないが、それにしても人が多い。

だからあまり速度が出せない。レカンとしては少しでも早く下の階に下りてゆきたいのだが。

到着した三階層でレカンは驚きを感じた。

（魔力持ちが二十人以上いる）

先ほどポーションを与えた少女も魔力持ちだったが、それを含めて一階層と二階層では三人しか魔力持ちをみかけなかった。隅々までを念入りに探索したわけではないから、みおとしがあるかもしれないが、そうちがわないはずである。

ところが、この階層には、一度に感知できる範囲だけでも二十人以上の魔力持ちがいるのである。これには何か理由があるはずだ。

ところで、〈生命感知〉によれば、今レカンの目の前には魔獣がいる。ところが、肉眼に映るのは、ごつごつした岩の塊だけだ。

レカンはその岩を蹴飛ばした。岩を蹴った手応えではなかった。

岩はぐにゃりと崩れて緑色に変じ、どろりと流れ落ちた。

（ほう。不定形型の魔獣か。擬態ができるのか）

剣を抜いて、この奇妙な敵を斬った。確かに斬ったのだが、その傷は瞬時にふさがってしまう。

どろどろとした魔獣は、ぶわりとふくれ上がってレカンを襲った。

今度は横に剣を振り、敵を上下に両断し、後ろに飛びすさった。

二つに分かれた敵は、すぐにまたくっついてしまう。

「ふむ」

レカンは大きく飛びのいた。

すると魔獣は、しばらくぐねぐねうごめいていたが、やがて再び岩に擬態した。

レカンは、ほかの冒険者がどう戦っているのかみてみようと思った。

ちょうど近くに二人組で戦っている冒険者がいる。一人は魔力持ちだ。

曲がりくねった通路を進んで、かすかにその二人がみえる位置で止まった。

冒険者は二人とも女だった。一人は弓使いだ。だが弓は使わず、石をどろりとした魔獣に投げつけ、追ってくる魔獣をかわしては、また石を投げつけている。もう一人は魔力持ちだ。右手に持った短剣を、離れた位置から魔獣のほうに向け、何かの呪文を唱えている。

「……の力よ、われに降り立ち怒りの炎となりて、敵を討ち滅ぼせ。〈火矢！〉」

炎の玉が出現し、すうっと魔獣に向かった。当たると、爆発するように燃え上がり、魔獣は燃えた。

魔獣が燃え尽きるのを待って、弓使いの女が魔石を取り出した。まだ熱いと思うが、たぶん左手の手袋は断熱性が高いのだろう。

「ほいよ。四つ目だ。魔力はまだ大丈夫かい？」

「今日は順調ね。魔力はもう二発分ぐらいかなあ」

「よし。あと一匹倒したら休憩しよう」

「うん」

レカンはここまで聞いてから、そっと後ろに下がり、そのまま別の道を進んだ。

どうもこの階層の不思議な魔獣は、剣の攻撃では殺せず、火の魔法なら殺せるようだ。

そういえば、この階層には魔法使いが多かった。たぶんこの魔獣は、物理攻撃では傷つかず、魔法攻撃はよく効くのだ。

レカンは剣を収納し、代わりに一対の籠手を取り出した。

〈雷竜の籠手〉。

むかし共に戦った冒険者の形見である。大きさがレカンの手に合っていたので、その冒険者が死んで以来〈収納〉にしまい込み、時々使っている。

敵は今度も岩に擬態していた。

〈雷竜の籠手〉を両手にはめると、レカンは〈生命感知〉で次の敵を探した。

いきなりレカンは右のこぶしを敵に打ちつけた。

すさまじい音がして電撃がはじけ飛び、敵は一瞬で消滅して小さな魔石が残った。

〈雷竜の籠手〉には、雷竜の骨が仕込んであり、魔力を流しながら打ちつけると、電撃を発生するのである。この種の武具には魔石を消費するものが多いが、〈雷竜の籠手〉は使い手の魔力だけで発動でき、しかも流し込んだ魔力量によって電撃の強さが変わる優れた品だ。

レカンは、にやり、と笑った。

調子に乗って走り回り、不定形の魔獣をたたき殺した。

小さな魔石が残ったがみむきもしない。宝箱が出たら開けた。

わずかのあいだに相当の数を殺し、飽きたので下に下りた。

宝箱の中身は、青の小ポーションが二つと、杖が一本だった。

杖が出たときには長細い宝箱が出現した。中身によって宝箱の形状は変わるようだ。

階段に下りる直前、これまでの階層と同じように、倒した魔獣たちに礼をした。

そのとき、フードをかぶった魔法使いの姿が目に映った。

フードのなかの顔は、驚くほど年老いていた。

四階層の敵は蜘蛛猿(インドゥ)だった。

あまり大きな蜘蛛猿ではなかったが、二、三匹ずつ群れている。

そしてそれに、ほんの少し大柄な赤猿が交じっていることがあった。

この階層の赤猿は杖を持っており、炎の魔法を撃ってくる。レカンがもといた世界では、魔法を使うような魔獣はめったにおらず、いたとしても竜種など膨大な魔力を持つものにかぎられていたから、猿が魔法を使うという出来事に、レカンはひどく驚いた。

五階層の敵は巨大な蜂だった。この階層になると、さらに冒険者の数は少なかった。この蜂に刺された冒険者は、顔に青い斑点(はんてん)が浮かび、けいれんしていた。

六階層の敵は黒くて細くて長い蛇だった。これは簡単に殺せる敵なのだが、薄暗い岩の通路のなかで、岩のくぼみに身を隠して忍び寄るので、勘のにぶい冒険者には発見がむずかしい。

しかも、あとで知ったが、この蛇の毒は、効かないときは効かないが、効くときには即死する。

もっともレカンの索敵(さくてき)能力と敏捷(びんしょう)性をもってすれば、まったく恐れるような敵ではない。

七階層の敵は白幽鬼(ザーグ)だった。〈妖魔〉と呼ばれる系統に属する魔獣だ。この階層には非常に大勢の冒険者がいた。あまり動きの速くない白幽鬼を数人で取り囲んで攻撃している。

考えてみれば、苦手な敵のいる階層はさけて、戦いやすい敵のいる階層に行けばいいのだから、この階層に冒険者が多いのは当然なのかもしれない。だが、白幽鬼からは魔石が採れない。何を目的に戦っているのだろうか、とレカンは疑問に思った。実は迷宮の白幽鬼は魔石を残すのであり、〈魔力感知〉を発動すればそれはわかったはずなのだが、このときのレカンはそのことに気づかないままだった。

この階層で戦う冒険者たちの攻撃力は低く、たかが白幽鬼を倒すのにずいぶん時間がかかっていた。

レカンは白幽鬼を五体倒したが、そのうち二度、宝箱が落ちた。

八階層の敵は、非実体系の魔獣だった。これも〈妖魔〉なのだろうか。しばらく試行錯誤した結果、〈灯光(パーム)〉の魔法で殺せることがわかった。覚えたての魔法で敵を殺せることがわかり、レカンは喜々としてこの妖魔を殺した。

九階層の敵は狼(おおかみ)の一種だった。木狼より二回りも大きく、体毛は灰色だ。牙(きば)も鋭く、とても初心者では戦えない魔獣である。

十階層の敵は、またもや赤猿だった。ただし、この階層の赤猿は、一階層の赤猿よりずっと体が大きい。そして棍棒(こんぼう)を持っている。そして四階層で出たのと同じ種類の赤猿が交じっていて、火の魔法を撃ってくる。しかも十匹前後で固まって移動しているし、その速度も速い。

この階層では、二人や三人で行動している冒険者はいないようだ。五人から八人ぐらいの集団が多く、なかには十人を超える集団もある。

十一階層に下りると、急に風景が変わった。

今までは、どの階層も、前後左右も上下も、ごつごつした岩の塊であり、岩山の洞窟を進んでいるような景色だった。だが、この階層では床には草が生えている。天井も高く、十歩程度はある。床から天井に向かって、至るところに柱が伸びている。古木のようにたわみ、ぽつぽつと穴の開いた柱である。柱と柱のあいだは五歩ぐらいの場所もあれば、二十歩以上の場所もある。

レカンは、〈生命感知〉により、天井や柱や床に魔獣が潜んでいることを感知している。だがレカンの関心は、今別のところにあった。

冒険者たちが五人、少し広くなった場所で座り込んで、食事をしている。

知り合いでもない冒険者に不用意に近寄るのはよくないが、興味があったので近づいてしまった。

「お、すごいのが来たな」

「あんた、一人かい。仲間はどうした」

「仲間はいない。最初から一人だ」

「なんだって？　いや、まいったな。この階層にソロで下りるとは」

そのときレカンは、足元に置いてある袋に気がついた。その袋からは、よく知っている匂いが漂っている気がする。

「ポプリか？」

「そうさ！　運よくヴォーカの町のハリスボス商店の上級ポプリを買うことができたのさ」

「あの店のポプリは、ほんとに効き目がすごいし、一年は持つ」

「持っていくんじゃないぞ」

冒険者たちは笑った。

ハリスボス商店。

それはつい一昨日だったかにシーラのポプリを納めた店である。床に置かれたポプリの袋はレカンの知らないものであり、しゃれた模様が入っている。なるほど、こういう相手に売るのなら、あの値段で仕入れても充分もとが取れる売値でさばけるだろう。

ポプリが四か所に置いてある。こうしておけばポプリの匂いで魔獣は寄ってこず、このまま寝ることもできるのだろう。もちろん冒険者たちは〈箱〉を持っており、必要なとき以外には匂いを振りまかないのだ。

急にレカンは空腹を覚えた。

「邪魔をした」

冒険者たちにわびを言い、その場を離れた。

十階層と十一階層のあいだの階段に戻った。

何人もの冒険者が、あちらこちらに腰を下ろして休んでいる。何をしているのかと思いながら通り過ぎたが、そういえば階段で魔獣をみたことがない。たぶん階段は安全地帯なのだ。

人のいない場所に腰を下ろした。

〈収納〉のなかに、魔獣よけの付加がある宝玉がある。いずれはこの宝玉がこの世界でも有効かどうか試してみるつもりだが、今はとにかく空腹が激しいので、とりあえず休めそうな階段に戻ったのである。

レカンは〈収納〉から、ヴォーカの町で買った食べ物を取り出して食事を始めた。

いったいどれほどの時間、迷宮に潜っていたろう。

もとの世界でなら、不思議と迷宮のなかにいても、時間の経過がある程度わかった。迷宮のなかでは日は沈まないし昇らないし季節の移り変わりもないのだから、それは純然たる直感だが、その直感がかなりあてになった。

ところがこの世界の迷宮は初体験で、しかも少しばかり浮かれていたものだから、さっぱり時間の経過がつかめない。そもそもこの世界の一日は、たぶんもとの世界の一日より少しだけ長い。だからなおさら感覚が働かない。

腹の減り方からすれば、丸一日以上はたっていたようだ。だが、丸二日ということはない。感覚的には半日と少しぐらいと感じられるのだが、喉が渇いて水を飲んだ回数を考えると、半日は超えているだろう。

心のなかでは一応二日たった、と数えておくことにする。魔獣と戦わずにここから地上に戻るには、半日あれば充分だ。十日のあいだにヴォーカに戻らなくてはならないということは、あと三日は潜れる。

レカンは、親の名も顔も知らない。

一緒に過ごした時期があるのかどうかもわからない。

幼いころの記憶はあいまいで混乱している。覚えていることといえば、おとなに怒鳴られて怖かったことと、蹴飛ばされて痛かったことだ。そしていつも腹を減らしていた。

やがて神殿の孤児院に入れられた。孤児たちの面倒をみてくれる女神官や修道女たちは〈慈母〉と呼ばれていたが、ひどく厳しく、とげとげしく、少しも優しくなどなかった。

〈慈母〉たちは、すべての人間は、ひとしく神の愛し子であり、神の前ではすべての人間が平等だと教えてくれた。

しかし神殿も孤児院も平等ではなかった。人と人はいがみ合い、細かな序列があり、ぎすぎすしていて、搾取やいじめがあり、高く売れるかどうかで、こどもの価値が値踏みされた。ずっとあとになって、その神殿や孤児院はずいぶんましな部類だと知ったが、当時は孤児院がいやでしかたがなかった。

しかし考えてみれば、住むところと食べるものを与えられ、読み書きさえ教えてもらった。そして、この世は厳しいところだと教えてもらった。だからそのあと生き延びることができたのであり、その意味では、やはり〈慈母〉だったのかもしれない。

一通り読み書きを覚えると、孤児院を抜け出した。そして飢え死にしかけた。ふらふらと入り込んだ迷宮で奇跡的に生き残り、わずかばかりの金を得た。はじめて手にした金だった。

何度か幸運が続き、レカンは死ななかった。そして、迷宮で生きてゆくコツのようなものをつかんだ。人間にはひどい目に遭わされ続けたが、迷宮はレカンを生かし続けた。

そのうちにレカンは気づいた。神の平等は、まさに迷宮にある。迷宮は厳しいけれど、不公平ではない。たぶん神は人の世界では実現できなかった公正さや公平さを、迷宮を作ることでつぐなったのだ。

あれは、いつのことだったろうか。迷宮で、変わった色の毛並みをした兎（うさぎ）を倒した。腹が減っていたので、迷宮のなかで焼いて食った。

信じられないほどうまかった。

あとになって、それが希少種の魔獣で、その肉は高級食材としてびっくりするような値段で買い取られることを知った。いまだに、あれよりうまい食い物は知らない。

やがてレカンが強くなってゆくと、迷宮はすべてのものを与えてくれた。

迷宮は、レカンが外の世界で生きていく基盤も整えてくれた。相変わらず人の世界では嘘がありうそ裏切りがあり悪意があったが、そのすべてを打ち破る力を迷宮は与えてくれた。

さらにレカンが力をつけると、貴族や大商人までがレカンに敬意を払うようになった。頭を下げてレカンに助力を乞うた。傭兵として参戦すれば、身分のある将軍とも対等に話すことを許された。

迷宮こそは、レカンにとって真実の〈慈母〉だったといえる。

だから異世界の迷宮が自分を受け入れてくれたことが、うれしくてならなかった。

その日レカンは安らかに眠った。

どれほど眠ったろうか。

胸元に滑り込もうとした手を、レカンはつかんだ。

薄く右目を開けると、がりがりにやせ細って髭だらけの顔をした男が、驚愕と恐怖を顔に貼り付けて、レカンの顔をみおろしていた。

この男は一人きりで、ふらふらと居場所を変えていた。そのことをレカンは、一部分だけ覚めている意識のなかで把握していた。そして男がレカンに忍び寄り、こっそりと胸元へ手を伸ばしてきたとき、防衛本能のままに男の手首をつかんだのである。

レカンはそのあと自分が何をするかを幻視した。

男の手を押さえた右手に力を込めれば、男の手首はぼきぼきとつぶれるだろう。

悲鳴を上げかけた男の顔を、レカンは裏拳で打ち抜くだろう。

手加減した打撃だが、男の顎(あご)は砕けてしまう。もう物を食べることはできない。つまり生きていけない。

男はポーションを持っているだろうか。いないだろう。

ポーションを得るため、男は自分を売り払うしかない。

男は奴隷として死ぬまで酷使される。

そこまでを幻視したレカンは、心に思い描いた通り、男の手首を握りつぶそうとした。

だが、やめた。

せっかくの異世界迷宮の最初の眠りを、男の血でそめたくはなかったからだ。

レカンは右目を閉じ、男の手を放した。

男はどこかに去っていった。

レカンは、幸せな夢の続きをみた。


それから二日間ほどかけて、レカンは二十六階層までたどり着いた。

ここでいったん探索を打ち切ることにした。

あと一日で三十階層まで到達し、迷宮の主を倒すことは、可能であるかもしれない。

だが、二十一階層からは、急に敵に手応えを感じるようになったし、そこからは一つ下りるごとに、格段に敵が強くなった。このまま急いで終わらせるのはもったいない、とレカンは思ったのである。

急いでゴルブル迷宮を踏破しなければならない理由はない。日を改めてゆっくりと味わうほうがいい。

レカンは、魔獣よけの付加を持つ宝玉を出して安全地帯を作ると、戦利品を全部取り出してみた。

魔石が二百何十個か。

ポーションはいくつか使ったが、残っているのは赤大18、赤中32、赤小25、青大15、青中22、青小14、黄11、緑14、青紫5、赤紫2。

武器は大型剣11、中型剣4、短剣20、槍(やり)8、弓5、そのほか9。

防具は盾9、金属鎧(よろい)のパーツ6、革鎧のパーツ3。

杖が各種系28。

装身具31。宝玉6。

宝玉が岩石系ではない魔獣から得られたのには驚いた。もとの世界では、宝玉というのは、岩石系の魔獣を倒した瞬間に、時々魔石が変じて得られるものだ。だが、この世界では宝箱から得られるのだ。

素材はまったく採取しなかった。本当は素材を剝いでから魔石を取ればむだがないのだろうが、何しろ時間が惜しかった。また、わざわざ素材を取りたいと思うような魔獣はいなかった。ただし二十一階層以下については、今から思えば少し素材を採取しておいてもよかった。

大型剣のうち二本と短剣のうち三本は、うっすらと魔力をまとっている。たぶん何かの付与がある。この世界では恩寵と呼ぶのだったか。恩寵のある武器は、〈収納〉にしまった。魔石は大きなもの五十個ほどを〈収納〉にしまった。また、ポーション類と宝玉は全部〈収納〉にしまった。

そのほかのものは、チェイニーに借りた〈箱〉に入れた。

べたんとしぼんでいた〈箱〉は、物品を入れてゆくと、ふくらんだ。

ある程度までふくらんだあとは、もうそれ以上ふくらまない。

〈箱〉というものが、こういうふくらみかたをするのだとすると、なかに物の詰まった〈箱〉を持っているかどうかは、みればわかる、ということになる。

この仕分け作業に思わぬ時間がかかってしまった。

食事を取り、上層に向かう。

途中で二度休憩を取り急ぎ足で〈地上階層〉に帰り着いた。

時間は、たぶん夕方になりかけという時間だ。何日目の夕方だろうか。この時間は迷宮から出る冒険者が多いようだ。素材を売れという呼びかけがけたたましい。入り口は閑散としている。

迷宮の出口を出る。とりあえず、どこか食堂に入って、まともなものを食べたい。

「あ、あんた。ちょっと」

見張りの兵士に声をかけられた。

「すまんが、ちょっとこっちに来てくれないか」

逆らってもしかたがないので、おとなしくついていく。

すぐに目的地に着いた。衛兵の詰め所なのだろうか。かなり大きな建物だ。

なかに入ると、なかなかにぎわっていた。ここでは迷宮品の買い取りもやっているようだ。

ただし、品を売りに来ているのは、若い冒険者ばかりである。

「おおい。例の黒い魔王が出てきたぞ。隊長はどこだ?」

「今呼んできます!」

やがて大柄な男が奥から現れた。

「おお、あんたがそうか! それにしても大きいなあ。すさまじい武威を感じる。吊ってる剣も、着てるコートも、相当のしろもんだな」

「何か用があるのなら、早くしてくれ。腹が減ってるんだ」

「ああ、すまん、すまん! ちょっと奥に来てくれ。おおい、誰か! 串焼きを買ってきてくれ」

「はい、私が」

「すまん。金だ。さて、黒い服を着た冒険者さん、名前を聞いていいかな」

「レカン」

「じゃあ、レカン。こっちだ。できるだけ手短に済ませる」

「わしの名はダグ。ゴルブル迷宮警備隊の隊長だ。そこに座ってくれ。持ち物は、その袋だけか？　身軽だな。それは〈箱〉かい？」

「答える必要があるのか」

「ないな。さて、それで用件なんだが、あんた、五日前に、この迷宮に入ったな」

「五日前か六日前に入った」

「うん、それでな。一階層や二階層あるいは階段で、あんたに脅かされたという冒険者がいる。何人もだ」

「そんなことはしていない」

「そうだろうとも、そうだろうとも。あんたにそんなつもりはないはずさ。そんなことをしても何の得にもならんからな。だが、襲われかかったという苦情も来ていてな。こちらとしても、あんたに事情を聴かんわけにはいかんのだよ」

「かりにオレがほかの冒険者を襲ったとして、そのことが何か問題なのか。迷宮のなかでは、殺人も窃盗も罪にならないんじゃないのか」

「その通り。まさにその通りだ。だが、だからといって、どんなことをしてもいいってことにはならない。こちらとしても、迷宮で起きたことについて調査をしなくていいってことにはならない。あんた、遠くから来たんだろう？」

「遠くから来た。北のほうだ」

「やっぱりな。もしかして冒険者登録はしてるかい？」

「している」

「冒険者章をみせてくれ」

レカンは左手で外套の襟を右に引き、右手を差し込んで、〈収納〉から冒険者章を取り出してダグに渡した。

「銅？　ほう、先月登録したばかりか」

必要なことをメモし終えると、ダグは冒険者章を返してきた。

「あんたがもといた場所じゃどうだったかわからないが、ここの迷宮にゃ若いやつらがたくさんいる。そいつらは浅い階層で経験を積んで、段々腕を上げていく。なかには冒険者をやめるやつもいるけどな」

　レカンは黙って聞いている。

「領主様としては、そういう若いやつらがある程度強くなるまで、育ちやすいような環境を整えたいわけだ。それが結局町を繁栄させるからだ。わかるな」

「ああ」

「まあ、若いやつらにゃ、ちょっと甘えもあるが、あれでもやつらは一生懸命なんだ。周りの競争相手たちに負けないよう、必死で頑張っている。そんななかに、明らかに場違いのベテラン冒険者が交じってくると、不安に思うわけだ。こいつは俺たちをどうするつもりなんだってな」

「なるほど」

「あんた、何度か、若い冒険者たちの頭の上を飛び越えたらしいな。階段のところで」

「そういえば、そんなこともあった」

「全身黒ずくめの、でかくてまがまがしい、いや失礼、そうみえるってことだ、でかくてまがまがしい怪物が、翼をばさばさはためかせながら頭の上を通り過ぎたら、若いやつらにとっては脅威なんだよ」

「それはそうだろうな」

「わかってくれるか。あ、串焼きが来た。食ってくれ。俺のおごりだ」

いい匂いを立てて、熱々の串焼きがこんもり盛り上がった皿が、レカンの前に置かれた。

「これはうまそうだ。礼を言う」

遠慮もなく、ばくばくと串焼きを口に運んだ。久しぶりのまともな食い物だ。体中が喜んでいる。

「いいってことよ。それからなあ、道を開けろと脅された、という苦情も届いてるんだ」

「奥に進みたいときは、声をかけるのが礼儀だと思ったがな」

「ごもっとも、ごもっとも。だが、経験の浅いやつらは、お互い近寄らないようにするのが、ここの決まりなんだよ。変に声をかけると、何かたくらんでいるんじゃないかと疑う。いやまあ、そんなふうに俺たちが指導してるんだけどな」

「この迷宮では、若い冒険者のことを、ずいぶん気づかっているんだな」

「そうなんだよ！　そこをわかってもらえるとうれしいね」

レカンは、この迷宮警備隊隊長のことが少し気に入ってきた。

「それとなあ、言いにくいんだが、三階層で、黒くて大きくて雷をまき散らす怪物が、地擦(アジャザル)を乱獲したという報告が上がってる」

「三階層では、何十匹か魔獣を倒した」

「やっぱりなあ。いや、それが悪いというわけじゃないんだが。年くった魔法使いも生きていかなくちゃならん。ここの三階層は、魔法使いがソロでも狩れる珍しい狩り場でなあ。だから

「……」

「わかった。今後は三階層では、狩りを控えよう」

「すまんなあ！　そう言ってもらえると助かるよ。それから、これも言いにくいんだがな。あるグループは、戦闘中にあんたが後ろを通り過ぎて注意をそらしたために、仲間が大怪我をしたと言い張ってる」

それはその冒険者たちの責任だ。だがレカンは、この隊長の顔をつぶさない方法はないかと考えた。

「それは気づかなかった。その冒険者たちは、まだ町にいるだろうか」

「ああ、宿もわかってる」

「では、お手数だが、これを渡してもらえるか」

「これは、小赤ポーションじゃないか。それも二つも」

「一つは怪我の治療に、もう一つはわびのしるしだ。どう使ってもかまわない」

ダグはびっくりした様子でレカンをしばらくみつめた。

「あんた、いいやつだったんだなあ。よし！　確かに二つのポーションは預かった。今夜のうちにも届けさせるよ。すまないなあ。これであんたのことを、若いやつらにうまいこと伝えてやれるよ。やつらも安心するだろうさ」

レカンは、ぱくぱくと串焼きを食べた。

「レカン。しばらくこの町に滞在するのかい？」

「いや、ヴォーカの町で仕事が待ってる」

「そうかい。そりゃ、残念。今回、ここの迷宮ははじめてだったんだろう？」

「ああ」

「何階層まで潜れたね？　いや、言いたくなきゃ言わなくていいが」

「二十六階層だな」

「二十六！　はは。そりゃいいな。五日で二十六階層まで潜ったってか。しかもソロで初見で。そりゃ、いい！　実に豪快だ」

どうもレカンが二十六階層まで潜ったという話を信じていないようだ。

「ダグ」

「おお、何だい、レカン」

「ここの領主は、ここの迷宮から出た品を、できるだけこの町で売ることを希望していると聞いた」

「そうなんだよ。もちろんそれは本人次第の話だけどな。でも、ここにはいろんな職人が集まってるし、よその町から買い取りに来てる商人も多い。何でもすぐ売れるし、需要の少ない町よりいい値段がつく」

「この詰め所でも買い取りをやっているようだな」

「おお！　みての通りだ。値段は必ずしも高めじゃないが、売り手をだますようなことはないから、安心して売ってくれ。何よりここで売ってくれれば、無料で鑑定結果を教える。若いやつはここで品を売りさばきながら、迷宮品をみる目を養うわけだ」

「これを売ろう」

レカンは、空になった皿を横に押しのけると、チェイニーの〈箱〉を机に置いた。

「おっ。ほんとかい？　ありがたいね。ちょっとこの机の上に出してみてくれるかい」

「わかった」

レカンは立ち上がり、迷宮品が串焼きの皿に落ちてよごれないよう左手で皿を持ち上げ、袋を逆さにして振った。

魔石が、武器が、防具が、杖が、装身具が、音を立てながら、あとからあとからこぼれ落ちた。

「隊長！　何事ですか？」

大きな音がしているので、心配になったのだろう。兵士が様子をみに来た。

そして、あまりの光景に唖然（あぜん）とした。

ダグ隊長も、ほうけたように足元を埋め尽くして迷宮品が積み重なっていくのをみていたが、ふいに机の上の大きな剣の一本を取り上げた。

「これは！　これは二十五階層でないと出ないはずだ！　あんたほんとに二十六階層まで下り

たのか。五日で？　ソロで？　そんな馬鹿な。そもそもソロで二十六階層の探索ができるわけが」

「ダグ」

レカンは空になった皿を渡した。ダグは呆然（ぼうぜん）としながら皿を受け取った。

「な、何だ？」

「今夜はこの町に泊まる。明日朝来るから、金を用意しておいてくれ。それから、一つ頼みがある」

「頼み？」

「この迷宮に出現する魔獣の名前を書いた資料を買いたい。店を教えてくれ」

「どの階層にどの魔獣が出るかというリストなら、ここにある。兵士のための資料だから、売り物じゃない。金はいらんよ」

「助かる。もう一つ頼みがある」

「何でも言ってくれ」

「うまいものを食わせる宿を教えてくれ」

第6話 魔女伝説

WOLF DOES NOT SLEEP　STORY SIX
VOLUME ONE

ヴォーカの町に帰り着いたのは、翌日、かなり夜遅くなってからだった。

というのも、朝になって警備隊詰め所を訪れたとき、迷宮品は鑑定こそ終わっていたものの、値付けが済んでいなかったからだ。結局レカンは、昼ごろゴルブルの町を出発することになった。

ヴォーカの町ではすでに定宿になった安宿に、幸い空き部屋が残っていた。

翌朝、チェイニーの使いがやってきた。今夜一緒に食事をしたいという申し出だった。

（しまった）

（チェイニーに売る品のことを忘れていた）

迷宮品のうち、手元に残すつもりのないものはチェイニーの〈箱〉に、いったん取り分けた。その時点ではチェイニーに売るつもりだったのである。

ところが、迷宮警備隊長のダグが、レカンが二十六階層まで下りたという話を鼻で笑った。いささかむかっとしたレカンは、つい〈箱〉の中身を全部さらけ出して売り払ってしまったのだ。

（まあ、やってしまったことはしかたがない）

レカンは、自分用に取り置いていた迷宮品のうちポーション以外の品をチェイニーの〈箱〉に入れた。

どうせ次に行けば同じ程度のものとさらに上級のものが手に入る。そう考えれば惜しくはなかった。それに、もとの世界から持ってきた品の数々に比べれば、今回の収穫がそれほど優れているとは思えなかった。

ポーションは別である。

赤ポーションと青ポーションは、実際に使ってみた。その効果の素晴らしさに驚いた。正直、このポーションが得られるなら、薬師（くすし）に弟子入りする必要がなかったと思えるほどだ。ただし、小や中では効果が少なく、レカンにとっては大ポーションでさえ物足りなかった。

もっともシーラからは魔法薬の作り方だけでなく、魔法も習っている。この世界のほかの魔法使いを知っているわけではないが、間違いなくシーラは優秀な魔法使いだ。その弟子になれたことは幸運というほかない。

この夜チェイニーがレカンを招いたのは、前回とはずいぶんおもむきのちがう店だった。食事目当てより酒目当ての客が多いような店だ。調度などは相当によい品だが、どこか猥雑（わいざつ）な感じがする。席も個室ではなく、少し奥まった位置にあるテーブル席だった。

テーブルは完全にチェイニーが占拠している。ほかのテーブルから距離が取ってあり、チェイニーの部下が四人ほど壁際に立っている。

「無事のご帰還をお祝いします」

「この袋を返す」

「これはどうも。おおっ。迷宮品がたっぷり詰まっているようですね。この中身は全部私どものほうで買い取らせていただいてよろしいのですか」

「かまわない。だが、鑑定結果の一覧表が欲しい」

「もちろんお渡しします」

チェイニーが手招きすると、部下の一人が近づいてきた。チェイニーが小声で指示を与えると、その部下は一礼して荷物袋を受け取り、どこかに持っていった。

「ところで、何階層までお行きになられました？」

「二十六階層だな」

「二十六階層！　それはまた。それで、いかがでした？」

「非常に快適な迷宮探索だった。上の階層では初級冒険者が多すぎて通りにくかったが、下に行くほど快調に進めた。二十一階層以降の敵はまずまず手応えがあった」

「ほう！　私にはよくわかりませんが、誰にでも言えることではないのはわかります。町の雰囲気はどうでしたか？」

「迷宮警備隊の隊長と知己を得たが、感じのよい人物だった」

「ああ、それはよかった。迷宮警備隊の隊長は、身分や階級こそ低いですが、現場の指揮官ですからね。騎士には会われましたか？」

「いや」

「それは運がよかった。騎士たちさえいなければ、あそこは本当によい町なんです」

この店の料理は絶品だった。ただ、レカンの趣味からすれば、少しお上品な感じがした。

そうこうするうちに、ひらひらした服を着て楽器を持った男が現れ、壁際の椅子（いす）に座って歌い始めた。

吟遊詩人なのだろう。レカンはその楽器の名を知らないが、もとの世界にも似たような楽器はあったような気がする。

客たちの談笑の声が一段低くなった。話をしながらも、みな演奏を聴いているのだ。

レカンは楽器や歌のうまさなどわからないが、この小男が名手であることは疑いない。聞き惚（ほ）れているうちに、三曲目となった。その歌詞を聴いていて、レカンは右目をみひらいた。

「チェイニー」

「何でしょうか」

「今歌っている歌の続きを全部聴きたい。どうすればいい？」

「もちろん祝儀です。お待ちくださ い」

チェイニーは部下を呼び、何かを命じ、金を渡した。み間違いでなければ大銀貨だ。

部下はそれを持ってカウンターに進み、マスターとおぼしき男性に金を渡して何事かを話した。

うなずいたマスターは、布切れにさらさらと何かを書き、金と布切れを盆に載せて歌手のもとに運んだ。

すると歌手は三曲続けて、同じ物語の続きを歌ったのだった。

歌が終わるころには、チェイニーの顔色もすっかり酔い心地にそまっていた。

「魔女の歌がお気に召したようですね」

「チェイニー。あれは本当のことか？」

「実話かということですか？　うーん、どうでしょう。吟遊詩人の歌というものは、面白く仕立て上げていますからね。でもそういう国があって、王子同士が争って滅びたというのは事実だとされています。それ以上のことは、何とも申し上げられません」

「あれはこの国では有名な物語なのだろうな」

「はい。大陸中のすべての国でよく知られた伝説だと思います。内容のずいぶん異なる伝承も聞いたことがありますが、主要な登場人物は共通していました。いずれにしても、もう三百年以上前に滅びてしまった国です。本当はどうであったかなんて、誰も気にしていません。人は無味乾燥な歴史より、奇妙奇天烈（きてれつ）で神秘的な伝説のほうを事実だと思いたいものですからね」

それは、一つの国の滅亡の物語である。

ワプド国という国があった。長く栄えた大国である。

マハザールという王がいた。ワプド国の繁栄を頂点に導いた賢王である。

マハザール王の統治のもと、ワプド国は大陸の大部分を支配下に置き、国は富み栄え、民は飢えるということを知らなかった。

騎士たちは精強を誇り、煌星(きらぼし)のごとき将軍たちが要所を固め、いかなる他国の侵略も許さず、国内の街道という街道から盗賊は駆逐された。

王には優れた三人の息子があり、仲がよく、いずれも王の賢明さを受け継いでいた。どの息子が王位を継いだとしても、国の繁栄は陰ることがないと、誰もが思っていた。

マハザール王は長命であり、やがて息子らも老齢となった。王の三人の息子たちには、それぞれ二人ずつ息子がおり、いずれも父親の資質を受け継ぎ、優秀な人物に成長した。そして六人の孫たちは、マハザール王を深く尊敬したので、国の将来に不安はなかった。

ある日息子の一人が、マハザール王のもとに一人の麗(うるわ)しい娘を連れてきた。王の身の回りの世話をさせるためである。娘はいやしい身分の生まれではあったが、聡明で優しく、治癒系の魔法に長じていた。娘はその技術のすべてを尽くして、マハザール王の健康を守り、行き届いて身の回りの世話をした。

王は娘を寵愛(ちょうあい)した。政治上の権力は一切(いっさい)与えなかったが、それ以外のことについては娘の希望を何なりとかなえた。

娘は願った。王の命を守るため、できるだけ優れた魔法使いから、魔法の知識と技術を学びたいと。

よりすぐりの魔法使いが王宮に招かれ、娘の師となった。金に糸目をつけず文献が収集された。娘はやがて王国最高の魔法使いとなり、生と死について誰よりもくわしくなった。

マハザール王の三人の息子たちは、老いて死んでいった。このころから王は人前に姿を現さなくなり、王宮の奥にこもり、娘を通じて勅令を発した。

王の孫たちさえ、王に会えなくなった。そのことを孫たちは寂しく思い、また不審にも思った。けれど王の発する勅令は、いずれも適切で民への思いやりに満ちたものであったから、国は乱れなかった。

国の繁栄は永遠であるように思われた。

そんなあるとき、ある王子が禁を犯して王宮の奥に進み、マハザール王に会った。

王子がみたものは、みにくい死体となり、蛆にたかられながら、不可思議な力により生かされているマハザール王のなれの果てであった。

王子は涙を流しながら、王に、そのような姿になったわけを教えていただきたいと懇願した。

王は語った。

王宮の奥深く、初代王の残した秘宝があった。それは強大な古代竜の魔石である。

その魔石の存在を知った娘の心に欲望が生じた。

それは、みずからの若さと美しさを永遠のものとするため、また庇護者である王の命を永遠のものとするため、二人に秘術をほどこすことである。魔法研究のすえにその秘術を生み出した娘は、しかしながらその秘術を実現させるために必要な魔術媒体はとても得られないと諦めていたのであるが、古代竜の魔石が存在することを知って、その欲望には歯止めが利かなくなった。

秘術は行われた。娘への施術は成功し、王への施術は失敗した。老齢となっていた王の生命力が、施術の激しさに耐えられなかったのである。

王は死んだ。

だが娘は次の手を打った。

下位の竜の魔石を使って、王に蘇りの秘術をほどこしたのである。

王は蘇った。人の世の摂理に反する存在として。

王は忌まわしき妖魔となってしまったのだ。

だが、あさましい姿となっても、王は王だった。

報告書を読み、民のため国のため、勅令を出し続けた。

ただしその姿を誰にもみせることはできないため、王に会えるのは娘だけとなってしまった。

王子は、娘を排除する勅令を出してほしいと王に請願したが、王は悲しそうに首を振り、それは誓約によって不可能なのだと告げた。

　王子の侵入に娘が気づく前に、王子は王宮を抜け出した。娘は王宮のすべてを掌握しており、近衛兵も思うままに動かせる。王宮に残れば王子は死ぬほかなかった。

　王宮を抜け出した王子は、母の父である大貴族のもとに身を寄せ、偉大なる王の悲しき現実を公表した。そのうえで、王を操る魔女を殺し、王国を正常な生者の統治する国に戻すべく、軍を起こすことを宣言した。

　残る五人の王子のうち、二人がこのくわだてに参画した。

　ところが、三人の王子は、王を守ると宣言して王宮の周りに布陣した。三人の王子は魔女に籠絡されていたのである。

　悲しく不毛な戦いが始まった。

　二つの勢力の力は拮抗しており、いつまでも、いつまでも、戦いは続いた。

　やがて国は荒れ、民は飢えるようになった。それでも戦いは続いた。

　ついには四方から諸国が攻め寄せ、領土を削り取っていったが、なおも王子同士の戦いは続いた。

　そして王都以外のすべてが他国のものとなったころ、やっと戦いに決着がついた。

　王宮は焼き払われ、魔女は炎のなかで死んだのである。

　けれども、勝利者となった王子も、戦いの傷がもとで死んだ。

そのときには、ほかの王子もみな死んでいた。

かくしてワプド国は、地上から消え去ったのである。

最後の王マハザールと、滅びのもととなった魔女の名だけが残った。

魔女の名は、エルシーラという。


チェイニーと会食した次の日の夜、チェイニーの部下が二人レカンの宿を訪ねてきた。

「まず、こちらは魔石と宝玉の代金です」

部下は、金貨三枚と内訳書を差し出した。

「こちらは恩寵品についての鑑定結果です」

レカンは鑑定結果の書き付けを開いた。

剣二本、短剣三本の鑑定結果が書いてある。

「大剣が一番高いんだな。買い取り価格が金貨五枚、攻撃力十二、切れ味九、耐久度四十八とあるが、この数字は何だ」

「鑑定士は鑑定結果をもやもやとした色の塊のようなもので認識するそうです。その数字は、今回鑑定を担当した当店の鑑定士が、独自の経験からその色の塊の意味を数値化したものです。

鑑定士がちがえば、当然数値もちがってきます。ただし熟練の鑑定士の鑑定なら、そう大きく数値はちがいません」

「そのあとに、恩寵として、剣速付加十二とあるが、これは何だ」

「素晴らしい恩寵です。その剣できちんと攻撃した場合、剣速に十二の付加があるのです。つまり一割以上剣速が速くなります。これがもう少し誰にでも扱える大きさの剣ならば、もっと高い価格になったと思いますが、残念ながら大剣は遣い手を選びますので、そういう査定になりました。大剣には剣速付加より威力が強くなる付加があったほうが値がよいのです」

「なるほど、よくわかった。剣と短剣の代金は、いつもらえる？」

「そこをご相談です。当店でただちに買い取らせていただく場合には、その書き付けの金額となりますが、お時間をいただければ、実際に販売した金額から一定の割合をお支払いすることができます。ゆっくり構えて売れれば、相当によい価格になると思われます」

「ふむ……この金額で買い取ってくれ」

「承知いたしました」

後ろに控えていた男から小さな袋を受け取ると、レカンに差し出した。

レカンは金額を検(あらた)めて、金貨を〈収納〉に収めた。

「確かに」

「ありがとうございます。ところで主人からお願いがございます」

「何だ」

「この次には、些少(さしょう)でかまいませんので、ポーションもお分けいただけるとありがたい、とのことです」

「そうか」

レカンは、〈収納〉から、赤の小ポーションを十個ほどつかみ取ると、空になった小さな袋に入れた。それから、赤の中ポーションを十個ほどと、青の小ポーションを十個ほどと、青の中ポーションを十個ほど、小さな袋に入れた。小さな袋は、もう満杯である。

「これを持っていけ」

「ありがとうございます」

「チェイニーによろしく伝えてくれ」

「それはもう。今後ともよろしくお願い申し上げます」

その翌日、ポーションの代金だと言って、なんと金貨六枚を置いていった。

ポーションというのは、それほど価値があるものなのだろうかと、レカンは首をひねった。


さらにその翌日、レカンは再びシーラの家に来た。ちょうど十日の休みをへて出勤したこと

になる。

今度は路地を通ったりせず、家々の屋上や壁を飛び渡って便所の後ろに飛び下りた。何のことはない。こうすれば簡単に来られるのだ。

井戸の横のドアを開ければ、そこは作業部屋である。

相変わらず、頭上の空間は、吊り下げられた薬草の束に占領されている。生々しく攻撃的だった匂いは、いつのまにか、香ばしい匂いに変じている。これこそ薬草の匂いだ。

「おや、来たね。まあ、お茶でもお飲み」

今日のシーラは十日前までと打って変わった落ち着きをみせている。シーラの淹れてくれたお茶は、とても落ち着く味だった。

「何階層まで潜ったんだい？」

「二十六階層まで」

「よかったかい？」

「それはよかった」

「とても」

「シーラ」

「うん？」

「ポーションの種類と効能を教えてくれ」

「ああ、いいよ」

紙片を出して、さらさらと書き付けた。

「はいよ」

青（魔力回復）大・中・小
赤（怪我治癒・体力回復）大・中・小
黄（状態異常解消）
緑（解毒）
青紫（魔力一時増幅）
赤紫（筋力一時増幅）
銀（全能力一時低下、成長力強化）
金（技能付与）内容は不作為
白輝（神薬）

「この金ポーションの〈技能付与〉というのは何だ？」

「何か技能を身につけるのさ。魔法の技だったり、弓の技だったり、剣の技だったりをね。ただし、剣を使ったこともない人間が剣の技能を得ても使えないし、魔力のない人間が魔法の技能を得ても使えないけどね」

「その人間に使えない技能が得られることがあるのか？」

「あんたが魔物を倒して金色のポーションを手に入れたとしたら、あんたはそのポーションから得られる能力を、必ず使える。ところがこの金色のポーションは、ものすごい値段で売れるからねえ。売るやつも多いのさ」

「銀色ポーションの説明も、よくわからない」

「例えば戦っている最中に相手にそのポーションをぶつける。はじけて中身が相手にかかる。すると相手は短くて半日、長ければ一日以上、すべての能力が下がる。つまり速さや、力や、魔力がね」

「ほう。〈成長力強化〉というのは？」

「そのポーションを引っかけられたり飲んだりすると、全能力が下がるんだけど、下がっているあいだに修練をすると、普通じゃ考えられないくらい、能力が高くなるんだ。学習効果が劇的に上がるってことだよ。といっても、一日にも満たない時間学習効果が上がっても、なんてことはないんだけどね」

「〈神薬〉には説明がないが」

「何もかもに効くから、〈神薬〉さ。状態異常も、肉体の疲労も精神の疲労も解消される。毒は解毒され、切り傷はきれいにふさがってしまう。どんな病気でも治しちまう。もちろん体力や魔力も回復する。それどころか、斬り落とされた腕も生えてくる」

「すさまじいな」

「あたしも何本か〈神薬〉を手に入れて調べてみたことがあるけどね。どうもよくわからないしろものさ。それを言うならポーション全部がそうだけどね」

「ほう?」

「あんた、迷宮に何日も潜ってたんなら、ポーションも手に入れただろ。ポーションがあれば魔法薬はいらないとか思わなかったかい」

「実は、少し思っている」

「まあ、冒険者なら、それでもいいかもしれないねえ。ただ、こどもには緊急の場合以外ポーションは使わないほうがいい」

「なぜだ」

「病気にかかって治ったり、怪我をして治ったりしながら、人の体の力は強くなっていくのさ。ある種の病気にこどものころかかると、おとなになってその病気には二度とかからない、なんてこともある」

「ああ、あるな」

「魔法薬は、命の力を強化して、怪我や病気を治すのさ。だから、魔法薬を使って怪我や病気を克服したら、その人は一段階強い命を手に入れている。ところがポーションでは、そういうことは起きない。ただもとに戻るだけなのさね」

「よくわかった」

「ポーションを研究してわかったのは、人間の手では再現できないってことさ。あれは、この世の摂理を離れたものなんだ。ところで、あんた」

シーラは、レカンの顔をじっとみた。

「赤の大ポーションは使わなかったのかい？」

「使った」

「使ったのに、目は治らなかったのかい？」

「左目のことか？　これは無理だ。あちらの世界の上級魔法薬でも、つぶれたときすぐに飲めばともかく、時間がたってからでは治らなかった」

「つぶれてすぐだったら、治ったのかい？」

「治る」

「赤の大ポーションを持ってるね。飲んでごらん」

「今ここでか」

「そうさ」

レカンは赤の大ポーションを取り出して飲んだ。

シーラは目を半眼にして、右手を開いてレカンの顔にかざして、じっと何かを探っていた。

「ちゃんと働いてる。だけど効いていない。なんてこった」

少し考え込んでから、こう言った。

「あんた。もとの世界の上級魔法薬とやらを、あと何本持ってるんだい？」

レカンは〈収納〉に右手を突っ込んで調べた。

「あと五つだな」

「その五つの薬、大事にするんだよ。それこそ目がつぶれるような、その薬でなけりゃ治らないことが起きるまで、使うんじゃないよ」

「うん？」

「赤ポーションはね、たぶん治せる分量が決まってる」

「分量？」

「小さなこどもや年寄りなら、命に関わるような大病や大怪我でも、赤の小ポーションで治っちまう。それは命の総量が小さいからなんだ」

「ほう」

「あんたは命の総量が大きすぎる。大ポーションでも足りない。だから目が治らないんだ」

「何のことか、よくわからん」

「まあ、おいおいわかっていくだろうさ。ところで、何でもいいから、あっちの世界から持ってきたものをみせとくれ。あの剣でいいよ」

レカンは剣を出してシーラに渡した。

「……やっぱり」

シーラがむずかしい顔をしている。

「どうした？」

「〈鑑定(アベル)〉が効かない」

「なにっ」

「この前みせてもらったときは、いきなり〈解析〉をかけちまってね。普通の〈鑑定〉をかけるのを忘れてたんだ。今〈鑑定〉をかけてみたんだけど、だめだった」

「〈鑑定〉がはじかれるのか？」

「通る。通るんだけど、表示された内容が読めない。そうなんじゃないかとは思ってたんだ。〈鑑定〉で読み取れる内容ってのは、神様のメモ書きみたいなもので、それがどういうものかを端的に示してるんだ。ところが、この剣のメモ書きは、あんたがもといた世界で書かれてるからね。あんたの世界の言葉を知らないあたしには、何がメモされてるのかわからないって寸法さ」

「オレのもといた世界の文字で書かれているのか？」

「〈鑑定〉した人間の心に概念が浮かんでくるんだ。だから文字というより、やっぱり言葉の問題だね」

「ふむ。ということは、あちらの世界から持ってきたものは、この世界では鑑定不可能と考えていいのか？」

「あんたと同じ世界から来た誰かが、この世界の誰かに言葉を教えるってなことがないかぎり、鑑定不可能だろうね。逆にあんたが〈鑑定〉を覚えれば、この世界の物品はちゃんと鑑定できるだろうさ」

「物品しか鑑定できないのか？」

「〈鑑定〉は物品を鑑定するものさ。人間や動物や魔獣や植物は鑑定できないさ」

「オレに〈鑑定〉が覚えられるだろうか」

「覚えられると思うよ。あんたはすでに、人や物の位置や形、それに魔力なんかを感知する能力を持ってるだろ？　だから、同じ知覚系魔法の〈鑑定〉には素養があるはずさね。けどまあ、とりあえず覚えてほしいのは空間系だ。あんたは〈引寄(ベグラー)〉をあっさり覚えたから、空間系には適性がある。〈移動(トリムル)〉と〈浮遊(カッサル)〉を、すぐに覚えてもらうよ」

　さあ仕事を始めるかね、とシーラは言って、ジェリコに空の樽(たる)を四本運ばせると、薬草の束を魔法で下ろし、樽に入れた。

「じゃあジェリコは留守番をしといておくれね。レカンはこっちだよ」

　シーラは倉庫の部屋に移り、さらに家の一番奥にある自分の部屋に移った。四本の樽がぷかぷか浮いてあとを追う。

そう広くはない部屋に、やたらと大きなベッドがある。

「もっとこっちの隅に来るんだよ。扉の前を大きく空けて」

身を寄せ合うようにベッドの脇に移動すると、突然ベッドが浮かび上がり、扉をふさぐような位置に移動した。

ベッドが移動したあとには、巨大な長方形の穴が床に空いている。

「下りるよ」

そう言いながら、何もない空間にシーラは足を踏み入れた。

しかたがないのでレカンもそのまねをした。

転落することもなく、ふわりと浮いている。

それから下降が始まった。

シーラが〈光明(テラバーム)〉の魔法を使ったのだろう。大きな縦穴が、明るく照らし出されている。

ずいぶんと長い距離を二人は下りていった。

「着いたよ」

突然辺りに光が満ちた。

そこは広大な地下室だった。横幅は五十歩ばかり、奥行きは七十歩から八十歩ばかり。つまり地上の毒草畑と家屋の広さそのままの大きさを持つ地下室なのだ。

天井と壁を照らしている二十四の器具は魔道具なのだろう。一つ一つが明るく輝いている。

「あの光っているのは何だ？」

「魔力灯だよ。魔力をそそぐと発光するのさ。それにしても、あんた、せっかく秘密の地下室をみせてやったのに、驚いてないねえ。そのことにあたしは驚いたよ」

「大きな地下室があることはわかっていた」

「そういや感知持ちだったねえ」

「いや。感知する前からわかっていた」

「へえ？　どうしてだい？」

「あの煙突は、あの暖炉には大きすぎる。位置からいってもおかしい」

「はは。そりゃそうだ。でもあんた、観察力があるねえ」

広大な地下室は、作業場というより何かの実験室のようだ。それほどに、用途もわからないさまざまな器具がそろっている。

「空気が濁ってるね」

そう言うとシーラは人差し指を振った。すると風が流れだした。ベッドの下の巨大な穴は、換気孔の役目も持っているようだ。

煙突の下にはかまどがあり、大きな鍋がかかっている。シーラは魔法でその鍋のなかに水を生み出した。

「創造系魔法〈創水(ソグシュート)〉で作る水は、魔法的に純粋な水でね。魔法純水とあたしは呼んでる。これで薬草を煮込むと最高の薬のもとができるのさ。ちなみに治癒の魔法水を作るには、魔法純水に身体系魔法の〈回復〉か神聖系魔法の〈浄化〉をかけて、それに薬草を加える。加える薬草の種類によって、怪我治癒か病気治癒か体力回復か、効能のちがう薬になるのさ。実際の治療のときは、怪我なら消毒薬などを併用するし、病気ならその病気に合った治療薬を併用するけどね。魔法純水に余分なものを入れず、最上級の〈浄化〉が使える神官が術をそそぐと、それこそどんな致命傷も治癒できる薬ができる。ただし高い効果を保つのは作って一日ぐらいだけどね」

それからシーラは、〈回復〉の魔法をかけながら薬草を煮込んでいった。

ふつう、魔法薬を作るときは、この段階で魔石と触媒を入れるのだが、本当は〈回復〉の魔法を連続的にそそぎ込んだほうが薬効は高いのだという。

シーラは、薬草の処理のしかたや効能を説明しながら、手際よく作業を進めた。

レカンも、シーラの指示に従って忙しく立ち働いたが、体を動かしながらも、火の加減や魔法のそそぎ方を注意深く観察した。

昼になると、休憩だと言ってレカンを地上に上げてくれた。自分は火の番をするのだという。

レカンは便所に行き、茶を沸かし、〈収納〉に突っ込んであった軽食を食べた。

そのうちにシーラが呼びに来たので再び地下に下りた。このとき、別の薬草を四樽分下に下ろした。

ベッドを移動するにも、地下室に下りるにも、いちいちシーラの助けを借りねばならない。なるほど〈移動〉と〈浮遊〉を習得するのを急ぐわけである。

次の作業は、薬草を刻んですりつぶすことだった。鍋からは大量の湯気が立ちのぼっている。

意外に早い時間に、シーラは作業終了を告げた。

「さてと、いったんかまどの火は止めておくよ。ほかの作業も一段落だ。これから少しばかり、魔法の練習といこうかね」

その日は、〈移動〉を教わった。なかなかうまくいかなかったが、最後に空樽をごろごろと転がすことができた。

「よし。これができればあとは早いよ。あんたは魔力量は馬鹿みたいにあるんだから、とにかく練習を繰り返すことさね」

外に出ると、夕方になりかけという時間だった。

レカンは宿に戻って部屋を取り、部屋のなかで〈移動〉の練習をした。

翌日から、薬を作る作業が続いた。並行して魔法の訓練も続いた。

〈移動〉は三日で合格となり、〈浮遊〉は四日で合格となった。それからは、レカン自身がベッドを動かし、縦穴をふわふわと上り下りするようになった。物品を動かすのはもうむずかしくないが、自分を動かすのは非常に繊細な作業で、一瞬でも気を抜くと墜落しそうな気がした。

薬も本格的な調薬に入った。

混ぜ合わせの比率や手順、そして出来上がる薬の効能が説明され、レカンは昼休憩のあいだに忙しく記録を取っていった。

あれほど多くの薬草を使ったにしては、作っている薬の種類は多くない。出来上がる薬は、似た症状を持つ複数の病に効くよう調整されたり、ある主原料の効果を高めたり補助したりするために混ぜ合わせるからだ。

最初に完成し始めたのは傷薬である。二日かかった。

傷薬の主原料となる薬草は三つある。一つは一の月から二の月に採れるシュラ草であり、一つは四の月から五の月に採れるチュルシム草であり、一つは八の月から九の月に採れるポウリカ草だ。このうちのどれかを主原料とし、ほかに副次的な薬効のある薬草を混ぜて煮込み、最後は粉状に仕上げる。

これを薬屋に売ると、薬屋は効果の低いほかの薬草の粉と混ぜて売る。その配合によって、高価で薬効の高いものから安価なものまで数種類の粉薬を調製して売る。買った人は、使うときに煮沸した少量の水で練って患部に塗布するよう説明される。

今回作ったのは、シュラ草を主原料としたものだ。レカンもかなりの量の完成品を分けてもらった。もしもレカンが今後魔法純水が作れるようになれば、より薬効の高い状態で使用できるし、さらに〈回復〉が使えるようになれば、その〈回復〉の上達に応じて上級の薬に仕上がるという。

次に完成していったのは、腹の痛みに効く薬や、胸の痛みに効く薬などの丸薬である。

薬屋は、これをすりつぶして薬効の低い薬草の粉と混ぜて売るが、上客には丸薬のまま売る。当然高価であり、買える人は限られている。

あるとき、レカンはふと聞いた。

「シーラ。前にもらった魔法の一覧表だが、あの魔法をシーラは全部使えるのか」

「ええと、どうだったかね。どこまで書いたか正確に覚えてないけど、神聖系の〈浄化〉は使えない。ほかは全部いけるんじゃないかね」

「それはすごい。〈浄化〉というのは、どういう魔法なんだ」

「悪しきもの、けがれたものをきれいにする魔法とでもいえばいいかねえ。ほとんどの病気に効くし、毒や状態異常にも効く。〈浄化〉には神の加護が強く含まれていて、〈神薬〉によく似た効果がある。〈神薬〉ほど劇的な効果の〈浄化〉ができる神官は今はいないと思うけどね。〈浄化〉持ちの魔法使いは、閉じ込められて大貴族や偉い神官たちの薬壺（くすりつぼ）になってるよ。なにしろ〈浄化〉には、わずかながら若返りの効果もあるから、じじいどもが手放しやしない」

「では、オレが〈浄化〉を学ぶのは不可能か」

「うーん。〈浄化〉持ちに会うのはむずかしいだろうねえ。でも〈浄化〉は習って覚えられるような魔法じゃない。〈回復〉持ちのごく一部が自然に発現させるものなんだ。あたしは、〈回復〉と〈浄化〉は同じ系統の魔法だと思ってるんだけどね。とにかく、まずは〈回復〉を教えたげるよ」

「頼む」

「そういえば、シャドレスト家の若妻が、かなり才能のある〈回復〉持ちらしいねえ。秘密にして縁故のある貴族たちだけに施療させてるようだけど、噂がすごい勢いで広がってるから、そのうち神殿か王宮に呼び出されるかもしれないさ。間違って〈浄化〉なんて発現させなきゃいいんだけどねえ」

（家に引きこもっているシーラが）

（どうしてそういう秘密の噂を知っているんだ？）

レカンは、シャドレストという家名を耳にしたことがあったのだが、覚えていなかった。今よりずっとこの世界の言葉になれていないときのことであり、会話のなかで一度だけ出てきた家名など、覚えているはずもなかった。もしも覚えていたら、〈シャドレスト家の若妻〉というのがルビアナフェル姫のことだと気づいたかもしれない。ルビアナフェル姫の境遇にレカンが目を向けるのは、ずっとのちのことになる。

「ごく未熟な〈浄化〉でも、病気の治療には素晴らしく効果がある。それに、幽鬼系と魂鬼系、つまり不死者系と非実体系の妖魔なら、どんなに強大なやつでも、〈浄化〉一発で消滅する。あるいは立ち直れないほどの痛手を受ける。けがれた土地や水なんかも清められる。ほんとは〈浄化〉持ちは、どんどん外に出て働くべきなんだけどねえ」

「ああああ！　みつけた！　みつけたぞっ。この野郎、そこを動くな！　動くなっつってるだろ！」

まさか自分のことだとは思わなかったので、往来の真ん中で響いた声を気にもとめず、レカンは歩いた。ぐずぐずしていたら仕事に遅れてしまう。

「だからっ、止まれっつってるじゃないか」

〈生命感知〉と〈立体知覚〉で、通行人たちを押しのけながら進んでいる不審人物が自分を目指していることを知り、レカンは振り返った。

「誰だ、お前」

「忘れたのかよ！　エダだよ。一緒にチェイニーさんの護衛をしたじゃんか」

「お前は足を引っ張っただけだ」

「覚えてるじゃねえか！　なんであたいを置いていったんだよ」

「仕事が終わったら他人だ。そもそも宿を出るとき寝坊したのはお前の勝手だ」

「仁義っつうもんがあんだろ。仲間同士にはよ」

「仲間？」

「あんた、今何してるんだ？」

「お前に言う必要はない」

「あたいは、毎日のように冒険者協会の依頼を受けてるぜ」

「そうか。じゃあな」

「あっ、置いてくんじゃねえ」

歩くレカンに追いすがりながら、エダはあれこれ話しかけてきたが、レカンには興味がなかったので、耳を素通りさせていた。だが、あることを思い出して、立ち止まった。後ろからエダが勢いよくぶつかってきた。

「いててて。この野郎！　急に立ち止まんじゃねえっ。危ねえだろうが」

「お前」

「何だよ」

「魔力持ちだ」

「……え？」

「魔法を習ってみろ。何かに適性があるはずだ」

そのままレカンは歩きだした。しばらく硬直していたエダが、死にものぐるいで追いかけてきた。何しろエダはレカンよりはるかに小柄だし、レカンの歩行速度は速い。

「あ、あ、あんた。な、な、何てった？　あ、あたいが魔力をどうしたって？」

「だから、お前は魔力持ちだ」

「嘘だろ。あたいが、魔力持ち？」

「今まで調べたことがないのか」

「んなもん、どうやって調べろっていうんだよ」

レカンは返事もせず、ばさりと身を躍らせて壁に飛び乗った。そして、ひょいひょいと壁を飛び移り、屋根をつたってシーラの家を目指した。

エダが何かをわめいていたが、聞く気にはならなかった。

この日から、症状別の丸薬の仕上げが始まった。

薬屋は薬効の低い薬草の粉と混ぜて何種類かの粉薬として売るという。もちろん上客には丸薬のまま売る。

〈鑑定〉の魔法を教わった。

すぐに習得できたのだが、まったく使い物にならなかった。

「あせるんじゃないよ。〈鑑定〉は、習得してからが勝負なのさ」

「頭に鑑定内容は浮かぶが、まったく意味がつかめん」

「そりゃ、そうさ。鑑定をするこちらの側が、意味の受け皿を作ってやらないとね」

「何をどうすればいい」

「例えばここに机がある。これを条件なしで鑑定したら、どういう結果が出ると思うね？」

「机だろう」

「ちがうよ。答えは〈木〉さ」

「原料名か?」

「というより、立場さ。これを〈机〉とみたいのは人間の都合だろ? 机という概念を持たず、机の機能を理解しない者にとって、〈机〉という鑑定結果が出ても意味がない。そうじゃないかい」

「うむ」

「だからね。人間にとっての価値を知りたいと強く願いながら、鑑定結果を読み取ろうとすることさね。そうしているうちに、ちゃんとした鑑定結果が得られるようになる。さらに上達すると、自分の知らない単語でも鑑定結果として浮かんでくるようになる」

「知らない言葉?」

「例えば、〈鑑定〉は持っているが、クロスボウを知らない人が、クロスボウを鑑定しても、ちゃんと〈クロスボウ〉って結果が出る」

「それは当たり前じゃないのか」

「自分の知らない単語で鑑定できるってのは、実はすごいことなんだけどね。まあいいさ。ぼちぼちやるこった。迷宮品を持ってるなら、迷宮品を鑑定してみるといい。迷宮品は意味が固定されてるから、すごく鑑定しやすいんだよ」

「それはいいことを聞いた」

レカンはポーションを〈収納〉から取り出して、片っ端から鑑定した。

「みえる」

「その調子さ」

その夜、レカンは宿の部屋で、ルビアナフェル姫と交換した宝玉を取り出して、〈鑑定〉をかけた。

〈名前：ザナの守護石〉
〈品名：宝玉〉
〈恩寵：物理攻撃力増大、使用魔力補塡(ほてん)、呪い無効〉

（読めた！）

ルビアナフェル姫の宝玉は、やはり〈物理攻撃力増大〉という効果を持っていた。しかも、〈呪い無効〉という素晴らしい効果もついていた。しかし、〈使用魔力補塡〉というのはいったい何なのだろう。

地竜トロンとの戦いを振り返っても、〈突風〉の使用で失った魔力は、魔石から補充するまで失われたままだった。そもそもこの宝玉の効果は物理攻撃力の増大であり、魔法攻撃の増大ではない。なのに、なぜ〈使用魔力補塡〉というような恩寵が付いているのか。

この宝玉のことは、シーラに相談するのもはばかられる。

いずれ明らかになることもあるだろう。その日を楽しみにすることにした。

次に愛剣を鑑定した。

〈名前：なし〉
〈品名：剣〉
〈恩寵：自動修復〉

付与の効果がはっきり読めたことに感動したが、得られた情報に物足りないものも感じた。

〈自動修復〉は、もとの世界で付与師に大金を払って付けてもらった機能だが、この世界では〈恩寵〉の一種として扱われるようだ。

次に、銀色の指輪を取り出して鑑定した。

〈名前：なし〉
〈品名：指輪〉
〈恩寵：異常耐性、毒耐性、呪い耐性〉

〈収納〉から次々に物品を取り出して鑑定していった。


二日後には、解毒剤を仕上げた。これは一日で終わった。

十種類の薬草と二種類の苔、それに一種類の木の芽を原料とし、劣化を防ぐために魔力を帯びさせた鉱物二種を加えた解毒剤で、七種類の代表的な毒に効くという丸薬である。薬屋ではこれを店頭には置かず、特別な客にだけ販売するという。レカンも分けてもらった。

次の日からは、かぜの諸症状を抑える薬を完成させていった。やはり丸薬である。

これは二日で終わり、次は万能薬を完成させていった。

万能薬というのは内臓系の病気に広く効く丸薬である。痛み止めの効果もあるし、弱いが解毒作用もある。これは、どこの商店でも最も売れ行きがよいということで、完成させる量も多かった。丸薬をこねて、こねて、こね続けた。

その作業に入った翌々日、地下室で忙しくしていると、シーラが不審そうな顔をした。

「ありゃあ？　誰かが来たね。領主の使いじゃないみたいだがねえ。いったい誰だろう」

レカンも来客を感知していた。

「おかしいな。オレの知ってるやつのような気がする。だが、ここに来るわけはないんだが」

二人は作業を中断して地上に戻った。

「開けろっ！　開けてくれえっ。頼むから開けてくれえっ」

聞き覚えのある声だ。レカンはシーラに言った。

「開けないほうがいいかもしれん」

「知り合いなんだろ？　冷たくないかい」

「ほっとくと扉をたたき破りそうだな」

「開けておやりな」

扉を開けると、そこにはエダが立っていた。

「やっと会えた！」

「何の用だ」

「なかに入れてくれよ」

「ここはオレの家じゃない」

「薬師シーラさんの家だろ？」

「お前、ここに何しに来た」

「いや、あんたに会いたくて。で、冒険者協会のアイラに聞いたら、薬師シーラさんのところに行けばわかるんじゃないかって。地図も描いてくれた」

「よくここまで無事に着けたな」

「二日かかったよ」

「そうか。大変だったな。それじゃ」

「閉めるな！　扉を閉めるなよっ」

「なかに入れておやりな。お茶ぐらい淹れてあげるよ」

「あ、ありがとうっす」

「お前」

「な、何だよ」

「そんな口もきけるんだな」

ジェリコの部屋を通り抜け、広い作業部屋に入ったエダは、椅子にちょこんと座ってシーラの出した茶を飲んだ。そして来訪の目的を告げた。

「つまり、魔法を教わるために、オレを探していたと」

「魔法の教わり方を教わるためだよ。このお茶、うまいっす。シーラさん、お茶淹れるのうまいっすねえ」

「そうかい。そりゃよかった」

「オレは魔法の教え方なんて知らんし、教えられる人間の紹介もできん。帰れ」

「教えてやったらどうだい」

「シーラさん、あたい、うれしいっす」

「レカン。教えることで学べることは多いんだよ。あんたは今、次々と新しい魔法を習得してる。だけどそれはうわっつらのことだけだ。人に教えるうちに、自分だけでは気づけないことに気づけるもんだ。時間のむだで遠回りだと思うけど、結局大きな意味では近道になる」

そのようにシーラから言われてしまえば、渋々了承するほかない。

「エダちゃん。あんたは協会で奉仕依頼を中心に依頼をこなしてるね」

「何で知ってるんすか?」

「だから日中は忙しいはずさね。毎日夕方になったら、ここに来るといい」

「ここに?　また?　来れるかなあ……」

「ここ以外で魔法の練習をしちゃいけない。そして、魔法を習っていることは、誰にも言っちゃいけない。これはあんたが思ってるより、ずっと大事なことなんだ。周りに知られると厄介なことになる」

その日の調薬は終了ということになり、レカンはエダに〈灯光〉(パーム)の魔法を教えることになった。

いざ教えようとすると、感覚的なことを言葉で表現しなくてはならない。それは思った以上にむずかしいことだった。

自分が教えてもらったときシーラはどういう言い方をしていただろうかと記憶をたどりなが

ら、レカンはエダに魔法を発動する感覚を伝えようとした。

エダも必死で学ぼうとしたが、ついにこの日は発動の気配はなかった。

ただし、エダが即座にやってのけたことがある。

帰り際にレカンが杭を駆け上って壁に上がると、エダもすぐにまねしてみせたのである。壁に打ち込んだ杭を足だけで踏みつけて上るというのは、簡単にみえて簡単ではない。レカンがこれをはじめて行ったときには、最後に〈突風〉の助けを借りねばならなかった。それをただ一度で成功させたのだから、エダは身の軽さと敏捷性に非常に優れている。

翌日も、夕方というには少し早い時間にエダはやってきた。

レカンとシーラが仕事を終えて地上に上がり、ジェリコの部屋を訪れると、二人は仲よく遊んでいた。

「ジェリコの好物の果物を買ってきたんだ。そしたら、ジェリコもとっておきのお菓子を分けてくれてさあ」

やる気満々のエダだったが、この日も魔法は発動しなかった。

この日、ようやく万能薬の調薬が終わった。

翌日からは、薬を仕上げてしまう作業ではなく、後日の調薬のための準備作業に入った。

すなわち、ほかの材料が手に入ってから調薬するため、粉状あるいは泥状にして壺に詰めておくのである。きちんと量をはかって小さな壺に取り分けるのは、なかなかに辛抱のいる作業だった。

エダの魔法が発動したのは習い始めて五日目だった。

ぽつり、と〈灯光〉が発動した。

エダは、信じられない、という顔つきで指先の明かりをみていた。

その明かりがすうっと消えると、もう一度呪文を唱えた。

「〈灯光〉」

明かりがともった。

エダは泣きだした。ジェリコが肩を抱いて背中をさすった。エダはジェリコに抱きついて盛大に泣いた。

「あたい、あたい。はじめてだ。人から教えてもらって何かができたなんて。しかも、しかも、魔法が。魔法が！　あたいは、あたいはみそっかすじゃない。あたいは、あたいは魔法使いなんだ！」

涙と鼻水でぐじゃぐじゃにした顔をジェリコにすりつけたが、ジェリコはいやな顔もせず、優しくエダを抱きしめていた。

翌日、エダは朝のうちに訪ねてきて、三日がかりの仕事が入ったので、今日から三日間来られない、と言った。

この日、採取した薬草と苔と木の実を使った調薬がすべて終わった。

昼下がりの茶を味わいながら、レカンは、ついに決定的な言葉を発した。

いつ言おうかいつ言おうかと、悩み続けた言葉である。

この言葉を発してしまえば、もうシーラとは師弟ではいられないかもしれない。それどころか、殺されるかもしれない。だがレカンは、考えに考えたすえ、この言葉を胸にしまい込んだままではいけないという、心の声に従うことにしたのである。

レカンには、もう一つの選択肢があった。ただちにこの町を去り、シーラのことについて沈黙を貫くという選択肢である。だがあえてレカンは、この言葉を発することを選んだ。

「シーラ」

「何だい?」

「あんたは、〈浄化〉が使えないと言った」

「そう言ったね」

「だが、〈浄化〉を習得していない、とは言わなかった」

「それで?」

「〈浄化〉を使えないのは、自分自身を滅ぼしてしまうからか?」

シーラは茶を一口すすって目を閉じた。

口のなかで茶の味を味わっているようなそぶりをしばらくみせ、それから目を開けた。

「いつ、気づいたんだい」

「最初にこの町の門をくぐったときだ」

「へえ?」

「オレには、広い範囲にわたって、人間と動物と魔獣を感知する能力がある」

「それは気づいてたよ」

「その感知では、普通の人間は薄く赤く表示される。魔力持ちの人間は赤の強い光で表示される。動物は緑で、そして魔獣と妖魔は青く表示される。この町に入ろうとしたとき、大きな迷宮の主かと思うような強く青い光があった。それこそ、竜種に匹敵するような光だ」

「……そうかい。あたしといるとき、あんたが妙に緊張してるのは気づいてたけど、そういうわけだったんだねえ。まさかそういう種類の感知能力が存在しているとは思わなかったよ。やはり異世界は怖いとこさね」

「あんたが、なぜ人間のふりをしているのか、なぜ人間の町に住んでいるのかがわからなかった。だが、吟遊詩人の歌を聴いた。魔女エルシーラの物語だ」

「ああ、あれね」

「あんたはもともと人間だったんだな。そして今も人間として生きようとしている」

「あたしが怪物だとしても、その伝説の魔女エルシーラとあたしが同じ人間だということにはならないだろう?」

「そこはうまく言えないが、ふに落ちたというか、ああそうかとオレのなかで、かけらとかけらがつながった。オレの直感が、あんたがエルシーラだという結論に納得していた」

「直感ねえ」

「不死人という言い方があるようだが、あんたはまさしく不死人と呼ばれる妖魔だ。だが、無差別に人を襲う、生まれついての妖魔とはちがう」

「幽鬼族の妖魔は、もとは人間の場合がある。あたしもそれと変わらないだろうね。ただしあたしには、人間としての意識と記憶が強く残っていた。それだけのちがいさ」

それからシーラは、みずからの物語を、ぽつぽつと語った。

シーラの語る事実は、レカンが聴いた吟遊詩人の歌と、出来事の流れはおおむね同じだった。

だが、その中身がまるでちがった。

エルシーラは地方貴族の娘だったが、王都の貴族の目にとまり、治癒魔法の才能と美貌が評価されて王宮に上がることになった。

最初エルシーラは第一王子の側室となる予定だった。だが、偉大なるマハザール王の目にとまり、エルシーラは王の寵姫となった。

エルシーラは暮らしに不満はなかった。マハザール王の身の回りの世話をするのはこの上ない名誉だったし、王は優れた魔法使いや魔道書をかき集めてエルシーラの学習欲を満たしてくれた。エルシーラはあらゆる系統の魔法に才能を発揮し、師匠たちをして百年に一度の才と言わしめた。

あるとき王は、最高峰の魔道研究者たちを集めて命じた。エルシーラの美貌と才能を長く世に残す道をみつけよと。この無理難題に、賢者たちはたった三年で答えを出した。ただしそれには、あり得ないほどの魔力を持つ魔石が必要であり、しかもその魔石は百年以上にわたって死者と共にあったものでなくてはならないという。

そのような魔石のありかを、まさに王は知っていた。すなわち、初代王の墓のなかに収められた古代竜の魔石である。

エルシーラは反対した。賢者たちのくわだてが、生者を生者として永らえさせるものではなく、生者の命を奪って不死者とし、命の変化を奪い去ってしまうことだと理解したからだ。

だが、王の命により術は実施された。エルシーラは不死者となり、その美貌と能力は永遠のものとなった。王はそのことに深く満足した。

このままであれば、問題は起きなかったのかもしれない。エルシーラは、王が死ねばその棺(ひつぎ)の横に自らも横たわるつもりだった。〈浄化〉を受けて滅びることによって。

数年して、王は思った。自分も永遠でありたいと。

そこで、古代竜の魔石にもう一度魔力を吹き込み、自分にも同じ術を行使するよう、賢者たちに求めた。賢者たちは反対した。術そのものは再現可能だけれども、前回は被術者が魔力と若さにあふれたエルシーラだったから成功したのであり、王への施術は成功しないと考えたのである。さらに、エルシーラへの施術前には、エルシーラは自分に〈浄化〉をかけていた。それにより身体は最高の状態に引き上げられていたのである。しかし、エルシーラは不死者となったため、もう〈浄化〉は使えない。エルシーラの代わりの者となると、ずっと階位の低い〈浄化〉しか使えないのである。

それでも王の命により、術は実施された。王は永遠の生命を得たけれども、記憶も知識も持たない、壊れた人形のような存在となった。

エルシーラは宰相に事実を告げ、対応を願った。

宰相は、ただちに第一王子に王位を譲る手続きを開始した。と同時に、エルシーラに命じ、王に〈支配(カルファン)〉の魔法をかけさせた。〈支配〉は、精神系魔法の最上位で、簡単な命令を下しておけば、それをもとに複雑な行動をさせることもでき、施術者が被術者の近くにいなくても差し支えない。偉大な王にそのような術をかけることははばかられたが、わずかのあいだだからと説得された。

だが、その矢先に第一王子が死んでしまった。王子とはいえ、曾孫(ひまご)までいる年齢なのであり、その死に不審はない。

ワプド王国では王は長男相続だ。健康なころのマハザール王も、第一王子が跡を継ぎ、その長男サリーマ王子が跡を継ぐことを願っていた。宰相は、マハザール王の勅令であるからと、死者である第一王子に形式上王位が譲られたことにして、サリーマ王子を次の王にする手続きを開始した。

ところがここで、サリーマ王子が予想もしなかった行動に出た。

三年間の服喪を宣言して、引きこもってしまったのである。

ワプド王国では、親が死ねば跡継ぎたる長男は長期間喪に服す習わしがあった。それはこの時代には形式的なものになっていたのだが、サリーマ王子は古式に則(のっと)って厳格に服喪した。三年間とは王が死んだとき長男が行うべき服喪の期間である。マハザール王が存命である以上、これは不敬にあたるのだが、不問に付された。

宰相を頂点とする有能な実務者たちが、王の親政という形を取りながら政(まつりごと)を行った。エルシーラは、三年のあいだ〈支配〉の術を維持することになった。

やがて喪が明け、サリーマ王子はマハザール王の謁見(えっけん)を乞うた。エルシーラは同席を許されなかった。サリーマ王子は、自分の父の側室となるはずだったエルシーラがマハザール王を籠絡して寵姫に収まったエルシーラを憎んでいたのである。

謁見の場で悲劇は起こった。

異変を察知して駆け付けたエルシーラがみたものは、血の海に沈む宰相と護衛たちとサリーマ王子の付き人らであり、まさにマハザール王を殺そうとしているサリーマ王子の姿だった。

とっさにエルシーラはサリーマ王子に〈硬直(ガスト)〉をほどこし、王を救った。だが宰相は完全に死んでいて、救いようがなかった。

サリーマ王子は尋問され、真実が明らかになった。サリーマ王子は、マハザール王を憎んでいたのだ。老いたマハザール王がいつまでも王位にしがみついているため、当然王になるべき自分の父がついに王位に就けなかったからだ。サリーマ王子は、敬愛する父の復讐(ふくしゅう)に、王の暗殺を決意したのだった。

エルシーラは途方に暮れた。もはや適切な指示をくれる宰相はいない。だが王に何かの勅令を出させなければならない。

エルシーラは勅令を出させた。サリーマ王子の凶行は不問に付し、準備が整い次第、王位をサリーマ王子に譲るという勅令である。

あとになって気づいたのだが、このときエルシーラは、サリーマ王子に厳しい罰を与えるべきだった。そうすることで、宰相を慕う者たちもサリーマ王子を許すことができたはずだった。

だが、サリーマ王子は何の償(つぐな)いもせず許された。ゆえに宰相の指揮下にあった者すべてがサリーマ王子を憎んだ。宰相の政敵であった者たちや、宰相と衝突を繰り返していた将軍たちさえ、サリーマ王子に悪感情を向けた。

それからは、何もかもがむちゃくちゃになっていった。

そのときのくわしい成り行きを覚えている者は、もはやいない。

気がついたときには、サリーマ王子は軍を率いて王都を攻めていた。王の後継者に指名されている太子が自国の王都を攻めるというのだから、サリーマ王子のマハザール王への憎しみは狂気に近い。

王孫六人のうち四人までが王宮の守りについた。サリーマ王子にくみしたのは、実弟だけだった。

サリーマ王子は少数勢力であり、簡単に押しつぶすことができた。だが、そうはならなかった。なぜなら、エルシーラがサリーマ王子に味方したからだ。王の発する勅令はことごとくサリーマ王子とその一統を有利にするものであり、内戦はずるずると長引いた。

エルシーラは、サリーマ王子を捕らえて幽閉し他の王孫を次期王に立てるべきだったのだ。だが当時のエルシーラにそのような決断はできず、ただ愚直にマハザール王のかつての意志に従った。

国中の至るところで争いが起きた。

平和にみえた王国も、その水面下では至るところに争いの火種がくすぶっていたのだろう。

やがてついにサリーマ王子が王宮を制圧した。

エルシーラは王宮をひそかに逃れた。離れた場所から事態をみまもり、適当な場面で王を死なせ、自分も死ぬためだ。自分が先に死ねば、無残な人形と化した王の姿を人々がみる。それだけは絶対にあってはならない。

マハザール王は、サリーマ王子に焼き殺された。

ところがその直後、またもサリーマ王子は意想外の行動に出た。

自殺したのである。

驚きと失望のあまり、エルシーラは死ぬことも忘れて、ただふらふらと人里離れた山中を放浪した。

そして長い時が過ぎた。


シーラの長い回顧が終わったあと、部屋にはしばらく沈黙が流れた。

やがてレカンが口を開いた。

「一つふに落ちないことがある」

「何だい？」

「王の寵姫となり、何年もたってから不死化の秘術を受けたとすると、今のシーラの姿は若すぎる」

「ああ、それかい。それはあたしにもよくわからないことなんだけれどね。少しずつ、少しずつ、体が若返り始めたのさ」

「いつからだ」

「たぶん、自分に〈浄化〉をかけてからだと思うんだけどね」

「〈浄化〉の効果は不死化によって消えないのか」

「〈浄化〉は、肉体を最高度に健全な状態に引き上げようとする。不死化は、肉体を劣化させる変化を拒否する。属性としては対極にあるんだけれど、働きは似たところもあるんだ。だから、あるやり方でぶつけると片方が片方を打ち消す。ところが別のやりかたでぶつけると、増幅し合うのじゃないかね。〈浄化〉には、わずかながら若返りの効果があるんだけど、その効果が固定化されたんじゃないかねえ」

「それだと若返り続けることにならないか」

「若返り続けたのさ。ゆっくりとね。十年で一歳若返っても、老けにくいぐらいにしか思わないけど、百年で十歳若返ったら、若返ってることに気づくだろう」

「三百年かけて今の若さになったのか」

「そうじゃないよ。ある時点で若返りは止まったのさ。たぶん十八歳前後かねえ。そのへんが、肉体的に最高度に健全な状態なんじゃないかねえ、あたしの場合は」

レカンは聞くべきことを聞き終えたので、口を閉ざした。シーラも、それ以上は何もしゃべらなかった。しばらく無言の時間が続いた。

「それで」

ぽつり、とシーラが聞いた。

「あたしを、どうするつもりだい」

「どうもしない」

「どうもしないのかい」

「ああ」

レカンがシーラを恐れたのは、シーラが人外の存在であり強大な魔力の持ち主であるからだ。だが、シーラと接してみて、薬を作ることを中心とした生き方をしていると感じた。金もうけが目的なら、もっと有効な方法があるだろう。作った薬は人間を救うのだから、シーラがしていることは人間たちへの奉仕といえる。

そのうえで、シーラの経歴と考え方を知ることができた。知ることでレカンは安心した。

シーラへの恐怖がなくなったわけではない。シーラが怒ることもあるだろう。いつか、この国を滅ぼしたいと考えることもあるかもしれない。

だがそれは、自然災害のようなものだ。火山の噴火は多くの人を殺すが、噴火が起きるまでは、人は山の恵みに生かされる。シーラに噴火のきざしがあれば、さっさとこの国を離れるだけのことである。その意味では、近くで観察していたほうがよい。

「じゃあ、レカン。明日は休みだ。〈鑑定〉を練習しな。明後日からは別の調薬が始まる。そうさねえ、十日ばかりかかるだろうよ。そのあとは長い休みをやる。気のすむまで迷宮に潜っておいで」

「わかった。あ、そうだ。聞きたかったことを思い出した」

「へえ、何だい？」

「特殊系魔法の〈吸収（メポザ）〉というのは、何を吸うんだ」

「魔力さ。魔石や宝玉から魔力を吸って自分の魔力を補充できるのさね」

「生きたままの魔獣からでも吸収できるか？」

「生きてる魔獣からは吸えないよ。それも初級のうちは、取り出した魔石に直接ふれないと吸えない。中級になると、多少離れた場所からでも吸えるようになるし、死んだ魔獣の体のなかにできる魔石からも吸えるようになる。上級になると、本来の魔力量以上の魔力を吸って、普段は使えないような強力な魔法を使える。たくさん吸ってもすぐ抜けちゃうんだけれどね」

　それではレカンはすでに上級ということになる。

「迷宮の深層に潜るような冒険者には、けっこう持っているやつがいるね。対になる能力が〈付与（テルオール）〉で、魔石に魔力を補充できる。ただし、弱い魔石に強い魔力を入れると砕けるし、強い魔石に弱い魔力を入れようとしてもはじかれるけどね。迷宮に潜らない冒険者は、中ぐらいの魔石を何個か買って、余裕のあるとき魔力を詰めておいたりするね」

　すっかり冷たくなった茶を飲み干して、つぶやくようにシーラが言った。

「あんたがこの町に入ったとき、あたしもあんたを感知してた。とんでもないのがやってきたけど、どうかとっとと出ていってほしいもんだと思ったのさ。ところが、三日ほどたって、そのとんでもないのがあたしの家に近づいてくる。チェイニーの話を聞いたときから、いやな予感はしてたんだけどね。そしてついにこの家の扉をたたいた。あたしは人生最後の戦いが始まるかもしれないと覚悟したよ」

まるでレカンの不安を裏返しにしたような話だったので、奇妙な面白みを感じた。

そのあとシーラから、〈光明〉の魔法を教わった。

たちまちレカンは発動に成功した。

「へえ。たいしたもんだ。あとは何度も使って感覚を覚えな」

レカンはその夜、ひどく安らかな眠りを得た。

休日は、みかけたものを手当たり次第に鑑定した。

大きな声で呪文を唱えないと魔法が発動しない。口のなかでもごもごとつぶやいたり、小さな声で呪文を唱えたりしたときは、発動に失敗した。

馬車が止まっていれば車輪や窓や金具などを鑑定できたし、桶(おけ)や掃除道具など、道を歩きながら鑑定できるものも多かった。

〈鑑定〉の呪文を唱えるたびに、道行く人はぎょっとしていたが、そんなことは気にしなかった。

広場の腰掛けに座り、宝玉を取り出して、宝玉を鑑定するふりをしながら、近くに座っている人の服や装備や持ち物を鑑定した。

鑑定結果の意味がわかりやすいものとわかりにくいものがあった。

鑑定するためには対象が静止している必要があった。動いている人が着けている服や装備や装身具などは失敗した。

武器を売っている店に入って剣を鑑定してみた。

「〈鑑定〉」

鑑定結果が何層にもなって心に浮かぶ。一番上の層に意識を集中すると、〈鋼鉄〉という言葉が浮かんだ。次の層に意識を集中すると、〈剣〉という言葉が浮かんだ。さらに次の層に意識を集中すると、〈ファルシオン〉という言葉が浮かんだ。その次にも層があるが、そこに意識を集中しても言葉は浮かばなかった。

（剣の性能が知りたい）

そういう気持ちでもう一度〈剣〉と表示された層に意識を集中した。するといくつかの色のちがう塊のようなものが心に浮かぶ。

（これは、攻撃力？　これは、耐久度？　これは、切れ味？　これは……）

ずっと意識を集中していくと、その塊が何を意味しているのかがわかってきた。

「おいおい。あからさまに店頭で鑑定してんじゃねえぞ。そりゃ、失礼ってもんだ」

店の主人らしい男に、そう言われた。レカンには、その行為の何がどう失礼なのかはわからなかったが、わびを言って店を出た。

それから広場に戻り、屋台で串焼きを買い、座席に腰を下ろして食べながら、目に入るものを鑑定した。

遠くのものは、うまく鑑定できない。ただし上達すれば、より遠くのものも鑑定できるかもしれないので、今後も試し続けるつもりだ。

夜は早めに宿にこもり、もとの世界から持ってきたものを鑑定した。

ふと思いついて、〈ザナの守護石〉をもう一度鑑定してみた。

〈名前：ザナの守護石〉
〈品名：宝玉〉
〈恩寵：物理攻撃力増大（大）、使用魔力補塡（中）、呪い無効〉

前よりもくわしい内容を読み取ることができた。〈鑑定〉が上達したのかもしれないし、鑑定結果を解釈する力が上達したのかもしれない。いずれにしても、物品の鑑定を自分でできるのは、大きな強みであり喜びだった。

愛剣ももう一度鑑定してみた。

〈名前：なし〉
〈品名：剣〉
〈攻撃力：やや高い〉
〈切れ味：ややよい〉
〈耐久度：万全〉
〈恩寵：自動修復（大）〉

前にはふわふわして読めなかった情報の層が、かなり明確に読めた。

ただし、攻撃力や切れ味や耐久度は、心に浮かぶ色の濃さを言葉に直せばこうなるだろうかというほどのもので、レカンの心のなかでは、もっと微妙な情報として捉えられている。鑑定士たちは、これを数値化しているという。レカンにはこの情報の濃淡を客観的に表現することはむずかしいが、心のなかでは、この武器の攻撃力がどのぐらいあるかということは、かなりはっきり認識できている。

（素晴らしい能力が手に入った。もっと磨き込んでおきたい。それにしても、相手が装備して

いる武器の性能がわかるとありがたいんだが）

それはこの技能に熟達すれば可能であるように思われた。もっと短い時間で技能を発動できるようになれば、ゆっくりと動いている人の装備は鑑定できるはずである。

思いついて、愛剣を手に持ったまま鑑定してみた。すると奇妙にぼやけた鑑定結果が得られた。

意識を武器だけに集中して鑑定し直すと、ちゃんと鑑定できた。

もう一度、手に持った剣だということを意識して鑑定すると、やはりぼやけた結果しか得られなかった。

ただしそのぼやけた塊は、剣だけを鑑定したときより大きく濃いものに思われた。

これが何を意味しているかは、今の熟練度ではわからないのだろう。

〈鑑定〉を磨いていったら何がみえるか楽しみである。

翌日シーラの家に行くと、庭の薬草や薬木の伸びすぎた枝や葉を払い、そこから素材を採取するよう命じられた。

それぞれの名と効能を聞いて驚いた。すべて毒薬の材料だったのである。

「毒も使い方で薬になることが多い。ただし、今日刈ってもらうのは、毒にしかならない薬草だけどね」

夕方に仕事が終わると、〈睡眠（スパール）〉の練習が始まった。

〈睡眠〉は杖や指の先で魔力を練り、それを放って対象を眠らせる魔法だ。最初は相手に接触していないとうまく発動できない。

まずは指の先で魔法を発動させ、その指で庭の薬木にふれて眠らせる練習をするよう命じられた。眠らせるといっても薬木に目立った変化は現れないが、術が成功した手応えは得られるという。

ところが、教わっても教わっても、すこしもその感覚が理解できない。まったく発動できないのだ。

「うーん。こりゃ、精神系は適性がないのかもしれないねえ。まあ、今までに覚えただけでも、知覚系と空間系と光熱系と、三系統あるしねえ。あ、そうだ、あんた、いつだったか壁の杭を上るとき、妙な魔法を使ってたね」

〈突風〉のことだ。みられていたとは思わなかった。

「あれ、ちょっと使ってみな」

「〈風よ〉！」

レカンは、シーラの目の前で〈突風〉を起こした。

「もう一度」

「〈風よ〉！」

「ふうん。間違いないね。こりゃ、創造系だ」

「なに？　風を動かしているだけなんだが」

「風っていうのは、ある程度物質なんだ。今のは、最初からあるものを動かして強い風にしてるんじゃなくて、突然風の塊が生まれてる。間違いないよ。これは創造系の魔法だ。だからあんた、たぶん〈創水〉を覚えられるよ」

その後もしばらく〈睡眠〉の練習をしたが、発動する気配はなかった。

レカンが帰ろうと庭に出たとき、壁から人が降ってきた。

「ただいま！」

エダだ。

仕事帰りだろうに、今日も元気一杯だ。

「おや、おかえり」

「ぶるる、るる」

シーラとジェリコは言葉であいさつしたが、レカンは無言である。

「この果物は、ジェリコにお土産さ。この匂い袋はシーラさんにっす。こっちの干し肉はレカンにお土産だ」

「おやおや、ありがとうねえ」

「うほっ、うほっ、うほっ」

さすがにレカンも今度は無反応というわけにいかず、頭を下げて受け取った。

「さて！　ちょうどいいとこに来たみたいだな。レカン師匠、魔法をみてくれよ」

「ちょうどよくない。今帰るところだ」

「ええーっ？　ちょっとぐらいいいじゃん」

結局、シーラの仲裁で、しばらくエダの〈灯光〉をみることになった。

発動も速いし、大きさの調整もうまい。五歩ほど離れた場所でもきちんと発動させている。

「うまいな」

「へへっ。やっぱりそうかい？」

「どこで練習した」

「えっ？」

「練習せずに、こんなに上達するわけがない。どこかで練習しただろう」

「いや、その……、なんていうか……」

「言え」

「いや、だからさ、依頼で町を出たからさ。町の外ならいいかと思って。でも大丈夫さ。気づかれないように隠れて練習したから」

たぶん一緒にいた者たちには気づかれているだろう、とレカンは思った。

「いいさいいさ。〈灯光〉は、魔法使いなら誰でも使える重宝な魔法だからね。使いこなせるようになったら人前で使う許可を出そうと思ってたのさ。だけど、エダちゃん。魔法のなかには、それが使えることを知られたら、たちまち地獄に落ちるようなものもあるんだ。今後は、許可されていない魔法を、この家のなか以外で、絶対に使っちゃいけないよ」

「わ……わかっ……わかりました」

「レカン。エダちゃんに〈着火(ウテル)〉を教えてごらん」

レカンは見本をみせ、発動のこつのようなものを口で説明した。

「よ、よし、わかった。やってみる。〈着火〉!」

一度目の挑戦で、枯れ葉が燃えた。

「や、やった。やったよ!」

それからしばらくのあいだ、レカンはエダの練習に付き合うはめになった。

呪文を唱えて枯れ葉が燃えることもあり、燃えないこともあった。


毒の調薬は次々と進んだ。

エダの〈着火〉も、みるみる上達した。

だが、レカンは〈睡眠〉がまったく発動できなかった。

「うーん。だめだね、こりゃ。適性がないね。精神系が一つでも覚えられると、精神系の魔法に抵抗がつくから、便利なんだけどね」

残念なことに、レカンには精神系の魔法は覚えられないようだ。だが、レカンには状態異常に抵抗できる指輪がある。しかも、もとの世界のものなので、この世界の人間には鑑定できない。遠慮なく装着することができる。

精神系魔法に適性がないと宣告された次の日、レカンは〈火矢（ベイアーツ）〉を教わった。

何かの毛皮を壁の杭に引っかけたものが標的だ。

「こいつは炎系の攻撃にはめっぽう強いからね。火矢なら、いくら撃っても安心さ。的をはずすんじゃないよ」

この魔法はレカンと相性がいいようで、すんなりと望みの大きさと速度で撃ち出すことができた。

「よし、いい感じだね。威力を上げるんじゃないよ。この魔法はほんの通過点さ。すぐに次に行くよ」

この日の夕方に、エダは〈引寄〉の練習に入った。レカン自身はすでに〈移動〉〈浮遊〉まで進んでいるので、〈引寄〉の教え方には余裕があった。

毒の調薬を始めて九日目、毒薬の調製はいったん終わった。寝かせておかなければならない素材は地下室の棚に保管された。

「さて、明日もおいで。ところで、緑ポーションはいくつあるんだい」

「十四個だったと思う」

「よし、充分さね。今夜は酒は控えておきな」

この日もエダは〈引寄〉が覚えられなかった。

翌日となった。

シーラの家に向かう足取りは重い。

緑色のポーションがあるかと聞いたからには、毒を飲ませるつもりなのだろう。

だが、十四個で充分だというのがわからない。教わった毒の種類は十七である。

「来たね。さあて、あんたには薬草で作る毒は十七種類教えた。匂いも色も覚え込んでるはずさね。使い方と解毒の方法もね。今日覚えてもらう毒は五種類だ。薬草で作る毒じゃない。蛇や蜘蛛(くも)や魚から採れる毒さ」

五つの小さな壺が置いてある。

「まず最初は、〈平白蛇(ウラスリン)〉の毒だよ。これは貴族がよく暗殺に使う毒さ。即効性と致死性が高く、無味無臭で色も薄く、しかもいろんな迷宮で採れる。だから足がつきにくいのさ。いくら効果の高い毒でも、どこから手に入れたのかがたどれるような毒は、貴族は使わないからね」

そうシーラに説明を受けたがこの毒は、肌を近づけると、かすかにぴりぴりとした感触がある。さらに、ある程度以上の温度の茶に入れると、わずかながら独特の刺激臭を発する。

そのままの状態と、茶に入れた状態で、毒を飲まされた。すぐには緑色のポーションを飲むことは許されなかった。毒が回っていく感覚を覚えろということだった。

こんな調子で五つの毒の特性を学ばされた。半日で終わったが、へとへとに疲れた。緑色のポーションだけでは、毒で荒れた口のなかや腹のなかはもとに戻らなかったので、赤色のポーションも飲んだが、気持ちの悪さは消えなかった。

「今までも弟子に毒を教えるときは、こんなふうにしたのか？」

「馬鹿をお言いでないよ。こんなことやらせたら普通の人間は死んじまうじゃないか」

昼の休憩のあとは魔法の練習だった。

「さてと、〈火矢〉を撃ってごらん。威力は抑えるんだよ」

ごく小さな〈火矢〉を、毛皮の真ん中に撃ち込んだ。

「よしよし。よく制御できてるね。この魔法は応用の利く魔法でね。中級になると着弾点で爆発させられる。上級になると、さらに強力な破壊力を持たせることもできるし、魔力量次第で、何十何百という数を同時に発動することもできる。むかしある魔法使いが、五千人の軍隊にこれを一人で撃ち込んだのをみたことがあるけど、たった一撃で半数を戦闘不能に追い込んだよ」

シーラは、的の毛皮を杭からはずし、地面に置いた。

「ただし〈火矢〉は、迷宮で強敵を倒すには向かない。貫通力がないからさ。だからあんたにほんとに覚えてほしい魔法は、〈火矢〉の上位魔法〈炎槍(バンドルー)〉なのさ。よくみてるんだよ」

ゆっくりと指を構え、魔力を発動させてゆき、全身の各所から発した力が右手に満ちたとき、シーラは呪文を発した。

「〈炎槍〉」

腕全体から炎の槍が噴き出し、飛び出したかと思うと、地上に置いた的をはじき飛ばした。

シーラは的をもとの位置に戻すと、レカンに言った。

「さあ、やってごらん」

レカンは目を閉じ、先ほどシーラがみせた魔法の回し方を思い描いた。指から撃ち出したようにみえたけれども、そうではない。全身を使って魔法を練り上げ、それを一つに収束させたのだ。

思い描いたその通りに、レカンは魔力を操った。

「〈炎槍〉！」

「あ、馬鹿！」

巨大な炎の柱が生まれ、すさまじい爆発音が響いた。跳ね上がった土の塊が、レカンの足や胸を打った。辺りには土煙が立ちこめ、しばらくして土くれがばらばらと降ってきた。的の毛皮には大穴が開いて、ぶすぶすと煙を立てている。

「まいったねえ。またご近所で悪い噂が立つよ。魔女がくしゃみしたとか何とか」

「すまん」

「まあ、今さらさ。でももう練習は終わりにしようかね。あとは迷宮で試すことさ」

「それでいいのか」

「あんたはもともと実戦で覚えるたちだろう？」

まさにそうである。すでに心のなかには、この魔法をどう使いこなすか、その可能性がいくつもひらめいている。

夕方になってエダがやってきた。レカンはしばらく〈引寄〉を教え込もうとしたが、エダはうまく発動できない。ついにシーラが言った。

「どうも空間魔法は向いてないみたいだね。次の魔法をやってみようかね」

エダはみるからにしょんぼりした。

「さてと、レカン。あんたは迷宮に行きな。今度は日にちを決めないから、満足するまで潜ってくるといい」

エダが、驚いたように顔を上げた。

「それはありがたい。どうしても下層に下りるのと、下層から上るのに、時間が取られる」

「え？　一度行ったんだから、直接下層に行けばいいだろう？」

「それはできないと聞いた」

「できるよ。各階層に、標準の二倍くらいの大きさの魔獣が何匹か出る。それを二回続けて倒すんだよ」

「二回続けて？」

「大型個体は、倒された場所で湧くから、二度続けて倒すのは簡単さ」

「そうすると、どうなる」

「その階層に〈印〉ができる。次に迷宮の入り口を入ったとき、ええっと、〈階層（シジメル）〉と唱えると、〈印〉のある階層が心に浮かぶから、行きたい階層を思い浮かべて〈転移（バルプ）〉と唱えればいい」

それだ、とレカンは思った。ゴルブル迷宮に入ったとき、何かを唱えて姿を消す冒険者たちがいた。あれはまさに、今シーラに聞いた呪文だった。

「知らなかった。帰るときはどうすればいい」

「同じ呪文を唱えて、〈地上階層〉を選べばいいさ。ただしこの呪文は、地上階層以外じゃあ、通路つまり階段のところでしか使えないからね」

エダが会話に割り込んできた。

「ちょ、ちょっと待って！　レカン、迷宮に行くの？」

いやな予感がしたが、ここは嘘をついても意味がない。

「ああ」

「行く！　行く！　あたいも迷宮に行くー！」

こんな足手まといについてこられるのは絶対にいやだったので、レカンはにべもなく突き放した。

「行きたければ勝手に行けばいい。オレは明日出る」

「あたいもついていく！」

「お前の速度ではオレの全速についてこれないだろう」

「う～～う～～う～～～」

「エダちゃん。そんなに迷宮に行きたいのかい」

「行きたい！　行きたい！　迷宮に行きたい」

「何とか連れてってやれないもんかねえ」

「絶対にいやだ」

「邪魔しないから！　レカンの邪魔はしないから！　ついてくだけだから！」

「オレが行く階層にお前がついてきても、すぐに死ぬだけだ」

「エダちゃん。近くの森には、場所によっていろんな強さの魔獣がいるからね。ほかの依頼の合間に狩りをして、強くなって、それから迷宮に行っても遅くないよ」

「だって、矢が高いんっすよ。買えないっす。どうやって狩りなんかすればいいんすか」

「レカン。エダちゃんが使えるような弓を持ち合わせてないかい」

レカンとしては、この不毛な会話を一刻も早く終わらせたかった。だから、〈収納〉から弓を取り出して、エダに渡した。

「こ、これは？」

「〈イシアの弓〉という魔弓だ」

「まきゅう？」

「構えてみろ」

「あ？　矢は？」

「いいから構えてみろ。少しでいいから弦を引け。そうだ。そして弓の中央部分、ここだ、ここに魔力をそそげ。そうだ。そして唱えるんだ。〈ディシュ〉！」

〈ディシュ〉とはレカンがもといた世界の言葉で〈矢よ〉という意味である。

「で、でしゅ！」

「でしゅではない。ディシュだ。射つなよ」

「でぃしゅっ！」

その瞬間弓の中央部分が淡く光り、その光はすぐに固まって矢となった。

「うわあっ」

驚いたエダは、矢を放ってしまう。

飛んでいく矢をレカンは空中でつかみ取った。手のなかの矢は、すっと消えた。

「射つなと言ったろう」

「す、すごい。恩寵品の弓なんて、みたのはじめてだよ！」

「当たると矢は消える。消えれば次の矢を撃てる。調子に乗って撃ちすぎて、魔力が枯渇しないよう気をつけろ」

「すごい。こんなものをもらえるなんて」

「貸しただけだ。必ず返せ」

〈イシアの弓〉は、遠方にいる魔獣の注意を引きつけるのに役立つが、レカンはその代わりになる〈火矢〉の魔法を覚えた。だから、貸してやることにした。万一紛失しても、そう惜しくはない。

そう考えた瞬間、失態に気づいた。この魔弓は、もしかしたらこの世界では目立ちすぎる品であるかもしれない。そう気づいたのである。

「おやおや。どこの迷宮品か知らないけど、なかなかの品のようだね。まあ、悪目立ちするほど高性能でもないようだけどね」

すかさず、シーラが、レカンが教えてほしかったことを、さりげなく伝えてくれた。

「うーん。エダちゃん、その弓、なくしてしまいそうだねえ」

「そんなことないっす。絶対なくさないっす」

（きっとなくすだろうな）

（周りにみせびらかしたあげく誰かに盗まれる）

（目にみえるようだ）

そうなったらエダはここに顔出ししにくくなるから、それはそれでかまわない。

「この袋をあげるよ。これは〈箱〉なのさ」

「〈箱〉！」

「しかもこの〈箱〉は、最初に使った人以外、出し入れができなくなるという特別製で、あたしの友達が作ったのさ。起きているときは、弓を肌身離さないようにするのさね。そして寝るときにはこれに入れて、紐（ひも）を肩にかけて寝るんだよ。いいね」

「わかったっす！」

実は〈イシアの弓〉には、致命的な欠点がある。風のなかでも〈イシアの弓〉はまっすぐに進むし、勢いを失って墜落したりしない。射程まではまっすぐ飛んで、射程を越えたら消えてしまう。だから、この弓を使っていると、普通の弓の感覚が狂ってしまうのである。

しかし、そんなことは知ったことではなかった。邪魔者は排除できたので、一人で気楽に、しかも時間のしばりもなく、二度目の迷宮探索を楽しめる。レカンにとって、それこそが大事だった。

「レカンには、これをあげるよ」

シーラは五つの丸薬を差し出した。

「これは？」

「あたしが作った魔力回復薬さ。去年作っといたやつの残りさね。迷宮に持っておゆき」


翌朝、レカンは出発する前にシーラの家を訪れた。

「おや、朝からどうしたんだい」

「ちょっと入れてくれ」

シーラは少しばかり迷惑そうな顔をしているが、レカンはかまわず作業部屋に入った。そして椅子に座ると、〈収納〉から巨大な魔石を取り出した。

「あ、それは」

「異世界の竜ヴルスの魔石だ。今日からしばらくゴルブル迷宮に行くので、預けておこうと思った」

「そうかい。そりゃ、わざわざすまなかったねえ。まあ、茶でも飲んでおくれ」

シーラが指先をくいと動かすと、壁際の棚の一番上にあった壺が、ふわふわと下りてきた。

そこは茶葉が入った壺が並んでいるのだが、その壺の茶を飲むのはレカンにとってはじめてだった。

湯を沸かし、茶を淹れるのにふさわしい温度まで冷まし、それからゆっくりと茶葉を湯にひたす。魔法を使わずに、自然にうまみが生ずるのを待つのだ。つまりこれからしばらく時間がある。

「シーラは呪文なしで魔法を使うが、オレにもできるだろうか」

「うーん。呪文省略かい。そうだねえ」

少し考えてからシーラは言った。

「あんた、火打ち石を打って火をつけることができるだろう？」

「ああ」

「どうして火打ち石を打ち合わせると、火がつくと思うね？」

レカンは頭のなかで答えを組み立てながら、ゆっくり回答した。

「硬いものと硬いものを打ち合わせると、火花が出ることがある。火打ち石は、打ち合わせたとき火花が出やすい石だ。だから火打ち石を打ち合わせて、火をつけることができる」

「こりゃ、驚いた。素晴らしい答えだ。あんた、研究者みたいな思考をするね。さて、それじゃあ聞くけど、硬いとは何だい？　打ち合わせるとは何をしていることだい？　火とは何だい？」

「硬いとは、ある物体がふわふわしていなくて、簡単には斬れないことだ。打ち合わせるとは、二つ以上のものをぶつけ合うことだ。火とは何かが燃えているものだ。いや、これは説明じゃなくて言い換えだな」

「質問を変えようかね。火を起こす働きを起こさせるものが、あんたの体のなかにある。そういう言い方じゃわかりにくいから、あんたの体のなかに火打ち石があることにしよう。手で火打ち石を打つことはできない。さあ、どうやって火をつけるね？」

「〈移動〉の魔法を使って体のなかの火打ち石を打ち合わせる」

「いいね。それはいい答えだ。だけど呪文は禁じられてる。さあ、どうやって〈移動〉の魔法を使うね？」

「……わからん」

「呪文を唱えずに魔法を発動させるには、呪文を唱えることによって起きる魔法の働きを、ぜんぶ自分の心のなかで再現しなくちゃならない。それには働きの本質を知る必要がある。火打ち石でなぜ火をおこせるのかを、根源にさかのぼって理解しなければ、呪文なしで火をおこすことはできやしない」

ジェリコが盆に何かを載せて部屋に入ってきた。

焼き菓子だ。シーラはそれを皿に盛ってレカンに差し出した。

「魔法に熟達してゆくと、やがてはすべての魔法を習得する。それは適性があるとかないとかいう次元の問題じゃない。本当に魔法を極めた者は、あらゆる魔法の本質を理解することになる。これは魔法の威力とはまたちがう話だよ」

シーラは茶を二つの椀にそそぎ、一つをレカンに差し出した。

「その段階にまで進むと、呪文なしで、〈鑑定〉なら〈鑑定〉と同じ効果のある魔法を発動することができる。ただし、最初のうちは、呪文を唱えるのに比べて何十倍も時間がかかるし、発動に失敗することもある」

机の上の巨大な魔石を、シーラは優しい目でみた。

「呪文なしで、しかもすっと呼吸するように魔法を使うやつは、普通の人間じゃない。それは、存在そのもののありようが魔法的な基盤に立っているやつだ。本質の世界で生きているやつだ。もしもそんなやつに出遭ったら、レカン」

シーラは、こくりと茶を飲んだ。

「逃げるんだ、すぐ。たとえ相手がごく小さな魔力しか持っていないとしてもだ。そいつはあんたとは格がちがう。あんたの弱点は、まばたき一つのあいだにみぬかれて、殺されるか、もっとひどい目に遭わされるさ」

レカンは茶をすすりながら、シーラの言葉を味わった。これはシーラのとっておきの茶葉なのだろう。非常に美味であり、やすらぎを覚える味だ。

「よく覚えておく」

茶を飲み終えて、レカンはシーラの家を辞した。

第7話 ゴルブル迷宮最下層

Wolf does not sleep　Story Seven
Volume One

シーラの家を辞したレカンは、そのまま西門を出てゴルブルに向かった。普通に歩いてもたった二日で着くほど近いのに、ヴォーカとゴルブルを行き来する人は少ない。

昼には到着した。

最初に食料品店に寄って迷宮で食う食料を仕入れた。もちろん日持ちのするものでなくてはならないが、あまり極端に水気を切ったものでなくてもよい。せいぜい十日程度の探索になるはずだ。店員も他の客もレカンが気になるようで、ちらちらと視線を送ってきた。

その隣に〈ポーション屋〉という看板がかかっていたので寄ってみた。

「い、いらっしゃい」

客は少なくなかったが、ちょうどカウンターに手の空いた店員がいたので、その前に進んだ。

「赤の小ポーションは、一ついくらで買える？」

「え？　今は品薄じゃないから、標準額だよ」

「標準額とはいくらだ」

「大銀貨一枚に決まってるじゃないか。あんた、凄腕なんだろう？　そんなことも知らないのかい」

「遠くから来たもんでな。この土地の標準額と言われてもわからん。品薄になると値上がりするのか？」

「そうだよ。先月の真ん中はすごい品薄でさ。大銀貨一枚銀貨五枚まで値上がりしちまった」

「赤の中ポーションの標準額は？」

「大銀貨二枚」

「赤の大ポーションは？」

「大銀貨三枚。ただし赤大ポーションは、大物冒険者たちが金にあかせて買いあさるから、品薄になりやすいよ」

「なるほど。青ポーションは、大中小それぞれいくらだ」

「おんなじだよ、赤と」

　ということは、チェイニーがポーションの代金としてレカンによこした金貨六枚は、それほど特別な金額ではなかったのだ。

「奥では買い取りをやっているようだな。買い取り額は決まっているのか」

「売値のちょうど半分、てのが規則だ」

「わかった。邪魔をしたな」

店を出るとき、後ろで噂話をしているのが耳に入った。

「お、おい、あれが」

「ああ、あれが〈黒衣の魔王〉だな」

「びびったぜ。すげえ迫力だよな」

「閉じた左目を開かせちゃならねえ。睨まれたやつは石化するらしいぜ」

（閉じた左目？　まさか、オレのことか？）

不審を感じながら店を出たとたん、〈立体知覚〉の範囲外から大声で呼びかけられた。

「おおーーーーい！　レカーーーーーーーァアン‼」

迷宮警備隊長のダグだった。


「すまん！　ほんとにすまん！　この通りだ」

警備隊詰め所に引っ張られたレカンは、前と同じ部屋に案内された。

そしてダグは、椅子に座るなり、机越しに頭を下げたのだ。

「謝られるようなことをされた記憶がない」

「いや！　あんたを不審者扱いした。配慮の足りないやつだと決めつけた。配慮が足りないのはわしのほうだった。すまん！」

「ふむ。よくわからん。あんたがそう思う理由を聞かせてくれ」

「最初のきっかけは、ブラバじいさんだった。魔法使いで、むかしはそれなりに活躍した人なんだが、最近は孫に小遣いをやるために時々潜るぐらいだ。そのブラバじいさんが、あんたをみかけたんだ。三階層からの下り口で。あんた、倒した魔獣たちに、そして迷宮に、手向け（たむけ）の礼をしていたそうだな。ブラバじいさんが、しみじみ言っていた。あのお人はただ者ではないとな」

　そう言われてみると、三階層から下りるとき、老人をみかけたような気もする。

「あんたが迷宮に入ってしばらくして、噂が一気に広がった。浅い階層に魔石の残った魔獣の死骸が山ほど転がってるってね。それはほんとだった。おかげで数日間、上層はすごい人出だった」

　前回来たとき、レカンは早く深い層に潜りたかった。浅い階層の魔石など取り出すだけ面倒だから、死骸をそのままにしていったのだ。

「そして、ジョンとソリスから聞いたよ。ああ、名前を言ってもわからんか。若い剣士の男と魔法使いの女だ。ジョンの父親は戦争で功績を挙げた男で、わしも面倒をみてもらったことがある。ジョンが言ってたよ。黒衣の魔王が来てくれなかったら、二人とも死んでいたところだったって。しかもあんた、ソリスの顔の傷を治すために、赤ポーションを置いていってくれたそうだな。それだけじゃない。迷宮の心得をジョンに教えてくれたんだな。あいつはほんとに感謝してたぜ」

「そんなことを教えた覚えはない。人ちがいだろう」

「人ちがいだって？　はっはっはっ。そうだろうとも。あんたみたいなやつがもう一人いるならの話だけどな。はあっはっはっはっ」

　何がおかしいのか、ダグ隊長は大声で笑い、机から身を乗り出してレカンの肩をばんばんと音を立ててたたいた。

「ジョンは心から反省してた。いくら高くてもポーションは持ってておかなくちゃならない。その当然のことを守らなかったために、自分たち二人は死ぬところだったたし、そうでなくてもソリスは当分のあいだ傷をかかえて生きなくちゃならんところだったってな。もちろん偶然大型個体に出遭うなんてことがなければ問題はなかった。だが迷宮ってのは、いつ何が起きてもおかしくない場所なんだ。そのことをあんたは、懇々と教えてやったんだそうだな」

　どこかに行きちがいがあるのは間違いない。だが、誤解を解こうとすれば時間がかかる。

「よかったな。じゃあ、オレは行くぞ」

「あ、ちょっと待ってくれ。あんたが来たことを領主館に知らせたんだ。もうすぐ誰か騎士が来るから」

「領主にも騎士にも用はない」

「そう言うなよ。あんたがこの前、中層と下層の迷宮品をごっそり売ってくれたことを、お偉いさんが聞いてな。ひと言礼を言いたいというんだよ」

「そんな礼はいらん」

　そう言いながらレカンは立ち上がったが、ふと気になっていたことを思い出した。

「ダグ」

「おお、何だい」

「ポーションの標準価格とやらが、ずいぶん高い気がした。あれでは買える者が限られてしまうんじゃないか。それと、今あんたが言ったことからすると、中層以降の品は、あまり出回らないのか？」

　ダグ隊長は苦しそうな顔をした。

「本当は農民や職人や、町に住む普通の人が買えるような金額に落ち着くといいんだけどなあ。そりゃ、無理だ」

「なぜだ」

「冒険者が買うからさ。迷宮探索にはポーションは不可欠だ。しかも冒険者は稼ぎがいい。だから、大金を払ってでもポーションを買って迷宮に潜る。そしてお宝をつかんで金を得る。その金でポーションを買い、装備を調える。中層以降から出る迷宮品なんて、金のある冒険者が取り合いさ。そのお余りが競りに回って、貴族や金持ちのものになる。ポーションの値が下がったら、それこそ冒険者が根こそぎにしちまう。標準価格が高いから、売ろうと考える冒険者もいて、多少は冒険者以外も買えるってわけだ」

言われてみれば、レカン自身、よい剣やよい防具は、どんなに金を積んでも手に入れた。その果てに今の装備がある。

「そういえば、ヴォーカの町に商人の知り合いがいるが、迷宮品はあまり回ってこないような口ぶりだった」

「ヴォーカの町には売らんさ。あんたもいきさつを知って……いや、知らないのか。あのな、ここに迷宮が発見され、発見者から王家が権利を買い取ったとき、最初に迷宮管理者にと声がかかったのは、ヴォーカ領主クリムス・ウルバン様の父君なんだ。だが断った。それでガイオニス・ドーガ様の父君が迷宮管理者に任ぜられ、伯爵に叙せられた。それから三十年以上がたち、両方の領主は代替わりしたが、二つの町の仲の悪さは変わらない」

「そうだったのか」

「そうさ。迷宮管理者が王家に払う礼金の年額も、伯爵が国庫に納める税額も、目の玉が飛び出るような金額だ。伯爵は、どうしても金を稼がなくちゃならん。ところが二十階層まで潜れるようになった冒険者は、この町を出てっちまう」

「隊長！」

兵士が飛び込んできて、ダグ隊長に何事かを伝えた。

「第一応接室にお通ししたな？　よし」

「客が来たのか。オレは迷宮に行く」

「待ってくれ。わしと一緒に来てくれ。領主のご次男ヘンジット様がおみえだ。あんたに会いたいと言ってる。やれやれ。まさかご次男が直接来るとはなあ。配下の騎士か、いっそご長男のほうだったらよかったんだが」

　レカンは奥のほうに連れていかれた。

　その部屋に入るなり、ダグ隊長は大げさな敬礼をしてみせた。

「冒険者レカン殿をお連れしました！」

「ヘンジット様がその者の入室を許された」

「はい！　レカン殿、入室されよ」

　レカンは部屋に入るか入らないかの位置で立ち止まった。

　なにしろ広くもない部屋に、むやみに豪華な装備をまとった騎士が一人とそうでない騎士が二人と、仰々（ぎょうぎょう）しい衣装を着た文官らしい男が二人、やたらと広い面積を占有している。

　レカンが入室する空間を作るため、ダグ隊長は部屋の隅にいる兵士と肩がふれ合うほどの距離まで近づかねばならなかった。

「ヘンジット様に礼をいたせ！」

　騎士の一人がわめいたが、レカンは無言のまま、ただ立っている。

「よいよい。突然高位の騎士に対面して、気が動転しておるのであろう。許してやれ。これ、レカンとやら」

　レカンは静かにヘンジットをみおろしている。ヘンジットの身長は、この部屋にいる者のなかで一番低い。レカンと比べれば、おとなとこどもほどの差があった。

「下層の迷宮品をわが家に納めたと聞く。殊勝である。これからも励め。恩寵品が出たら、必ずこの町で競売にかけるのだ。よいな。わかったら行け」

　レカンはお辞儀もせずに部屋を出た。うしろでヘンジットがわめくのが聞こえた。

「隊長。兄上はまだ迷宮から出られぬか」

「はい、まだお出になりません」

「領民のため、御自ら恩寵品を求めて下層に下りられるとは、まさに武門のほまれ。兄上に万一のことがないよう、全力を挙げよ」

「はい！」

　迷宮に探索に入っている者の安全など守りようがないだろうにと思いながら、レカンは警備隊詰め所を出た。

一階層から十階層までは戦わずに下りた。

ただし、追いすがってくる魔獣は足を斬り、動けなくした。

十一階層手前の階段で小休止し、食事を取った。

銀色の指輪を取り出して、左手の中指にはめる。

前回、ダグ隊長からもらった便覧を取り出してながめた。

この迷宮に出現する魔獣の一覧表であり、それぞれの魔獣について簡単な説明が記されている。

冒頭には迷宮の特色が説明してある。

「ゴルブル迷宮は、三十階層という中規模の迷宮であるが、出現する魔獣は多種多様であり、水妖族（すいよう）と竜種を除くあらゆる系統の魔獣が確認されている。この迷宮では、誰もが戦闘スタイルに合わせた魔獣狩りを選択できるのである。一階層から十階層までは洞窟型、十一階層から二十階層までは無限支柱型、二十一階層から三十階層までは連続石室型となっている」

上層、つまり一階層から十階層までは、初級者がソロもしくは少人数で戦うのに向いている。中層、つまり十一階層から二十階層までは、中級者がグループで戦うのに向いている、と説明にはある。

ところが下層、つまり二十一階層から三十階層までは、ソロで戦うには魔獣が強すぎるし、大人数で戦うには場所が狭いというのだ。

その下層こそ、レカンが目指す場所である。

十一階層に下りた。

ここから二十階層までも、基本的にはただ通り過ぎるだけだが、進路上に魔獣がいた場合は戦う。

ここまで来ると、冒険者の数も減って、走り抜けるのに具合がよい。

十一階層の魔獣は、鼻曲(バンプー)である。

鼻曲は、猪鬼(ちょき)族の第三階位魔獣だが、レカンがこの世界ではじめて遭遇した魔獣であり、ルビアナフェル姫との出会いの契機ともなった魔獣である。

この階層では戦闘もなく、レカンはすたすたと歩いて階段に到着した。

十二階層の魔獣は、長腕猿(ザンバルドゥ)である。といっても、同じ種族であるパレードよりずいぶん小さい。

ここでも戦闘はなかった。

十三階層の魔獣は、蛇凶(じゃきょう)族第四階位魔獣の平白蛇(ウラスリン)である。

この魔獣をみてレカンはいやな気分になった。平白蛇の毒を飲まされて苦しんだ記憶を体が思い出したのである。

レカンは右手を上げ、指を握り込んで人差し指だけを伸ばし、体中から少しずつ魔力を集めて、呪文を唱えた。

「〈炎槍（バンドルー）〉！」

指の先に、ちろりと小さな炎が生じたかと思うと、みるみる大きく細長い炎の塊となり、魔獣に向かって飛んでいった。

平白蛇は、熱に敏感な魔獣である。この魔法の気配を察知していたのだろう。うまくかわしてレカンに襲いかかった。

レカンは右手で〈収納〉から剣を取り出し、飛びかかってきた平白蛇を両断した。

（発動が遅すぎる）

いくら威力があっても、呪文を唱えてから発動までがこんなに長いのでは、実戦では役に立たない。

レカンは、迷宮のなかに無数に立っている枯れ木のような柱の一つに右手の人差し指を向けた。

「〈炎槍〉！」

先ほどの半分ほどの時間で魔法が発動した。

頭のなかで素早く確実に思い描くことで、魔法の発動は速くなる。

次に、右腕をだらりと垂れ、いきなり別の柱を指さした。

「〈炎槍〉！」

何も起きなかった。

失敗の理由をレカンは悟っていた。呪文を唱える前に、魔力を収束させるのを怠った。これでは魔法が発動するわけはない。

魔力を練る。

標的を指さす。

呪文を唱える。

この手順を、誤らず確実に、そして素早く行わなければならない。

（剣のわざも魔法も、結局同じなのだろうな）

一つのわざを覚えてから、それを実戦で使えるようになるまでには、それなりの場数を踏まなくてはならない。さらに戦いのなかで必要な瞬間に有効なやり方でそのわざが使えるようになるには、工夫と実践の積み重ねが必要だ。

威力の小さい、目立たないわざであっても、熟達すれば思わぬ効果を発揮する。まして剣士であるレカンが、〈炎槍〉という強力な遠距離攻撃を手に入れたことの意味は大きい。これからみっちり磨き込んでゆかねばならない。

十四階層の魔獣は、熊鬼(ゆうき)族第三階位魔獣の茶毛玉(ゴエディジ)である。床に巨大な茶色い毛玉が転がっているのだが、一定の距離まで近づくと、正体を現して飛びかかってくる。腕を大きく振り上げた高さはほとんどレカンの身長に匹敵する。しかもこの魔獣は、顔が異様に大きい。従って口も大きい。その巨大な口を限界まで開いてよだれをたらしながら飛びかかるのだから、若い冒険者にとっては恐怖以外の何物でもないだろう。

　だが、この魔獣、一定の距離まで近づかなければじっとしている。つまり、遠距離攻撃ができる冒険者なら、最初の一撃は確実に取れるのである。また、擬態(ぎたい)を解いてからの最初の攻撃こそ素早いものの、そのあとの動きは緩慢で、かみつきにさえ注意すれば、さほど怖い敵ではない。

　二十歩少々離れた場所でレカンは立ち止まり、右の人差し指を向け、魔力を練った。

「〈炎槍〉！」

　炎の槍(やり)が飛び出して茶毛玉の体の三分の一ほどを削り取って、その向こう側の地面に着弾して、草と土をえぐり取った。

　レカンは腕を構えたままだ。右手人差し指には、むずがゆいような感覚が残っている。

（この人差し指があるから魔法がまっすぐ飛んでいるような感じもするし、この指を通すから魔力が制限されているような感じもする。ふむ……）

　そのまま階段に向かって進む途中、またも茶毛玉がいた。

　二十歩手前で立ち止まり、今度は指を全部握り込んで、そのこぶしを魔獣に向けた。

「〈炎槍〉！」

　魔法はすぐには発動しなかった。こぶしの前に丸い炎の塊ができ、それがぐるぐる回転しながら大きくなり、そして目標に向かって飛んでいった。

激しい爆発音がして、茶毛玉が粉々にはじけ飛んだ。

相当な威力である。

だがこれは〈炎槍〉といえるのだろうか。たぶん、〈炎槍〉の変形の一種ということになるのだろう。

階段のすぐ手前に、もう一頭茶毛玉がいた。

レカンは今度は手刀を作って魔獣に向けた。

「〈炎槍〉！」

今度の炎は、薄く広がった形状で標的を破壊した。

（だめだ。威力もぐっと下がったし、制御も甘い）

十五階層の魔獣は、空魚族第四階位の目赤魚である。

空中に巨大な赤い目玉が浮いているので、初見のときは少し驚いた。

この魔獣は非常に優れた感知力を持っており、乱立する柱に妨げられず、きわめて遠方から敵を察知する。そして敵が近づくのをじっと待ち、三十歩ほどの距離になったとき、魔法攻撃で敵を硬直させる。

前回、はじめて攻撃を受けたときは、一瞬、全身がしびれたものの、指輪のおかげでただちに硬直が取れ、そのまま近寄って斬り捨てた。そのあとは、柱に隠れて近づき、相手が攻撃してくる前に倒した。だから、硬直攻撃のあと何をしてくるかはわからなかった。

便覧によると、硬直した敵に鋭い触角を差し込み、体液を吸い尽くすらしい。

今回はこちらにも遠距離攻撃の手段がある。たぶん射程はこちらが勝つが、あちらこちらに柱があるため、三十歩以上の距離で相手がみえることは、ほとんどない。

(早撃ち合戦といくか)

相手の魔法が発動するのと、こちらの〈炎槍〉が相手に命中するのと、どちらが早いか競うのである。

結局階段にたどり着くまでに四度、目赤魚と遭遇した。

早撃ち合戦は、いずれもレカンの勝ちだった。

だがレカンは階段手前で振り返り、倒した魔獣たちに礼をしながら、何かがちがうと考えていた。

十六階層の魔獣は、樹怪(じゅかい)族第三階位魔獣の小腕樹(パルバルアン)である。

木の根と幹に二本ないし三本の枝がついたような姿をしている。葉のない木そのものである。

これが森のなかにいたら、さぞ恐ろしいだろう。だが、この迷宮のなかには樹木など生えていないのだから、そういう魔獣がいるということさえ知っていたら、擬態にだまされる者はいない。

攻撃は腕を振るだけなのだが、非常に威力が高いうえ、長さもあり、所々妙な箇所で曲がるので、柱の後ろに隠れても意味がない。

この魔獣は、地に太い根をいくつも下ろしている。だから動かないのだろうとレカンは思っていた。

ところが便覧によれば、そうではないらしい。根が地中を移動して、本体を移動させるというのだ。その際細い根がちぎれ、太い根も傷つくため、移動すると若干弱体化するらしい。それにしても、動かないだろうと油断してこの階層で眠ったりしようものなら、その冒険者はみじめな末路を迎えることになる。

視界の先にある小腕樹に、レカンは指をつきつけた。

だが、ふと思いついて指を開き、手のひらを標的に向けて、魔法を発動させた。

「〈炎槍〉!」

抵抗感もなく魔法の槍は手のひらから射出され、小腕樹の幹をへし折り、その後ろの古木に似た柱をもへし折った。

今までにないよい感触だった。

レカンは、進路を少し調整して、別の小腕樹の前に出た。

「〈炎槍〉!」

小腕樹は消滅し、宝箱が残った。

今日はじめての宝箱である。開けてみると、中青ポーションがあった。

そういえば、かなり魔力を消費している。

その中青ポーションをレカンは口に入れ、容器をかみつぶすと、中身を飲み込んだ。容器もすぐに溶けたので飲み込む。

足りない。失われた魔力は、まだまだ補われていない。

もう一つ中青ポーションを取り出して飲んだ。だが、まだ足りない。

大青ポーションを取り出して飲んだ。今度は足りた。

前回試したときも感じていたが、赤ポーションも青ポーションも、小や中はレカンにとっては力が弱い。

〈今の〈炎槍〉の感触はよかった。魔力が自然に撃ち出された感じがした〉

次の小腕樹に近づくと、手のひらを向けて炎槍を撃った。威力も貫通力も上がっている。

〈指先で撃ったときは、構えた指に方向が限定されていた。ところが手のひらから撃つと、飛んでいく方向を、かなり自由に設定できるようだ。もう少し実験してみよう〉

次の小腕樹は、幹ではなく枝を狙った。

魔法はちゃんと発動し、拡散することも弱体化することもなく直進して、正確に枝を破壊した。

〈よし。これなら使い物になる〉

十七階層の魔獣は、猿鬼(えんき)系第六階位の赤猿(ウルドウ)の上位種である。

一階層に出てきた赤猿は下位種だった。体は小さく、攻撃は素手で、多少の素早さはあったが、敵ではなかった。ただし、森のなかで複数の人物を護衛しながらこの魔獣の群れに襲われたら厄介だろうとは思った。

四階層で蜘蛛猿（インドゥ）に交じって出現した赤猿は、杖（つえ）を持っており、魔法を撃ってきた。

十階層で出現した赤猿は、一階層のものより二回りも体が大きく、剣や棍棒（こんぼう）を使った。魔獣が武器を持つのははじめてみたので、初見のとき、レカンは大いに驚いたものだった。

そして十七階層の赤猿は、もはや別種ではないかと思うほど体が大きく、獰猛（どうもう）で、そしてなんと防具を着け武器を持っているのである。そのうえ、一匹では出てこず、便覧によれば、戦いに手間取ると仲間を呼ぶらしい。

もう赤猿は飽きてきたので、さっさと階段に駆け込んだ。

十八階層の魔獣は、空魚（くうぎょ）系第四階位の鉈魚（トイチー）である。

平べったい魚が宙に浮いて、しびしびと身をよじっているのは、奇妙な光景だ。敵が射程に入ると、まっすぐ敵のほうを向き、ぶるぶると震える。そして突然縦方向に回転しつつ前方に飛び出して、尾びれで敵を上からたたき斬る。この尾びれはまるで鉈（なた）のような厚みと破壊力を持っている。

鉈魚は、まっすぐ前からみると、非常に体が薄いため、背景に溶けて視認しづらい。だから正面に盾持ちを置き、両側から攻撃を加えるのが定石だと便覧には書いてあった。

この鉈魚、相手が射程内に入ってこないと、自分から相手に近寄るが、一度に移動する距離は短く、しびしびと待機している時間は長い。つまり遠距離からならゆっくり狙える獲物だ。

レカンは鉈魚に狙いをつけ、炎槍を撃った。かすっただけだが鉈魚は死んだ。

だがレカンは自分を叱った。

（こんな雑な魔法の使い方をしていてはだめだ）

次の標的がみえる位置に移動すると、レカンはゆっくりと魔力を練った。

（まずは体の隅々から下腹部に向けて魔力の流れを作る。全身から少しずつ送り込まれた魔力を丹田（たんでん）でぐるりと回して力の塊を作り、それをすうっと右腕に送り込む。あとは、すうっと通り過ぎるように、魔力を体の外に押し出しつつ、正確な発音でしっかりと呪文を唱える）

「〈炎槍〉！」

素晴らしい精度と密度の攻撃が標的を直撃して破壊した。

（これだ。この感覚をつかみ、そして磨き上げていくんだ。そうすればいずれ、素早い攻撃もできるようになる。きちんと手順を守って魔力を発動させるのが大事だと、シーラから教わったじゃないか）

シーラが最初、〈灯光（パーム）〉の習得に時間をかけさせた理由が今ならわかる。

弱い魔力で発動する魔法にこそ、正しく魔法を行使するための秘密があるのだ。

宝箱が落ちたが、中身が中青ポーションだったので、そのまま飲んだ。

とたんに悪寒に襲われた。体の奥底から気持ちの悪さが込み上げてきて、吐き気がする。

（なんだ、これは？　そういえば、シーラは、摂理に反するものだと言っていた。そうか。ポーションは即効性が高い代わり、あまり続けて飲めないようになっているのか）


十九階層に出る階段で、二人の冒険者が待機している。

じっと十九階層のほうをみている。一人は弓を構え、一人は杖を構えて。

魔法使いは呪文を唱えている。

「……します神々よ。わが願いを聞き届け、悪を滅する力を与えたまえ。われは乞いねぎまつる。顕現せよ……」

レカンに気づいて、弓使いがちらりと視線を送ってきたが、すぐにもとのほうに注意を戻した。

やがて乱立する柱の向こうから男が走ってきて、階段に走り込んだ。

その後ろを巨大な猪（いのしし）が追いかけてくる。階段に突入しそうになったそのとき、透明な壁にではね返されたように、はじき飛ばされた。

たちまち弓使いは弓を放ち、魔法使いは魔力を解放した。

「〈炎槍！〉」

放たれた炎の槍は、大きくはなかったが、よく制御されていて、的確に魔獣の頭部を直撃した。炸裂音が響き、爆炎が上がり、すぐに収まったが、魔獣はふらついている。

この魔獣は、猪鬼族第三階位魔獣である鼻曲の中位種だ。

弓使いはさらに二本の矢を射かけ、魔獣を引っ張ってきた男は剣を抜いて魔獣に襲いかかった。

戦いが終わったのをみとどけてから、レカンは階段を下りきり、十九階層に足を踏み入れた。三人の冒険者の視線を感じるが、声はかけてこなかった。こちらも声はかけず、ただ通り過ぎた。

そのまま下りの階段まで進むつもりだったが、少し離れた場所にある青い点が、突然レカンのほうに移動を開始した。

他の点に比べて光が強い。各階層に何体かいるという大型だろう。そういえば、ここらでそろそろ〈印〉を作っておいてもよい。

レカンは、すたすたと歩きながら、丁寧に魔力を練り上げた、そして右腕を上げ、立ち並ぶ柱に向かって手のひらをかざした。

魔獣の速度は驚異的だ。もうすぐそこまで来ている。

姿がみえた。想像以上に大きい。

「〈炎槍〉！」

明確な輪郭を持って大きな炎の槍が出現し、まっすぐに魔獣に命中して貫通した。

すさまじい勢いで突進してきていた魔獣は突然停止した。時が止まったかのようにしばらく静止し、ぐらりと揺れて倒れた。

魔石を取り、そのまましばらく待った。

魔獣はなかなか再出現しない。

これは情報がちがったかと思い始めたころ、ゆらゆらと黒いもやが立ちのぼり、沸き立つようにぐらぐら揺らめいていたが、やがてそこに先ほどと同じく巨大な鼻曲が現れた。

レカンは炎槍で倒した。

そして呪文を唱えた。

「〈階層(シジメル)！〉」

何も起きない。

（待てよ）

（そういえば階段でしか使えないということだったな）

そのまま進んで下りの階段に入り、再び呪文を唱えた。

「〈階層〉！」

頭のなかに迷宮の階層図が浮かんだ。そのなかで、地上階層だけが明るく光っていた。

心のなかで地上階層を選択し、呪文を唱えた。

「〈転移(バルブ)！〉」

次の瞬間、レカンは地上階層に移動していた。

「〈階層〉！　〈転移〉！」

十九階層を選択して〈転移〉を唱えると、先ほどの階段のなかほどに転移した。

（なるほど）

（〈転移〉で十九階層に跳ぶと、十九階層と二十階層のあいだの階段に着くのか）

二十階層の魔獣は、狼鬼族第四階位の木狼(トルジェ)の上位種だ。これも二階層で出現した下位種とは、大きさも攻撃力も速度も、まるで比較にならない。

赤猿もそうだったが、この木狼も、戦いに手間取っていると仲間を呼ぶ。そのうえ、木狼は獲物を襲うとき、右に左にめまぐるしく飛び跳ねるが、多数の木狼に柱が乱立する場所でこれをやられると、なかなか始末に悪いと思われる。だが、〈立体視覚〉を持つレカンには、相手の動きは丸みえだし、仲間を呼ばせるほど戦闘が長引くことはない。

この階層では四頭の敵と戦った。いずれも〈炎槍〉で倒した。

相手が近づくのを感知しておいて魔法の準備をし、姿を視認したら魔法を発動した。

ただし四頭とも回避行動を取ったため、狙った位置には当てられていない。

やはり呪文を唱えてから発動までのわずかな時間が問題だ。もっと迅速に発動できなければならない。

そして、魔法の準備の時間も短縮していかないと、とっさの場合には使えない。

剣というものを知ってから使えるようになるまで、いったいどれほどの時間がかかったことか。それを思えば、〈炎槍〉が本当に役に立つ技能になる日はまだまだ先でいい。

二十一階層手前の階段で食事を取り、少し寝た。まだ迷宮に入ってから丸一日程度のはずだが、ここからは少し気を引きしめる必要がある。

二十一階層から迷宮の造りが変わる。四角い石造りの部屋を縦横にずらっと並べたような構造だ。四角い部屋の四つの壁には、出入り口の穴が空いている場合もあるし、空いていない場合もある。つまり一つしか出入り口がない部屋、二つある部屋、三つある部屋、四つある部屋がある。

穴は、人間にとっては大きい。レカンのように身長の高い人間でも問題なく通れる。しかし、魔獣は通れない。なぜなら、二十一階層以降に出現する魔獣はどれも巨大だからだ。

穴が空いている位置はまちまちなので、隣り合っている部屋より向こうのことがみえることは、あまりない。魔獣がいる部屋もあれば、いない部屋もある。

大勢の人間が一斉に部屋に飛び込むことはできない。かといって少人数で戦うには手ごわい。

それならば穴の外側から弓や魔法で攻撃すればよいと誰でも考えるが、下層の魔獣たちは隣の部屋ぐらいなら攻撃できるものばかりだ。

二十一階層の魔獣は、岩塊族(がんかい)第三階位の魔獣である皺男(ゼオファン)だ。

岩の巨人なのだが、表皮のひび割れが皺のようにみえる。身長はレカンの四倍はあり、刃物も魔法も通じにくい。隣の部屋から攻撃すると、皺男は自分の体の一部を引きちぎって投げるらしい。便覧にはそう書いてあった。

前回この階層に来たときには、バトルハンマーで戦ったが、あまり連戦したい相手ではなかった。

（今回は魔法で戦ってみるか）

そう思いながら二十一階層に足を踏み入れた。

〈生命感知〉がこの階層の魔獣の配置を教えてくれる。目の前の部屋の青い点が、ひときわ強く光っている。

大型個体だ。

ゆっくりと息を吸い、魔力を練った。

そして穴をくぐった。

そこにいた大型個体は本当に大きかった。

部屋は五歩ほどの高さがある。つまりレカンの身長の倍以上ある。皺男は、普通の個体でも天井に届くかと思うほどの身長があるのだが、この大型個体は五割ほど大きい。当然、立つことはできず、座っている。座っているけれども頭は天井につかえている。その巨体で、ほとんど部屋は埋め尽くされているといってよい。

皺男の動作はにぶい。そして攻撃されるまで自分からは攻撃しない。

レカンは、右目を閉じ、両手を広げ、すべての指を大きく開き、魔力を練った。

体の奥深くから魔力を呼び出し、全身を魔力であふれさせる。次第次第に魔力は充満し、指先も髪の毛も魔力にひたされてゆく。

そして魔力は体内をめぐる。めぐりながら肉体の各所に秘められた魔力をさらに吸い上げてゆく。魔力は奔流(ほんりゅう)となり、丹田に流れ込む。先に練った魔力の塊を包み込むように、新たな魔力が旋回を始める。

もはや両の手は開かれていない。荒れ狂う力を押し込めるように厳しくこぶしは固められ、小刻みに震えている。

レカンは右足と右手を引き、かっと右目をみひらいて、目標をみさだめる。

動く。

巨大な魔力が丹田から動いて右腕に流れ込んでゆく。

熱い。

熱い。

全身が熱い。

熱は耐えがたいほどに高まってゆく。

　そして。

「〈炎槍〉‼」

　雄叫びを上げながら、レカンは右のこぶしを開いて前方に突き出す。

　まばゆい光が湧き起こり、光の槍が現出したかと思うと、まっしぐらに山のような魔獣に向かって飛び出す。

　狙いあやまたず、必殺の一撃は怪物の首元を直撃した。そここそが、この岩の巨人の弱点なのである。

　爆発の閃光が収まったとき、皺男の頭がぐらりと揺れて、ちぎれて落ちた。

　飛び散る破片を、後ろに飛んでさける。

　皺男の死骸に、びきびき、びきびきと音を立ててひびが入り、やがてその巨大な体軀は砕け散って床に落ちた。ほどなく大量の破片は砂となってさらさらと消え、あとには巨大な魔石が残った。

　くらり、とめまいを覚えた。

　思わず床に倒れ込む。

（魔力欠乏か）

　今の自分にできる最大の魔法攻撃を試してみたかったのだが、まさかこれほど強力な攻撃ができるとは思ってもいなかった。そしてまた、たった一撃でこれほど魔力を消費するとも思っていなかった。

大青ポーションを出した。

飲み込もうとするのだが、体が拒否している。強い嫌悪感が湧いてくる。それでもがまんして飲み込んだ。

まるで毒を飲んだかのような拒絶反応が起きた。しばらくは動くこともできなかった。

無理をして青ポーションを飲み込んだのだが、それでも魔力の飢えは残っている。

シーラからもらった魔力回復の丸薬を取り出して飲んだ。


空腹を感じたので、食料と水を出して腹ごしらえをした。

シーラの丸薬は、じわじわと魔力を回復してくれている。

もぐもぐと味のよい干し肉をかみしめながら、レカンは〈生命感知〉が告げる情報に首をかしげていた。

ここに近づいている者たちがいる。六人だ。

魔獣のいる場所を回避しながら、確実にこの場所に近づいている。

大型個体を目指しているのかとも思ってみたが、この部屋に近づき始めたのは大型個体を倒したあとだったと思うし、ほかの大型個体のいる場所をさけてここに向かっている。

一つ確かなのは、地図を持っているのはもちろんだが、近づいてくる六人のなかに、何らかの感知能力を持っている者がいる、ということだ。六人のうちに二人魔力持ちがいるので、そのどちらかがそうなのだろう。

敵か。味方か。

知り合いなどいないのだから、敵、と考えておいたほうがよい。

いよいよ接近してきた。

そして少し離れた場所で止まった。

この六人の正体が気になるが、そろそろ大型個体の再出現に備えなければならない。

最後に水をごくりと飲んで水筒をしまい、立ち上がって、大きな魔石を拾って〈収納〉に入れ、バトルハンマーを出した。もとの世界の極上品のハンマーだ。格別な付与はないが、頑丈でバランスがよく、非常に扱いやすい。

二回目も魔法で戦うつもりだったが、得体の知れない敵が近づいているのに、魔力の過半を消費して満足に動けない状態になるわけにはいかない。

部屋の奥に黒いもやもやした煙のようなものが渦を巻き始め、やがて大きくふくらんで、皺男の大型個体が再出現した。

近づいてくる。

六人の敵が近づいてくる。

このままでは、レカンは強敵と戦いながら、後ろに新たな敵を迎えることになる。

レカンは右目を細めてにやりと笑った。

(面白い。来るなら来い)

そして皺男との戦いが再び始まった。

レカンが皺男の首に四度目の打撃を入れた直後に、六人は隣の部屋に現れた。そして穴の外側から大音声を張り上げたのである。

「やあやあ、これなるは、ゴルブル伯爵家ご継嗣たる騎士トマジ・ドーガ様とその郎党なり。大型の皺男に苦戦する、そこな戦士に助勢せん！　いざ神よ、われらが勇姿、みとどけたまえ！」

苦戦などしていないし、魔獣と戦っている途中に断りもなく割り込んではならない。それはもとの世界では常識であり、ひどくきらわれ軽蔑される行為だったのだが、この世界ではちがうのだろうか。

レカンは皺男に打撃を加えつつ、六人の男にも注意を払った。

騎士が四人。魔法使いが二人である。

参戦を表明したものの、この部屋に入ってくる気配はない。

そう思っていると、魔法使いの一人が杖を構えて魔力を練り始めた。

「わが神ウィトゲムよ。わが供物を嘉し受け諾いたまえ。しかしてわが祈りまつるを聞き届け、悪しきものに断罪の刃をふるいたまえ……」

何だか長々しい呪文を唱えていたが、レカンも忙しかったので、全部は聞いていられない。

皺男が振り回す腕をかわし、時に繰り出される蹴りや頭突きをかわし、ぶわりと跳び上がって十何度目かの打撃を加えた直後に、魔法使いの詠唱が終了した。

「〈雷撃〉！」

構えた杖から生み出された光の刃が皺男の胸を直撃して激しい火花をまき散らした。

皺男はレカンを追い回すのに夢中で、魔法攻撃に効果があったのかなかったのか、さっぱりわからない。

「おおお！　さすが、キムシル殿」

「なんという見事な詠唱！　なんと鮮やかな攻撃！」

「これでは皺男もひとたまりもありますまい！」

攻撃した魔法使いを取り囲むように、入り口に密集して、和気あいあいと会話している。

（こいつら、何しに来たんだ？）

そう思いながらも、レカンは淡々と攻撃を続け、皺男の命を刈り取った。

みしみしと音を立てながら巨大な死骸が収縮していっても、六人は部屋のなかに入ろうとしない。

もしも手助けしたという理由で魔石の所有権を主張するようなら、レカンは戦いも辞さない覚悟だった。

だが、レカンがことさらゆっくり魔石を拾い上げても、六人は無言のままだ。

魔石を〈収納〉にしまい込んだとき、騎士の一人が声を上げた。

「見事、見事！　騎士トマジ・ドーガ様に助勢してのその働き、まことにあっぱれであった！」

いつのまにか、レカンのほうが助勢したことにされている。

別の騎士が、小さな袋をレカンの足元に投げてよこした。

「その働きは、手厚く報いられる！」

地に落ちる音から、大銀貨が入っている、と見当がつく。それも五、六枚か、もしかしたら十枚ほど入っているかもしれない。

この大銀貨の袋を拾えばどうなるだろう。

報酬を受け取ったのだから、魔獣を討伐したのはトマジ・ドーガだということになるのかもしれない。

あるいは、レカンがトマジ・ドーガに雇われたとか、指揮下に入ったとかいうことになるのかもしれない。

いずれにしても、袋を拾えば、相手はさらに何事かを要求してくるだろう。

レカンは人間同士のしがらみがきらいだ。

そして、貴族とか騎士とかいうものが大きらいだ。

このトマジ・ドーガという騎士は、領主の跡継ぎとか言っていた。そんなやつと関わり合いになるのはごめんだった。

「オレはオレの戦いを戦っただけのことだ」

レカンはくるりと向きを変え、下り階段を目指して歩き去った。

六人は呼び止めようとはせず、追ってもこなかった。

そのあとレカンは順調に攻略を進めた。

二十二階層の魔獣は、樹怪族第二階位の蔓蔦樹(イエンテルアン)。

二十三階層の魔獣は、熊鬼族第二階位の喉白(ケジスリ)。

二十四階層の魔獣は、猿鬼族第二階位の牙猿鬼(エギドゥグ)。

二十五階層の魔獣は、虫禍(ちゅうか)族第三階位の斑蜘蛛(ハドリン)。

二十六階層の魔獣は、狼鬼族第一階位の銀狼(サラジェ)。

ここまでは、前回の探索でも到達していた。

階層をくだりながら〈炎槍〉の練習もしているのだが、そうして魔力を消費しているあいだも、驚いたことにシーラの薬は効き続けていて、魔力を補充してくれた。その効き目は、ほとんど半日近く続いたのである。この薬はきわめて有用だ。

体のあちこちに傷を負った。赤ポーションを飲もうとしたが、やはり体が受け付けない。どうもポーションならどの種類でも、短い時間に一定量以上を服用することはできないようだ。

シーラの傷薬を出して、水で溶いて塗りつけた。傷がすぐに消えるわけではないが、痛みが引き、体が喜んでいるのがわかった。

この薬は、魔法純水で薬草を煮込み、〈回復〉をかけながら仕上げた、シーラ特製の魔法薬である。おそらく他の薬師（くすし）の作る傷薬とは比較にならないほど効果が高い。

食事と睡眠を取り、ゆっくり休憩してから二十七階層に下りた。

二十七階層の魔獣は、猪鬼族第三階位の鼻曲の上位種である。この階層になると、感知できる範囲にほかの冒険者はみあたらない。

二十八階層の魔獣は、泥奇（でいき）族第一階位の山津波（グラビエル）である。

二十九階層の魔獣は、蛇凶族第二階位の槌頭蛇（ドルゴズイン）である。

この三階層を攻略するのに、丸一日かかった。傷も浅くないし、ひどく疲れた。特に槌頭蛇は、二度戦ったうちの一度が大型であり、手間取った。せっかくだからもう一度倒してこの階に転移できるようにしておこうかとも思ったが、今回二十六階層の大型魔獣を二度倒して、転移の〈印〉を得ている。ここらの階層は、順路を選べばまったく魔獣と戦わずに移動できるので、むだな戦いはやめておいた。

レカンは〈移動（トリムル）〉の便利さをしみじみ味わっていた。

体の大きな魔獣の死骸から魔石を抜くのは手間のかかる仕事である。

ところが、〈移動〉の魔法は、これを実に簡単にしてくれる。

魔石の位置を確認して剣で切り込みを入れ、〈移動〉で取り出せば、レカン自身は血によごれることもない。

山津波など、部屋を埋め尽くす巨体の持ち主なのだから、死骸から魔石を抜こうと思えば、あのどろどろの気持ち悪い体のなかに、レカン自身が入り込んでゆく必要がある。

ところが今は〈移動〉が使えるので、切り込みさえ入れず簡単に魔石を取り出すことができた。

それにしても、今回は宝箱運が悪い。

宝箱の出現自体があまりないし、出た宝箱はすべてポーションだった。

三十階層への階段の前で休憩することにする。

昨日塗ったシーラの傷薬は、確実に効果を挙げていた。大きな傷も深い部分はすっかり癒えているし、小さな傷は、もはやうっすらとした痕が残っているだけだ。

新しい傷に傷薬を塗った。

ゆっくりと食事し、睡眠を取った。

さらに食事し、ゆっくりと休憩した。

傷も癒えた。魔力も完全に回復した。

貴王熊の外套を脱いで、ばたばたとはたく。すると、こびりついていた返り血や、自分の血が、小さな塊となってばらばら落ちた。

この外套の〈自動修復〉が働くと、なかにしみ込んだ血や、表面にこびりついた血は、完全に毛皮の外に追い出されて凝固する。するとこのように簡単にはたき落とせる。血やよごれをはたき落としたら、まったく傷もよごれもない状態に戻るのである。ただし、経年によるある種の変色はあり、使い込んであるがよく手入れされた風情をかもし出している。

ばさり、と外套を羽織って、レカンは階段に踏み込んだ。

次はいよいよ最下層である。

三十階層に踏み込む直前、レカンは〈ザナの守護石〉を装着しようかと思った。ルビアナフェル姫と宝玉を交換し合って手に入れたこの宝玉は、装着者の攻撃力を格段に引き上げてくれる。

だが、やめた。

守護石の付加なしで戦ってみたかった。手ごわい敵であれば、その時点で装着すればよい。

愛剣を〈収納〉から取り出す。銀色の指輪は何日か前からはめたままだ。

三十階層に足を踏み入れた瞬間、〈生命感知〉の情報が頭のなかに映った。

そこには、何もない。魔獣も、人間も、まったく何も映っていない。

レカンは〈生命感知〉の範囲を移動した。

いた。

強力な魔獣が一体いた。

ほかにはいないのだろうか。

階層の隅々まで探索してみたが、やはりこの一体だけだ。

便覧によると、最下層には、猿鬼族第一階位の魔獣である大剛鬼(ウルガング)がいて、これがこの迷宮の主であるという。この一体しかいない魔獣がそうであるにちがいない。

便覧には、ほかの魔獣についてはついては攻撃方法や弱点などが書いてあるが、この最下層の魔獣についてはそれがない。それればかりか、「倒した際の再出現までの期間は不明」とあるから、誰かがこの階層にたどり着いて大剛鬼を目撃したことはあるのだろうが、勝った者はいないのかもしれない。

(待てよ。これを倒してもかまわんのだろうな)

チェイニーは何と言っていたろうか。迷宮の主を倒すと、迷宮のすべての魔獣が消滅し、主が再出現するまでほかの魔獣も出現しない。そのため、迷宮を管理する領主は、主を殺すことをいやがる、と言っていた。しかしまた、主の討伐は名誉ある行為なので、表向きは禁止できない、とも言っていた。

(倒してかまわんということだな)

ここまで来て引き返すつもりもない。レカンは確かな足取りで階層の中央に進んだ。近づくにつれて、背筋がぞくぞくする。体中が予感しているのだ。この先に、かつてない強大な敵がいると。

レカンの足取りはゆるまない。

一歩一歩、敵に近づいてゆく。

やがて敵が〈立体知覚〉の範囲に入った。〈立体知覚〉に映る敵は、意外に小さな身体をしている。人間か、と思わせるシルエットだ。

部屋の入り口に立ち止まった。この部屋には出入り口が一つしかない。

今や敵の姿は肉眼でみえている。

敵はあおむけに寝転んで、ぐうぐうといびきをかいている。

レカンは、部屋のなかに足を踏み入れた。

敵はまだ寝ている。

筋骨隆々としたおとなの戦士といっても通用する外見だ。しかしよくみれば、やはり人とはちがう。一番のちがいは頭部だ。頭部からは何十本という角が四方八方に向けて伸びている。額の上の二本の角は格別に大きく、ねじ曲がりながら、その凶暴な先端は前に向かって突き出している。

下半身は毛深い。いかにも獣らしい毛深さだ。上半身は、黄金(こがね)色のうぶ毛がびっしりと生えているものの、さほど毛深くはなく、強靱(きょうじん)な筋肉がはっきりとみえる。

鋼鉄をねじり合わせたような上半身だ。いったいどれほどの力があり、どれほどの硬さがあるだろう。

まだ大剛鬼は寝ている。

「起きろ」

レカンが声をかけると、いびきがぴたりとやんだ。

次の瞬間、大剛鬼は立ち上がっていた。

予備動作もなく、むだな動きも停滞もなく、すっと起き上がった。あまりにもしなやかに立ち上がったために、いつ立ったか記憶に残らないほどだ。

対峙(たいじ)してみると、両者の身長は、ほぼひとしい。ただし、頭部から突き出した角を入れて身長がひとしいのであって、それを除けばレカンのほうがわずかに高い。肩幅は大剛鬼のほうが広い。胸の厚みも、比べものにならないほど大剛鬼がまさっている。

顔は人間とは似ても似つかない獣の顔だ。大剛鬼と比べれば、やはりレカンは人間である。

命をかけた戦いの予感に、レカンの全身がふるえた。

大剛鬼が、両の目を細めてみせた。

笑ったのだ。

何の前兆もなく、戦いは始まった。

大剛鬼が繰り出してきた右手の一撃を、あやうくレカンはかわしそこねるところだった。その一撃が、あまりにも素早く、あまりにも自然に繰り出されたからである。右手の指を軽く曲げて、斜め上から軽く爪を振り下ろすような攻撃を、レカンは完全にはかわしそこねた。

鋭い刃物で斬るような痛みが頬に走った。それにかまわずレカンは、両手でにぎった剣で大剛鬼の右腕を払おうとしたが、そのときには大剛鬼は右腕を引いており、代わりに左足を振り上げて攻撃してきた。

レカンはさらに大きく下がるしかない。左頬から流れ出た血が宙に三筋の糸を引く。

大剛鬼は、左腕のこぶしを胸元に打ち込んできた。レカンは剣の柄(つか)でそのこぶしを打ち落として大剛鬼の首筋に斬りつけようとしたが、大剛鬼のこぶしを完全に殺すことはできず、こぶしはそのままレカンの右脇腹をかすった。レカンは左に跳んで逃げた。

爪がかすっただけの左頬が鋭く切り裂かれている。大剛鬼の爪は、尋常な硬度ではない。右のあばら骨が何本か折れた。だがこの程度なら動きはさほど妨げられないだろう。

考えるまもなく大剛鬼の右足がすさまじい音を立てて振り回され、レカンの左胸に迫る。その攻撃をなかば予測していたレカンは、大剛鬼の右足のすねに愛剣をたたきつけた。

硬いものを打ち合わせたような音がして火花が散った。

何とか大剛鬼の足を打ち返すことはできたが、レカンの両手はしびれを感じていた。

大剛鬼の左足が攻撃の予兆をみせた。だがそれはみせかけだけのことで、右手の指を開き上から振り下ろすようにたたきつけてきた。レカンは愛剣を左下から右上に振り上げて防御した。

大剛鬼は左手の指を開いて真横からなぎ払ってきた。レカンは再び左に飛びすさったが、外套の裾がはためいて、大剛鬼の爪を受けた。

着地点からさらに左に飛びながら、レカンは右目をみひらいた。

物理攻撃にも魔法攻撃にも驚異的な防御力をほこる外套の裾が、斬り裂かれている。

この大剛鬼の爪には、何か秘密がある。そういえば、手で攻撃するとき、こぶしを握りしめての攻撃は一度だけで、あとは指を立てて攻撃してきた。つまり爪で攻撃してきた。爪の攻撃こそが、この大剛鬼の得意技なのだ。

いずれにしても、この外套を斬り裂いてしまうような攻撃をまともに受けたら甚大な痛手を負う。受けた場所によっては死ぬ。

それから何合かレカンと大剛鬼は打ち合った。襲いかかる大剛鬼の腕に、レカンは愛剣を打ち込んで応じた。大剛鬼の腕に幾筋もの傷がつき、血が流れている。だが大剛鬼は痛みを感じている様子もないし、動きがおとろえる気配もない。

大剛鬼の左腕をレカンがかわした。そのときはためいた外套のすそを、大剛鬼は左手でつかみ、レカンに右手で攻撃しようとしたが、レカンは体を沈めながら右足で大剛鬼の左足を蹴り飛ばして相手の体勢をくずした。

だが大剛鬼は素早く体勢を立て直し、右手のこぶしを突き出した。そのこぶしはレカンの腹を直撃した。レカンは後ろに飛びすさって衝撃を殺したが、少なくない損傷を受けた。

大きく吹き飛ばされたレカンを、大剛鬼が追う。レカンの後ろは壁である。〈立体知覚〉で正確に壁の位置を把握していたレカンは、左足を軸足にして右足で後ろの壁を蹴り、反動で前に飛び出した。剣を突きの形に構え、全身の体重を乗せて。

大剛鬼は腕を交差させて剣を受けた。剣は深々と大剛鬼の左腕を貫通し、右腕に刺さった。

大剛鬼は、後ろに倒れ込んで、突進してきた勢いのまま、足から滑り込んだ。しぜん、レカンは大剛鬼の体の上に持ち上げられる。

大剛鬼の右足がレカンの腹を深く蹴り飛ばす。レカンは上空に跳ね上げられ、剣は大剛鬼の腕からするりと抜けた。

空中で体をひねってレカンは両足で着地し、そのままためを作って突進しようとしたが、一足早く壁を蹴って大剛鬼が頭からレカンに迫っていた。

レカンは愛剣を振り下ろす。

愛剣は大剛鬼の首筋を左後ろからとらえたが、これは首を斬り落とす攻撃ではない。たたきつけた剣の勢いを利用してレカンは中空に飛び上がり、大剛鬼は突進した勢いのまま反対側の壁際まで突き進んだ。

レカンと大剛鬼は、十五歩ほど離れて対峙した。そしてそれぞれ呼吸を整えている。わずかな時間休憩をしたら、再び両者は互いに必殺の攻撃をぶつけ合うだろう。どちらが強いか、その結論を出すために。

レカンは後悔していた。〈ザナの守護石〉を装備しておくべきだった。今からではどうしようもない。片手を〈収納〉に突っ込んで守護石を取り出し、首にかけるのを、この強敵が待ってくれるわけはない。一瞬の隙をみせただけで、こちらの首が刈り取られる。十五歩の距離など、あってないようなものだ。

外套の左の裾に穴が空いていない。先ほど大剛鬼はここをつかんで強く引いた。なのに爪による穴がない。つまりあの爪は、いつもいつもあの驚異的な威力を持つのではないのだ。ここぞというとき、たぶん大剛鬼自身の意志を受けて、あの威力は発揮されるのだ。要するに、あれは一種の技能による威力なのだ。

(待てよ。オレも技能を持っているじゃないか。きわめて有用な技能を)

レカンは両手で剣を構え、油断なく敵を睨みつけながら、はっきりとした言葉で呪文を唱えた。

「〈移動〉」

〈収納〉から〈ザナの守護石〉が引き出され、黒いシャツのポケットに入った。

大剛鬼は少し目を細めてレカンをみつめている。レカンはごく微弱な魔力で魔法を使っているが、それがどんな魔法なのか、大剛鬼にはわからないはずである。大剛鬼は、レカンをみつめながら、気力を練っている。強い攻撃を準備しているのだ。それはこの魔獣の全身全霊をかけた、最強の攻撃だろう。

「〈移動〉」

もう一度呪文を唱えた。ポケットのふたを閉めたのである。

何かが変わったという感触は少しもない。だが、この瞬間から、〈守護石〉の持つ絶大な効果が、レカンの攻撃に付与される。

大剛鬼が突進してきた。

レカンも突進した。

大剛鬼は両手を高く振り上げた。すべての指は、鉤爪（かぎづめ）のように曲がっている。今あの十本の指は、鋼鉄をもたやすく斬り裂く威力を持っているだろう。

レカンは右にも左にも逃げず、突進してくる大剛鬼の頭上へ渾身（こんしん）の力を込めて愛剣を振り下ろした。

一瞬のあいだに、いくつかのことが起きた。

レカンの愛剣は、大剛鬼の頭の角を斬り裂き、顔にめり込み、口に達する位置まで食い込んだ。

そして、真っ二つに折れた。

大剛鬼が振り下ろしてきた両手の爪は、いかなる執念によるものか、そのままレカンの首筋を、両側から襲った。

死にながらも突進してくる大剛鬼の体に押されてあおむけに倒れ込みながら、レカンは、首筋に敵の爪が食い込むのを感じ、自分が死ぬことを知った。

そしてレカンは地に倒れた。


体の上にのしかかってくるはずの大剛鬼の死体は、どこかに消えた。

そもそも自分は喉を斬り裂かれて死んだはずなのに、なぜ生きているのか。

喉元に手をやれば、かすかに傷がついて血が出ている。やはり自分は死ぬところだったのだ。

起き上がったレカンは、右の目で足元の小箱をみた。

宝箱である。

何が起きたのかレカンは理解した。

大剛鬼は死んだ。死にながらも執念でレカンを殺そうとした。だが死と同時に大剛鬼は宝箱に変じた。そのため、レカンの首に突き込んだ爪は消滅してしまったのだ。

ほんのわずかでも大剛鬼が死ぬのが遅ければ、レカンも一緒に死んでいた。

死んで宝箱になるのでなく、普通に死んでいたら、レカンも一緒に死んでいた。

本当に紙一重で命を拾ったのである。

レカンの右手は、剣をにぎっていた。半ばで折れた愛剣を。

折れた上半分は地に落ちていた。

いい剣だった。使いやすい剣だった。

この剣は、〈ザナの守護石〉の付与を受けたレカンの全力の攻撃に耐えられなかったのだ。

さすがに〈自動修復〉でも、折れ飛んだ剣は修復できない。つまりもうこの剣は、使い物にならない。

レカンは半ばで折れた剣と、折れた先を、〈収納〉に収めた。

それから、宝箱を開けた。

金色に輝くポーションが入っていた。

金のポーション。それは、技能付与のポーションである。

レカンはポーションを〈収納〉に収めて立ち上がり、礼をした。大剛鬼に敬意を表したのだ。

大赤ポーションを取り出して飲んだ。充分な時間を置いたからか、すんなり体が受け付けた。

頬の傷も喉の傷も、なかったかのように消えてゆく。

やはり赤ポーションは有用だ。ただし使い方を考えねばならない。

レカンは階段まで戻ってから呪文を唱えた。

「〈階層〉」

階層図が頭に浮かんだので、地上階層を選択した。

「〈転移〉」

その瞬間、レカンの体は地上階層に移動していた。

入り口に向かうと、地上は夜だった。町の明かりもほとんどないところをみると、真夜中だ。みはりの兵士もいない。あまり人と会いたい気分ではなかったので、ちょうどよかった。こんな時間にも迷宮品を買い取ろうとする者たちはいたが、声をかける隙も与えず、レカンは急ぎ足で立ち去った。

もうすぐ冒険者たちが迷宮の外に出てきて、魔獣がいなくなったと騒ぐはずだ。そうすると、迷宮の主を誰かが倒したことがわかってしまう。わかってしまったからといって、どうということもないが、またあの領主の次男なり誰かなりが、うるさくかまいつけてくるかもしれない。そうなる前にこの町を去るつもりだった。

「レカン！」

迷宮警備隊長のダグだ。どうしてこんな時間に外を歩いているのだろう。

近寄ってわかった。酒臭い。飲んでいたのだ。制服のままで飲んだくれていてよいのだろうか。

「レカン。ありがとうな。トマジ様を助けてくれたそうだな」

「トマジ？　ああ、領主の長男か。いや、べつに助けてはいない」

「あんたのおかげで下層に〈印〉が作れたというじゃないか」

「いや、オレは皺男を二度倒して〈印〉を作ったが、トマジは二回目のとき近くにいただけだ」

「それで〈印〉はできるんだよ。知らないのか？　誰かが二度目に大型魔獣を倒したとき、ある程度近くにいる者は、みんな〈印〉をもらえるんだ」

　そうだったのか、とレカンは思った。

　それでふに落ちたこともある。いくつかの階層で、大型魔獣の近くに、やたら冒険者が集まっていることがあったのだ。

「トマジはどうして下層に行きたいんだ？」

「最近下層の迷宮品が出てこない。だからみずから下層に潜って迷宮品を手に入れる、という意気込みだよ。あの人や側近たちの腕じゃ、絶対無理だけどな」

「そうか、じゃあ、オレは行く」

「レカン」

「何だ」

「迷宮の主を、倒したのか？」

　一瞬迷ったが、真実を言うことにした。

「ああ」

「教えてくれ。何が出た」

教える義務などない。だがレカンは、最下層での収穫を取り出して、左手の上に乗せてみせた。

「ポーション……か?」

「〈灯光〉」

暗くてよくみえないようなので、右手の指で明かりをつけてやった。

「金……色のポーション……か。はじめてみたよ。だがよかった。わしが確かに確認した。これが〈神薬〉だったり、いい恩寵のついた武器だったりしたら、いろいろと厄介だったが、金色のポーションだったとわかれば、騒ぎも少ないだろう」

「〈神薬〉だったとしたら、どうなる」

「領主が王への献上品にするため、何がなんでも手に入れようとするだろう」

「いい恩寵のついた武器だったら、どうなる」

「やはり領主が買いたがるだろう。次男は高額の〈恩寵品税〉を取り立てようとするだろう」

「ふむ。金色ポーションは、需要がないのか」

「いやいや、あるとも!　技能が覚えられるんだからな。どこの貴族家でも欲しがるし、将軍たちも騎士も欲しがる。だけど一番金を出すのは冒険者だろうな。競売に出た場合、競り落とすのは九分九厘冒険者だろうよ」

それは納得できる話だ。つまり金色ポーションなら、どうせ冒険者が競り落とすだろうからという理由で関心が低いということだ。

「じゃあ、行くぞ」

「レカン、また来てくれ」

「ああ」

もう来ないつもりだったが、そう答えてレカンは走り去った。

間話 メアード大陸の隠れ家

Wolf does not sleep Volume One　Intermission

「じゃあ、ジェリコ。行ってくるからね。誰も地下室に来ないようにしとくれ」

「うおっ」

「たとえレカンが来ても入れちゃだめだよ。わかってるね」

「うほっ、うほっ。ほっはっほっ、ふう」

「いや、そこまでしなくてもいいけどね。とにかく頼んだよ」

「うおっ」

ジェリコに留守のあいだのことを頼むと、シーラは地下室に下りた。そして準備がきちんと整っていることを確認してから、呪文を唱えた。

「〈交換（コズノート）〉」

たちまちシーラの体はメアード大陸にある屋敷に移動していた。

待機していた五号（ザルノス）が、ひざまずいてあるじに敬意を表す。

このような大げさな容儀はシーラのきらうところであるが、基本設定はヤックルベンドの手によってなされた。シーラには手のつけようがない。

ヤックルベンドは友人であり、仇敵である。憎しみを向け合う相手であり、助け合い、支え合う相手である。友愛と憎悪のどちらが本来の感情であったのか、もはや思い出すこともできない。はっきりしているのは、シーラにとってヤックルベンドのような存在はほかになく、ヤックルベンドにとってシーラのような存在はほかにないということである。

この大陸に置いた研究施設を維持するには、ヤックルベンドの作った人形たちが不可欠だ。そしてヤックルベンドにとって、好奇心と探究心という病気を癒やしてくれる者はシーラ以外にほとんどなく、魔道具の基礎となる魔法知識を彼女が要求する水準で提供できる者はシーラしかいない。

メアード大陸は、この星にある八つの大陸のうち、最も小さく、そして無人の大陸だ。心置きなく研究ができる。

現在のヴリエント大陸には、世界にほかの大陸があるという知識を保持している国はないように思われる。少なくともザカ王国ではそういう知見はみかけない。ヤックルベンドは知っているだろうか。たぶん知らないだろう。

転移部屋を出たシーラは、祭壇の間に向かう。そのあとを静かにザルノスがついてくる。

祭壇の間に着いたシーラは、こうべを垂れ、しずしずと奥に向かう。

そしてマハザール王の彫像の前にひざまずき、祈りを捧げた。

長い時間ののち起き上がったシーラは、部屋を出て歩きながら後ろのザルノスに言った。

「新しい実験を始めるよ。一号(イノス)を呼んどくれ。思惟(しい)の間に来るように言うんだ」

ザルノスがうなずいた。

魔法の通信が今飛んでいる。ザルノスがイノスに連絡を取っているのだ。

人形たちのこの通信能力が、これほど離れた場所にシーラが研究施設を作った理由の一つでもある。同じ大陸にこんな施設を作ろうものなら、たちまちヤックルベンドは人形たちから情報を取得し、シーラは丸裸にされてしまう。短い期間ならともかく、何百年にもわたって遮断し続けるのは無理だ。

かといって人形たちは便利すぎて、もはや手放せない。

だから魔法通信の限界距離より遙(はる)かに遠いこのメアード大陸に、シーラは隠れ家をこしらえたのだ。

(やっぱり名前を付けるべきかねえ)

それは何度も頭に浮かんだことではある。彼らがよく尽くしてくれることを思えば、番号で呼ぶのはやめて、名前ぐらいは付けてしかるべきだ。

しかしそれはあまりにも彼らを人間扱いしすぎるふるまいであるように思われてならない。人形は人形であって、生き物ではない。人形に名前を付けて悪いわけではないが、そうすると彼らを人間のように扱ってしまいそうで怖い。

では彼ら人形とジェリコはどれほどちがうだろう。

もちろんジェリコは生き物である。普通の生き物とはちがうが、生き物である。

けれども、ジェリコと人形たちとどちらが人間に近いかといえば、外見からいっても言語理解力や思考、動作や能力からいっても、人形のほうが人間に近い。体を切り開いてみれば、人形は機械の塊にすぎないけれど、それが本質的なちがいといえるかどうか。

いや、そこが問題なのではない。

シーラは、ジェリコを大切に思っているけれども、それはジェリコが賢いからでも強いからでもない。少女が小鳥を愛するように、シーラはジェリコを大事に思っている。人間に近い存在だからではなく、ジェリコはジェリコであることによって、かけがえのない存在なのだ。そしてジェリコの場合、どうしても名前を付けなければならない事情があった。

一方この屋敷に住んでシーラのために働く人形たちも、ある意味でかけがえのない存在だ。生き物ではないかもしれないが、思考と記憶と情緒をそなえた存在だ。心を持った存在だと言い換えてもよい。彼らの働きに報いるためにも、名前ぐらいは付けてやってよいのではないか。

(もしかするとこんな思考に陥ってしまうこと自体)

(ヤックルベンドのやつの罠なのかもしれないねえ)

思惟の間の前でイノスが待っていた。

ひざまずくイノスの前を通ってシーラは部屋に入り、机の向こう側の椅子に座る。

イノスが入室して机の前に立った。

「イノス。新しいことを始めるよ。ずっと前に、実現できないもんかとあれこれ研究してみたやつさ。これが何かわかるかい？」

シーラが取り出したものをみて、イノスは形のよい眉毛を少しゆがめ、左右に首を振った。

（どうして人形にこんな上品そうな所作をさせる必要があるのかねえ）

「地竜トロンの魔石さ。そうさ、あれをやるんだよ」

イノスがうなずいた。

この計画は、かつて思いついて検討はしてみたものの不可能だと判断せざるを得なかった計画である。もし可能になるとしたら、それは地竜トロンの魔石が手に入ったときだ。探してもみたが、トロンがどこにいるかはわからなかった。

シーラのあまたの思いつきのなかで、必ずしも優先度の高い案件ではなかったし、実現のめどが立たないまま、いつのまにかこの事業のことは忘れていた。

だが、やはりトロンはザカ王国にいたのだ。

ザイドモール領の北端ということは、大森林のなかだ。ということは、もう少し広い範囲で探索していればみつけることができていたのだ。

それにしても、レカンのような人間がこの世界に現れ、単独で地竜トロンを倒し、しかもその魔石をわざわざシーラのところに持ってきて贈呈してくれるとは。

竜を倒した者がその魔石を手放すわけがないし、売るとしたら相手は王しか考えられない。だから自分でトロンをみつけて自分で倒す以外に、トロンの魔石を手に入れる方法はないものと思い込んでいたのだが。

この世はなんと意外性に満ちた場所なのだろうか。

何よりありがたいのは、誰もトロンが倒されたことを知らないことだ。それが人々に知られてしまっていたら、トロンの魔石を求める者たちによって、シーラの身辺も騒がしいことになりかねない。その心配をしなくてよいのだから、レカンには大いに感謝しなくてはならない。

もう魔法の分野でも調薬の分野でも弟子は取らないつもりだったが、レカンに会って気が変わった。レカンには戦いに必要な魔法をきちんと教えてみたい。それと、みこみがあるような最高峰の調薬を。あんな面白い素材はちょっといない。

弟子の成長ぶりを楽しみにできるというのは、いったい何十年ぶりだろう。

さて、イノスと実験の段取りを話し合わねばならない。

（あたしの最後の弟子になるかもしれないねえ）

まずはトロンの魔石を竜核に変成させる条件をみつける。

そのための予備的な実験がいくつか必要だ。

時間はかかるかもしれないが、この計画はきっと成功する。

シーラはそう確信していた。

ePILOGUE エピローグ

「シーラ。〈炎槍（バンドルー）〉は手のひらから撃ち出すことにした」

「ありゃ、もうみつけちまったのかい。しかたがないねえ」

「指先から撃つと威力があまり上がらない。飛ぶ方向も制限される。こぶしから撃つと威力は上がるが方向が定まりにくく、発動に時間もかかる。手刀から撃つ方法も実験してみたが、貫通力の高いのはやはり手のひらからの発動だ。自由度も高い。そして魔力の流れが自然だ」

「お見事。たった一回迷宮に行っただけで、そこまできちんと分析できたのは、たいしたもんだ」

レカンはにやりと笑った。シーラから褒められるのは、悪い気分ではない。

「でも、もう少し指先で魔法を使う訓練を積んでほしかったんだけどねえ」

「指先の大切さもよくわかった。これからは、〈灯光（パーム）〉の魔法を徹底的に磨く」

「あれまあ。そこに気づいたのかい。まいったねえ。いつのまに、こんなに出来のいい弟子になったんだろうねえ」

そこで目が覚めた。

夢だったのだ。

どうしてシーラと会話する夢などみたのだろうか。

今レカンはゴルブルとヴォーカの中間にいる。

ゴルブルの町を出てから、体がひどく疲れており、空腹だということに気づいた。そしてこのまま走ってヴォーカに着いても、時間が早すぎて門が開いていない。

だが、今さらゴルブルへは戻れない。

だから野営することにしたのである。

奇妙な夢だと思ったが、夢でレカンが言ったことは本当だ。これからは時間をみつけて〈灯光〉を磨き上げ、魔法感覚を研ぎ澄ませていくつもりだ。

昼少し前、ヴォーカの町の西門に着いた。

シーラを訪問するのにちょうどいい時刻だ。

もしかすると、夢にみたのと同じ会話を本当にすることになるかもしれない。

ところが、常時発動している〈生命感知〉にシーラがみあたらない。

おかしいなと思いながら、〈生命感知〉の範囲を移動して探したが、みつからない。

シーラがいない。

門を通ったレカンは、屋根伝いにシーラの家に向かった。

　高い塀の上に立って、シーラの家をみおろすと、庭で三人の騎士と二人の兵士が、便所をのぞき込んだり、毒草畑を指さして何かを言い合ったりしている。〈立体知覚〉によれば、家のなかにも四人がいる。ジェリコもいる。だがやはり、シーラはいない。

　玄関の扉が壊されているのに気づき、レカンは腹が立った。

　ぶわり、と飛んで、庭で指揮をとっている様子の、ひときわ豪華な鎧（よろい）をまとう騎士の前に下り立つ。

「お前たち、誰の許しを得てここに入った」

　身なりのいい騎士は、近くでみると非常に若い。その後ろにいる二人の騎士も若い。

　最初、突然現れたレカンにひどく驚いたが、われに返ると大声を上げた。

「貴様！　何者だ！　どこから現れた！　貴様がシーラ殿をかどわかしたのか！　者ども、こやつを捕縛するのだ！」

外伝

WOLF DOES NOT SLEEP　SIDE STORY
Volume One

旅立ち

「エダちゃん、行くの？」

「ああ、あたいは行くぜ」

「その取ってつけたようなしゃべり方、すごく不自然」

「しかたねえだろ。冒険者はなめられたら終わりだからな」

「やっぱり行くのやめたほうがいいと思う。この村にいれば死ぬことはないもん」

「村長の息子の慰み者になれってか」

「食べ物もらえるよ。きれいな布地だって時々もらえる」

「もう遅いさ」

「何が遅いの」

「昨日の夜、あたいを襲おうとしやがったから、股ぐら蹴り飛ばしてやった」

「エダちゃん！」

「あたいは冒険者になるんだ。冒険者には自由がある」

「自由って何？　よくわからない。寒さに震えながら森で一人で眠ること？　野獣や魔獣におびえながら」

「そうだな。それも自由の一つだ」

「怖いよ？　つらいよ？　死んじゃうよ？」

「悪いほうばっかり考えるなよ。成功して英雄になって、大金持ちになれるかもしれねえぜ」

「エダちゃんはまだ十四歳なんだよ？」

「だけどあたいには父ちゃんも母ちゃんもいない。独り立ちしなきゃならないんだ。一歳ぐらい、フィーフィー神も大目にみてくださるさ」

「その弓と矢、どうしたの？」

「家財道具一切売り払って買った。まあ二束三文だったけどな」

「その革鎧、どうしたの？」

「父ちゃんの古い革鎧を、何とか作り直したんだ」

「村長のとこに謝りに行こう？　あたしも一緒に行くよ？」

「あの村長に頭を下げろってか。もう二度とごめんだ。父ちゃんがどんな目に遭わされたか、知ってんだろ？」

「それは……」

「父ちゃんは、たまたま立ち寄ったこの村を魔獣の襲撃から守るため、必死で戦った。傷ついて寝込んじまった父さんに、村長は薬をよこしたけど、あとになって目の玉が飛び出るような請求書を突きつけたんだぜ」

「ひどいよね」

「いや。ひどくはねえな。薬を使ったのは確かだし、その薬のおかげで父ちゃんは死なずにすんだ。少々値段が高かったとしても、まあ、しかたねえさ」

「エダちゃんのお父さん、腕利きの冒険者だったんだよね」

「そうさ！　最高の冒険者だったさ。だけど村長が母ちゃんとあたいを村で預かるっていうもんだから、遠出ができなかった」

「どうして？」

「村長の弟のガメスが、母ちゃんを狙ってた」

「……」

「遠出できないもんだから、あんまり稼げなかった。それでも何年もかかって借金は返した。父ちゃんは母ちゃんとあたいを連れて旅に戻れるはずだった」

「そうだったんだ」

「ああ、耳をそろえてな。それを村長のところに持っていって、借用書を返せと言ったんだ。すると村長は借用書がみあたらないからと言って、受領書を書いた。ところが翌日になって村長がやってきて言った。早く借金を返せとな」

「え？　それ、どういうこと？」

「父ちゃんは村長が書いた受領書をみせた。だが村長は、その書類は無効だと言ったんだ。その書類には村長の名前が一回しか書いてないけど、正式の書類は、記名と署名といって、二回名前を書かないといけないってんだ」

「そんな」

「父ちゃんはハンソンさんのところに行って確かめた。ハンソンさんは村長の言う通りだと言った」

「うそ。どうにかならないの？」

「父ちゃんは村を出るつもりだった。書類がどうであろうと、ちゃんと金は返してるんだからな」

「うん」

「ところがあたいが熱を出しちまった」

「え」

「それで出発を延ばした。そうしてるうちに、父ちゃんの気が変わった」

「どう変わったの？」

「借金をもう一回返そうという気になった」

「そんなこと、する必要ないはずでしょ」

「借金を返しながら村の用心棒をしてるあいだは、小屋にも住めるし、村の人たちからいろんな食べ物ももらえる。時々は着るものなんかもな」

「うん。みんなエダちゃんのお父さんにはお世話になったって。野獣や魔獣が出たとき倒してくれるし、うちの家が倒れたときだって、すぐ手伝いに来てくれたって。ものすごく力持ちだったんだってね」

「へへ」

「でも、どうして一度返した借金をもう一度返してまで、この村に残ったの？」

「これは父ちゃんが死んでから母ちゃんに聞いたんだけど、やっぱりこの村は父ちゃんを必要としてるって、父ちゃんは思ったんだ」

「うん」

「村長も、根っからの悪人てわけじゃない。何とか父ちゃんを引き止めようとして恥知らずなまねをしたけど、そのあとは、しょっちゅういろんな食い物とか持ってきてくれた」

「え？　そうなの？」

「ああ、そのころはそうだったらしいぜ。それによくわかんないんだけどよ」

「うん？」

「どうも父ちゃんを狙ってる悪いやつらがいたみたいなんだ」

「悪い人たち？」

「父ちゃんと母ちゃんは、もっと大きな町に住んでたらしい。ところが付け狙われちまったんで、こんな田舎(いなか)のほうにやってきたらしいぜ」

「田舎田舎っていつも言うけど、それほど田舎じゃないよ」

「ナミちゃんはこの村しか知らねえだろ」

「エダちゃんだって一緒じゃない」

「あたいはいろいろと話を聞いて知ってるからな」

「ふうん。へぇえ」

「なんだよ。その疑わしそうな目は」

「なんで付け狙われたの？」

「へっ？」

「エダちゃんのお父さんは、どうして付け狙われたの？」

「それはよくわかんねえけど、父ちゃんの秘密の力を欲しがったやつらに付け狙われたんじゃねえかな」

「やっぱりその口調、似合ってない」

「ほっといてくれ」

「秘密の力って、何？」

「あたいが知ってたら秘密の力じゃねえだろ」

「知らないのね」

「知らねえよ」

「じゃあ、秘密の力なんてなかったのよ」

「いや。父ちゃんは、何か秘密の力を持ってたって、あたいはにらんでるんだ」

「父ちゃんはおかしいよ」

「へっ？」

「その口調だと、父ちゃんとか母ちゃんはおかしい。絶対変。おやじとかおふくろでないと」

「お、おや……じ？」

「うん」

「む、無理だ。あたいにゃあ、無理だ」

「どうして無理なの？」

「父ちゃんは父ちゃんだもん」

「だもんじゃないよ、だもんじゃ」

「とにかく父ちゃんは、この村の暮らしがけっこう気に入ってたんだ。ここはいいところだって言ってた」

「うん。この村はいい村だと思う」

「だけど父ちゃんが死んでから、いろいろ変になっちまった」

「三匹の黄猿鬼(バウドゥグ)が村を襲ったときだったね」

「ああ。魔獣は父ちゃんが倒したけど、ハンソンさんの息子をかばって父ちゃんは大怪我(けが)をして、それがもとで死んじまった」

「……」

「母ちゃんは寝込んじまった。ハンソンさんが食べるものを持ってきてくれたから、あたいたちは何とか生きてゆけたけど、それをあのガメスの馬鹿が」

「村長はガメスさんが森で野獣に襲われたって言ってるけど、ほんとはちがうって、おとなたちは言ってる」

「夜に忍び込んできやがったのさ。母ちゃんを襲いに。だけど母ちゃんは魔法で撃退した。それからってもの、ガメスの馬鹿は右足を引きずるようになっちまった。村長の言いぐさがいいや。魔法が使えることをなぜ黙っておったんじゃ、だとよ」

「魔法を使えたんだね、エダちゃんのお母さん」

「その母ちゃんも死んじまった。もうあたいを引き止めるものはない」

「エダちゃん」

「うん？」

「この村がきらいなの？」

「そうじゃねえ。逆だ。きらいになりたくないから出てゆくんだ」

「きらいになりたくない、から？」

「何だかんだあったけど、あたいは村長をきらいじゃない。ハンソンさんにはお世話になった。この村にはナミちゃんもいる」

「だったら」

「だけどさ」

「え？」

「このままここにいたら、村長をきらわずにはすまないことになると思う。村長は何もしてこねえかもしれねえが、あのぼんくら息子とガメスが、あたいをほっといちゃくれねえ。このまま いたら、よくないことになる。今なら、この村を好きなまま出てゆける」

「エダちゃん……」

「村長のぼんくら息子から、馬鹿だのみそっかすだの言われても、母ちゃんが生きてたときはがまんできたけど、これからはそうはいかねえ。それによ。この村の人間の数と、世界中の人間の数を比べてみなよ。世界中には、たあっくさんの人がいる。あたいと気の合う人、あたいを幸せにしてくれる人、あたいが幸せにしてあげられる人がいっぱいいるはずさ」

「この村にもいるかもしれないよ」

「この村の外で探したほうが、たくさんみつかるさ」

「ふふ一

「おかしいか？」

「エダちゃんは、いつも楽しそうで、明るくて、それにいろんなものを信じてる。何ていうのかな、楽天主義？」

「むずかしいこと言われてもわかんねえよ」

「それにエダちゃんは、いい人と悪い人をみぬく勘がすごいもんね」

「そうかな、へへ」

「その笑い、似合ってないよ」

「あたいはみつけるんだ。命を預けられる仲間を。そして冒険して、人助けをして、そのうち結婚とかして」

「結婚式には呼んでね」

「おお。って、村を出られるか？」

「それはそのときになってみないとわからないよ」

「そうだな。わかりもしねえ明日のことでくよくよしてたら、今日がもったいねえよな」

「エダちゃん。これ持ってって」

「これ、ナミちゃんのお気に入りのマフラーじゃんか」

「森は寒いから、持っていって」

「うん。ありがと」

「人の言うこと、よく聞くんだよ。エダちゃん、いつも一生懸命だけど、いつも空回りしてるから」

「まかせとけ」

「思い込みで人を決めつけちゃだめだよ」

「わかってるって」

「きっといつか、エダちゃんのいいとこに気づいてくれる人、いるから」

「おう」

「……エダちゃん」

「うん?」

「………さみしいよ」

エダとナミは抱き合って泣いた。

それからエダは立ち上がって小屋を出て、小さな畑のそばにある父と母の墓標の前にひざまずいて祈りを捧げた。ナミも一緒に祈ってくれた。

母の墓標の字はエダが書いたものだ。父と母は学があり、エダは早くから文字を教えてもらっていた。

父の墓標の字は母が書いたものだ。エダには何と書いてあるのか読めない。それは父と母のふるさとの文字であるらしい。

やがて立ち上がったエダは、懐かしい村をみわたし、それから振り返って森をみた。

高くそびえる木々の葉に、日の光が当たってきらきらと輝いている。若葉はまるで緑の宝玉だ。朝の日を浴びて、そこここの草木が、それぞれ異なる色と形を浮かび上がらせ、あふれかえる生命の営みの、その片鱗(へんりん)をのぞかせている。

最後にもう一度ナミに別れの言葉を告げて、エダは旅立っていった。

まだみぬ明日に。

あとがき

数年前まで田舎に住んでいました。庭付きの宿舎だったので、造成地の硬い土を耕し、腐葉土やら肥料を混ぜ込んで長方形の花壇を二つ作り、ヨーカン型のレンガでふちを囲いました。最初の年はコスモスのタネをまきました。三月にまくと、夏過ぎにまくのと比べ成長期間が長いため、ぐっと大きく育ちたくさんの花をつけます。

ジョウロで一日に二回水をあげました。土のしめりけを絶やしてはいけないのです。しばらくすると芽が出ました。なんとみずみずしい色でしょう。たくさんの芽が花壇いっぱいに顔を出しています。

なかなか成長しないなあ、と思っていたら、ある日小雨が一日降り続け、芽はぐぐっと伸びました。それからというもの、嫌いだった雨が待ち遠しくなりました。

コスモスはすくすく生長しました。夢のコスモス畑まで、もう少しです。

ところが、九月に入ったある夜、強い風が吹き、翌朝起きてみると、コスモスは、すべてなぎ倒されていたのです。成長しすぎたため、風に弱かったのです。

竹を切って、花壇の周りに垣根をこしらえ、コスモスたちを支えました。

次の夜、また風が吹きました。コスモスたちは垣根ごとなぎ倒されていました。

その宿舎というのはごく小さな山のなかにあったのですが、風が吹き込んできて渦を巻くような構造になっていたようです。

四隅に金属の杭を打ち込んで垣根を補強しました。さらに縦と横に何本も紐を張ってコスモスたちを支えました。

次の夜、また強い風が吹きました。コスモスたちは倒れませんでしたが、支えにした紐の部分で、くしゃっと折れていました。

大自然に刃向かうには知恵も力も足りないと悟った私は、垣根をはずし、成り行きにまかせることにしました。

その日からコスモスたちは、風にもてあそばれ、倒され続けました。

しかし風にたおされながらも、日がたつにつれ、茎の根元に近い部分や先端の部分を持ち上げ、地に這ってうねうねと成長しつつ、大空に向かって茎を伸ばし、花を咲かせていきました。

やがてコスモスたちは花壇を大きくはみ出し、予定した広さの二倍近い面積に広がって、構想とはちがうけれど、立派なコスモス畑となったのでした。

ある年には、ケイトウのタネをまきました。鶏のトサカのような形をしたケイトウではなく、ロウソクの炎のような形に育つケイトウです。

やがて芽が出てきたのですが、まくときに風で飛んだのか、花壇とは離れた庭のまんなかにも若芽が出ました。

すぐ枯れるだろうと思っていたのですが、そのケイトウは、成長の速度は遅いものの枯れもせず、ゆっくりと育ち続けました。

やがて花壇のケイトウたちは、赤や黄色やオレンジの鮮やかな花を咲かせていきました。少し遅れて花壇の外のケイトウも花を咲かせました。黄色の大きな花房です。野良犬の毛並みのように、ところどころはげたような部分がありますが、茎もずいぶん太く育って、たくましさを感じさせました。

時は過ぎ、花壇のケイトウたちの色はあせてゆき、霜が降ると枯れていきました。なのに、はぐれ咲きのケイトウは枯れる気配がありません。

やがて、一月となり二月となっても、まだ咲き続けています。なかなかそのケイトウを抜く気になれませんでしたが、三月になって新しいタネをまくころ、「今日までよくがんばったな」と声をかけ、抜こうとしました。

抜けません。

かすかすに枯れているだろうと思った茎は棍棒のように固く、その根はしっかりと大地をつかんで、放そうとしません。なおも力を加えていきました。やがて、バキッ、というすさまじい音がしました。ついにケイトウが折れたかと思えばそうではなく、土が引き裂かれた音でした。さらに力を加えてゆくと、バリバリッ、ミシミシッ、という音をさせて、ケイトウは、やっと地面から離れました。反動で尻餅をついた私は、抜けたケイトウをみて、あぜんとしたのです。

ケイトウというのは、まっすぐ下に向かって根を下ろします。ところが、このはぐれ咲きのケイトウは、四方八方に信じられないほど大量の根を張っていたのです。網の目のように細やかで、針金のように強い根でした。

花壇に芽吹いたケイトウたちは、育ちやすい柔らかな土壌と、あふれんばかりの栄養を与えられ、苦労知らずに美しい花を咲かせていきました。しかし、はぐれ咲きのケイトウは固く栄養のない土地に芽吹き、必死に根を張って生き延びていったのです。そして立派に花を咲かせ、最後は化石のようになりながら、立ったまま命を終えていたのです。

生命の力の強さというものを目のあたりにして感動を覚えた私は、日が暮れるまで庭に座り込んで、飽きることなくその根をみつめました。

二〇一八年十二月　支援ＢＩＳ

狼は眠らない
あとがきイラスト

常に冷静沈着なレカンに
シビれます。
これからの物語が楽しみです…！

TAGA91.

狼は眠らない 01

2019年1月18日　初版発行

著　支援BIS

画　田ヶ喜一

発行者　青柳昌行

編集　ホビー書籍編集部

担当　藤田明子、長瀬香菜

装丁　荒木恵里加（BALCOLONY.）

発行　株式会社 KADOKAWA
〒102-8177
東京都千代田区富士見 2-13-3
電話：0570-060-555（ナビダイヤル）

印刷所　図書印刷株式会社

本書の内容・不良交換についてのお問い合わせ先
エンターブレイン カスタマーサポート
［電話］0570-060-555（土日祝日を除く正午～17時）
［WEB］https://www.kadokawa.co.jp/（「お問い合わせ」へお進みください）
※製造不良品につきましては上記窓口にて承ります。
※記述・収録内容を超えるご質問にはお答えできない場合があります。
※サポートは日本国内に限らせていただきます。

ISBN:978-4-04-735480-7 C0093